Im Werk Thomas Manns stehen die Erzählungen gleichberechtigt neben den großen Romanen. Ihre formale Klarheit und sprachliche Präzision zeichnen sie ebenso aus wie ihr Humor und ihr psychologischer Scharfblick.

Bereits der junge Thomas Mann hat die kurze Prosa als seine Form entdeckt und früh zur Meisterschaft entwickelt. Über Jahrzehnte hinweg hat der Autor immer wieder Erzählungen geschrieben, die zu den bedeutendsten nicht nur des 20. Jahrhunderts gehören.

Die beiden Idyllen ›Herr und Hund‹ und ›Gesang vom Kindchen‹ (beide 1919) sowie das lange Zeit unbekannt gebliebene Filmmanuskript ›Tristan und Isolde‹ (1923) umrahmen die Erzählung ›Unordnung und frühes Leid‹ (1925), die ironisch distanzierte Eigenerfahrung des Familiären, und die 1930 entstandene, ins faschistische Italien verlegte Novelle ›Mario und der Zauberer‹.

Thomas Mann wurde 1875 in Lübeck geboren und wohnte seit 1894 in München. 1933 verließ er Deutschland und lebte zuerst in der Schweiz am Zürichsee, dann in den USA, wo er 1938 eine Professur in Princeton annahm. Später hatte er seinen Wohnsitz in Kalifornien, danach wieder in der Schweiz. Thomas Mann, der 1929 mit dem Nobelpreis für Literatur ausgezeichnet wurde, zählt zu den größten Autoren der literarischen Moderne. Am 12. August 1955 starb er in Zürich.

Unsere Adresse im Internet: www.fischerverlage.de

Thomas Mann

Mario und der Zauberer

und andere Erzählungen

Fischer Taschenbuch Verlag

Textgrundlage:
›Herr und Hund / Gesang vom Kindchen. Zwei Idyllen‹,
Berlin, S. Fischer Verlag 1919,
›Unordnung und frühes Leid‹, Berlin, S. Fischer Verlag 1926,
›Mario und der Zauberer. Ein tragisches Reiseerlebnis‹,
Berlin, S. Fischer Verlag 1930,
›Gesammelte Werke‹, Band XIII: ›Nachträge‹,
Frankfurt am Main, S. Fischer Verlag 1974

Limitierte Sonderausgabe
Veröffentlicht im Fischer Taschenbuch Verlag,
einem Unternehmen der S. Fischer Verlag GmbH,
Frankfurt am Main, September 2010

Lizenzausgabe mit freundlicher Genehmigung
des S. Fischer Verlages, Frankfurt am Main

Umschlagentwurf: Gundula Hißmann
und Andreas Heilmann, Hamburg
Umschlagfoto: Thomas Mann Archiv/Keystone
Satz: Pinkuin Satz und Datentechnik, Berlin
Druck und Bindung: CPI – Clausen & Bosse, Leck
Printed in Germany
ISBN 978-3-596-51137-2

Inhalt

Herr und Hund
Ein Idyll

Er kommt um die Ecke

Wenn die schöne Jahreszeit ihrem Namen Ehre macht und das Tirili der Vögel mich zeitig wecken konnte, weil ich den vorigen Tag zur rechten Stunde beendigte, gehe ich gern schon vor der ersten Mahlzeit und ohne Hut auf eine halbe Stunde ins Freie, in die Allee vorm Hause oder auch in die weiteren Anlagen, um von der jungen Morgenluft einige Züge zu tun und, bevor die Arbeit mich hinnimmt, an den Freuden der reinen Frühe ein wenig teilzuhaben. Auf den Stufen, welche zur Haustüre führen, lasse ich dann einen Pfiff von zwei Tönen hören, Grundton und tiefere Quart, so, wie die Melodie des zweiten Satzes von Schuberts unvollendeter Sinfonie beginnt, – ein Signal, das etwa als die Vertonung eines zweisilbigen Rufnamens gelten kann. Schon im nächsten Augenblick, während ich gegen die Gartenpforte weitergehe, wird in der Ferne, kaum hörbar zuerst, doch rasch sich nähernd und verdeutlichend, ein feines Klingeln laut, wie es entstehen mag, wenn eine Polizeimarke gegen den Metallbeschlag eines Halsbandes schlägt; und wenn ich mich umwende, sehe ich Bauschan in vollem Lauf um die rückwärtige Hausecke biegen und gerade auf mich zustürzen, als plane er, mich über den Haufen zu rennen. Vor Anstrengung schürzt er die Unterlippe ein wenig, so daß zwei, drei seiner unteren Vorderzähne entblößt sind und prächtig weiß in der frühen Sonne blitzen.

Er kommt aus seiner Hütte, die dort hinten unter dem Boden der auf Pfeilern ruhenden Veranda steht, und worin er, bis mein zweisilbiger Pfiff ihn aufs äußerste belebte, nach wechselvoll verbrachter Nacht in kurzem Morgenschlummer gelegen haben mag. Die Hütte ist mit Vorhängen aus derbem Stoff versehen und mit Stroh ausgelegt, woher es kommt, daß ein oder der andere Halm in Bauschans obendrein vom Liegen etwas struppigem Fell haftet oder sogar zwischen seinen Zehen steckt: ein Anblick, der mich jedesmal an den alten Grafen von Moor erinnert, wie ich ihn einst, in einer Aufführung von höchst akkurater Einbildungskraft, dem Hungerturme entsteigen sah, einen Strohhalm zwischen zwei Trikotzehen seiner armen Füße. Unwillkürlich stelle ich mich seitlich gegen den Heranstürmenden, in Abwehrpositur, denn seine Scheinabsicht, mir zwischen die Füße zu stoßen und mich zu Falle zu bringen, hat unfehlbare Täuschungskraft. Im letzten Augenblick aber und dicht vor dem Anprall weiß er zu bremsen und einzuschwenken, was sowohl für seine körperliche als seine geistige Selbstbeherrschung zeugt; und nun beginnt er, ohne Laut zu geben – denn er macht einen sparsamen Gebrauch von seiner sonoren und ausdrucksfähigen Stimme –, einen wirren Begrüßungstanz um mich herum zu vollführen, bestehend aus Trampeln, maßlosem Wedeln, das sich nicht auf das hierzu bestimmte Ausdruckswerkzeug des Schwanzes beschränkt, sondern den ganzen Hinterleib bis zu den Rippen in Mitleidenschaft zieht, ferner einem ringelnden Sichzusammenziehen seines Körpers, sowie schnellenden, schleudernden Luftsprüngen nebst Drehungen um die eigene Achse, – Aufführungen, die er aber merkwürdigerweise meinen Blicken zu entziehen trachtet, indem er ihren Schauplatz, wie ich mich auch wende, immer auf die entgegengesetzte Seite verlegt. In dem Augenblick jedoch, wo ich mich niederbeuge und die Hand ausstrecke, ist er plötzlich mit einem Sprunge neben mir und steht, die Schulter gegen mein Schienbein gepreßt, wie eine Bildsäule: schräg an mich gelehnt steht er, die starken Pfoten gegen den Boden gestemmt, das Gesicht gegen das meine erhoben, so daß er mir verkehrt und von unten herauf in die Augen blickt, und seine Reglosigkeit, während ich ihm unter halblauten und guten Worten das Schulterblatt klopfe, atmet dieselbe Konzentration und Leidenschaft wie der vorhergegangene Taumel.

Es ist ein kurzhaariger deutscher Hühnerhund, – wenn man diese Bezeichnung nicht allzu streng und strikt nehmen, sondern sie mit einem Körnchen

Salz verstehen will; denn ein Hühnerhund wie er im Buche steht und nach der peinlichsten Observanz ist Bauschan wohl eigentlich nicht. Für einen solchen ist er erstens vielleicht ein wenig zu klein, – er ist, dies will betont sein, entschieden etwas unter der Größe eines Vorstehhundes; und dann sind auch seine Vorderbeine nicht ganz gerade, eher etwas nach außen gebogen, – was ebenfalls jenem Idealbilde reiner Züchtung nur ungenau entsprechen mag. Die kleine Neigung zur »Wamme«, das heißt: zu jener faltigen Hautsackbildung am Halse, die einen so würdigen Ausdruck verleihen kann, kleidet ihn ausgezeichnet; doch würde auch sie wohl von unerbittlichen Zuchtmeistern als fehlerhaft beanstandet werden, denn beim Hühnerhund, höre ich, soll die Halshaut glatt die Kehle umspannen. Bauschans Färbung ist sehr schön. Sein Fell ist rostbraun im Grunde und schwarz getigert. Aber auch viel Weiß mischt sich darein, das an der Brust, den Pfoten, dem Bauche entschieden vorherrscht, während die ganze gedrungene Nase in Schwarz getaucht erscheint. Auf seinem breiten Schädeldach sowie an den kühlen Ohrlappen bildet das Schwarz mit dem Rostbraun ein schönes, samtenes Muster, und zum Erfreulichsten an seiner Erscheinung ist der Wirbel, Büschel oder Zipfel zu rechnen, zu dem das weiße Haar an seiner Brust sich zusammendreht, und der gleich dem Stachel alter Brustharnische waagerecht vorragt. Übrigens mag auch die etwas willkürliche Farbenpracht seines Felles demjenigen für »unzulässig« gelten, dem die Gesetze der Art vor den Persönlichkeitswerten gehen, denn der klassische Hühnerhund hat möglicherweise einfarbig oder mit abweichend gefärbten Platten geschmückt, aber nicht getigert zu sein. Am eindringlichsten aber mahnt von einer starr schematisierenden Einreihung Bauschans eine gewisse hängende Behaarungsart seiner Mundwinkel und der Unterseite seines Maules ab, die man nicht ohne einen Schein von Recht als Schnauz- und Knebelbart ansprechen könnte, und die, wenn man sie eben ins Auge faßt, von fern oder näherhin an den Typus des Pinschers oder Schnauzels denken läßt.

Aber Hühnerhund her und Pinscher hin – welch ein schönes und gutes Tier ist Bauschan auf jeden Fall, wie er da straff an mein Knie gelehnt steht und mit tief gesammelter Hingabe zu mir emporblickt! Namentlich das Auge ist schön, sanft und klug, wenn auch vielleicht ein wenig gläsern vortretend. Die Iris ist rostbraun – von der Farbe des Felles; doch bildet sie eigentlich nur einen schmalen Ring, vermöge einer gewaltigen Ausdehnung der schwarz spiegelnden Pupillen, und andererseits tritt ihre Färbung ins Weiße des Auges über und schwimmt darin. Der Ausdruck seines Kopfes, ein Ausdruck verständigen Biedersinnes, bekundet eine Männlichkeit seines moralischen Teiles, die sein Körperbau im Physischen wiederholt: der gewölbte Brustkorb, unter dessen glatt und geschmeidig anliegender Haut die Rippen sich kräftig abzeichnen, die eingezogenen Hüften, die nervicht geäderten Beine, die derben und wohlgebildeten Füße – dies alles spricht von Wackerkeit und viriler Tugend, es spricht von bäurischem Jägerblut, ja, der Jäger und Vorsteher waltet eben doch mächtig vor in Bauschans Bildung, er ist ein rechtlicher Hühnerhund, wenn man mich fragt, obgleich er gewiß keinem Akte hochnäsiger Inzucht sein Dasein verdankt; und eben dies mag denn auch der Sinn der sonst ziemlich verworrenen und logisch ungeordneten Worte sein, die ich an ihn richte, während ich ihm das Schulterblatt klopfe.

Er steht und schaut, er lauscht auf den Tonfall meiner Stimme, durchdringt sie mit den Akzenten einer entschiedenen Billigung seiner Existenz, die ich meiner Ansprache stark aufsetze. Und plötzlich vollführt er, den Kopf vorstoßend und die Lippen rasch öffnend und schließend, einen Schnapper hinauf gegen mein Gesicht, als wollte er mir die Nase abbeißen, eine Pantomime, die offenbar als Antwort auf mein Zureden gemeint ist und mich regelmäßig lachend zurückprallen läßt, was Bauschan auch im voraus weiß. Es ist eine Art Luftkuß, halb Zärtlichkeit, halb Neckerei, ein Manöver, das ihm von klein auf eigentümlich war, während ich es sonst bei keinem seiner Vorgänger beobachtete. Übrigens entschuldigt er sich sogleich durch Wedeln, kurze Verbeugungen und eine verlegen-heitere Miene für die Freiheit, die er sich nahm. Und dann treten wir durch die Gartenpforte ins Freie.

Rauschen wie das des Meeres umgibt uns; denn mein Haus liegt fast unmittelbar an dem schnell strömenden und über flache Terrassen schäumenden Fluß, getrennt von ihm nur durch die Pappelallee, einen eingegitterten, mit jungem Ahorn bepflanzten Grasstreifen und einen erhöhten Weg, den gewaltige Espen einsäumen, weidenartig bizarr sich gebärdende Riesen, deren weiße, samentragende Wolle zu Anfang Juni die ganze Gegend verschneit. Flußaufwärts, gegen die Stadt hin, üben Pioniere sich im Bau einer Pontonbrücke. Die Tritte ihrer schweren Stiefel auf den Brettern und Rufe der Befehlshaber schallen herüber. Aber vom jenseitigen Ufer kommen Geräusche des Gewerbefleißes, denn dort, eine Strecke flußabwärts vom Hause, ist eine Lokomotivenfabrik mit zeitgemäß erweitertem Tätigkeitsbezirk gelegen, deren hohe Hallenfenster zu jeder Nachtstunde durch das Dunkel glühen. Neue und schön lackierte Maschinen eilen dort probeweise hin und her; eine Dampfpfeife läßt zuweilen ihren heulenden Kopfton hören, dumpfes Gepolter unbestimmter Herkunft erschüttert von Zeit zu Zeit die Luft, und aus mehreren Turmschloten quillt der Rauch, den aber ein günstiger Wind hinwegtreibt, über die jenseitigen Waldungen hin, und der überhaupt nur schwer über den Fluß gelangt. So mischen sich in der vorstädtisch-halbländlichen Abgeschiedenheit dieser Gegend die Laute in sich selbst versunkener Natur mit denen menschlicher Regsamkeit, und über allem liegt die blankäugige Frische der Morgenstunde.

Es mag halb acht Uhr sein im Sinne des Gesetzes, wenn ich so ausgehe, in Wirklichkeit also halb sieben. Ich gehe, die Arme auf dem Rücken, im zarten Sonnenschein die von den langen Schatten der Pappeln schraffierte Allee hinunter, ich sehe den Fluß nicht von hier, aber ich höre seinen breiten, gleichmäßigen Gang; gelinde flüstert es in den Bäumen, das durchdringende Zirpen, Flöten, Zwitschern und schluchzende Trillern der Singvögel erfüllt die Luft, unter dem feuchtblauen Himmel steuert ein Flugzeug, von Osten kommend, ein starr mechanischer Vogel, mit leise an- und abschwellendem Dröhnen, über Land und Fluß hin seine unabhängige Bahn, und Bauschan erfreut mein Auge durch schöne, gestreckte Sprünge über das niedrige Gitter des Grasstreifens zur Linken, hinüber – herüber. Er springt in der Tat, weil er weiß, daß ich Gefallen daran finde; denn öfters habe ich ihn durch Zurufe und Klopfen auf das Gitter dazu angehalten und ihn belobt, wenn er meinem Wunsche entsprochen hatte; und auch jetzt kommt er beinahe nach jedem Satz, um sich sagen zu lassen, daß er ein kühner und eleganter

Springer ist, worauf er auch noch gegen mein Gesicht emporspringt und meinen abwehrenden Arm mit der Nässe seines Maules verunreinigt. Zum zweiten aber obliegt er diesen Übungen im Sinne einer gymnastischen Morgentoilette; denn er glättet sein rauhgelegenes Fell durch die turnerische Bewegung und verliert daraus die Strohhalme des alten Moor, die es verunzierten.

Es ist gut, so am Morgen zu gehen, die Sinne verjüngt, die Seele gereinigt von dem Heilbade und langen Lethetrunke der Nacht. Mit kräftigem Vertrauen blickst du dem bevorstehenden Tage entgegen, aber du zögerst wohlig, ihn zu beginnen, Herr einer außerordentlichen, unbeanspruchten und unbeschwerten Zeitspanne zwischen Traum und Tag, die dir zum Lohn ward für eine sittliche Führung. Die Illusion eines stetigen, einfachen, unzerstreuten und beschaulich in sich gekehrten Lebens, die Illusion, ganz dir selbst zu gehören, beglückt dich; denn der Mensch ist geneigt, seinen augenblicklichen Zustand, sei dieser nun heiter oder verworren, friedlich oder leidenschaftlich, für den wahren, eigentümlichen und dauernden seines Lebens zu halten und namentlich jedes glückliche ex tempore sogleich in seiner Phantasie zur schönen Regel und unverbrüchlichen Gepflogenheit zu erheben, während er doch eigentlich verurteilt ist, aus dem Stegreif und moralisch von der Hand in den Mund zu leben. So glaubst du auch jetzt, die Morgenluft einziehend, an deine Freiheit und Tugend, während du wissen solltest und im Grunde auch weißt, daß die Welt ihre Netze bereit hält, dich darein zu verstricken, und daß du wahrscheinlich morgen schon wieder bis neun Uhr im Bette liegen wirst, weil du um zwei erhitzt, umnebelt und leidenschaftlich unterhalten hineingefunden … Sei es denn so. Heute bist du der Mann der Nüchternheit und der Frühe, der rechte Herr des Jägerburschen da, der eben wieder über das Gitter setzt, vor Freude, daß du heute mit ihm und nicht mit der Welt dort hinten leben zu wollen scheinst.

Wir verfolgen die Allee etwa fünf Minuten weit, bis zu dem Punkte, wo sie aufhört Allee zu sein und als grobe Kieswüste weiter dem Lauf des Flusses folgt; wir lassen diesen im Rücken und schlagen eine breit angelegte und, wie die Allee, mit einem Radfahrweg versehene, aber noch unbebaute Straße von feinerem Kiesgrund ein, die rechtshin, zwischen niedriger gelegenen Waldparzellen, gegen den Hang führt, welcher unsere Ufergegend, Bauschans Lebensschauplatz, im Osten begrenzt. Wir überschreiten eine andere, offen zwischen Wald und Wiesen hinlaufende Straße von ähnlichem Zukunftscharakter, die weiter oben, gegen die Stadt und die Trambahnhaltestelle hin, geschlossen mit Miethäusern bebaut ist; und ein abfallender Kiesweg führt uns in einen schön angelegten Grund, kurgartenartig zu schauen, aber menschenleer, wie die ganze Örtlichkeit um diese Stunde, mit Ruhebänken an den gewölbten Wegen, die sich an mehreren Stellen zu Rondells, reinlichen Kinderspielplätzen erweitern, und geräumigen Rasenplänen, auf welchen alte und wohlgeformte Bäume mit tief herabreichenden Kronen, so daß nur ein kurzes Stück der Stämme über dem Rasen zu sehen ist – Ulmen, Buchen, Linden und silbrige Weiden – in parkgemäßen Gruppen stehen. Ich habe meine Freude an der sorgfältigen Anlage, in der ich nicht ungestörter wandeln könnte, wenn sie mir gehörte. An nichts hat man es fehlen lassen. Die Kiespfade, welche die umgebenden sanften Grashänge herabkommen, sind sogar mit zementierten Rinnsteinen versehen. Und es gibt tiefe und anmutige Durchblicke zwischen all dem Grün, mit der Architektur einer der Villen als fernem Abschluß, die von zwei Seiten hereinblicken.

Hier ergehe ich mich ein Weilchen auf den Wegen, während Bauschan in zentrifugaler Schräglage seines Körpers, berauscht vom Glücke des planen Raumes, die Rasenplätze mit tummelnden Kreuzundquer-Galoppaden erfüllt oder etwa mit einem Gebell, worin Entrüstung und Vergnügen sich mischen, ein Vöglein verfolgt, das, von Angst behext oder um ihn zu necken, immer dicht vor seinem Maule dahinflattert. Da ich mich aber auf eine Bank setze, ist auch er zur Stelle und nimmt auf meinem Fuße Platz. Denn ein

Gesetz seines Lebens ist, daß er nur rennt, wenn ich selbst mich in Bewegung befinde, sobald ich mich aber niederlasse, ebenfalls Ruhe beobachtet. Das hat keine erkennbare Notwendigkeit; aber Bauschan hält fest daran.

Es ist sonderbar, traulich und drollig, ihn auf meinem Fuße sitzen zu fühlen, den er mit seiner fieberhaften Körperwärme durchdringt. Erheiterung und Sympathie bewegen mir die Brust, wie fast ohne Unterlaß in seiner Gesellschaft und Anschauung. Er hat eine stark bäurische Art zu sitzen, die Schulterblätter nach außen gedreht, bei ungleichmäßig einwärts gestellten Pfoten. Seine Figur scheint kleiner und plumper, als wahr ist, in diesem Zustande, und mit komischer Wirkung wird der weiße Haarwirbel an seiner Brust dabei vorgedrängt. Aber der würdig in den Nacken gestemmte Kopf macht jede Einbuße an schöner Haltung wett kraft all der hohen Aufmerksamkeit, die sich darin ausprägt … Es ist so still, da wir beide uns still verhalten. Sehr abgedämpft dringt das Rauschen des Flusses hierher. Da werden die kleinen und heimlichen Regungen in der Runde bedeutend und spannen die Sinne: das kurze Rascheln einer Eidechse, ein Vogellaut, das Wühlen eines Maulwurfs im Grunde. Bauschans Ohren sind aufgerichtet, soweit eben die Muskulatur von Schlappohren dies zuläßt. Er legt den Kopf schief, um sein Gehör zu schärfen. Und die Flügel seiner feuchtschwarzen Nase sind in unaufhörlicher, empfindlich witternder Bewegung.

Dann legt er sich nieder, wobei er jedoch die Berührung mit meinem Fuße wahrt. Er liegt im Profil gegen mich, in der uralten, ebenmäßigen und tierisch-idolhaften Haltung der Sphinx, Kopf und Brust erhoben, die vier Oberschenkel am Leibe, die Pfoten gleichlaufend vorgestreckt. Da ihm warm geworden, öffnet er den Rachen, wodurch die gesammelte Klugheit seiner Miene sich ins Bestialische löst, seine Augen sich blinzelnd verschmälern; und zwischen seinen weißen, kernigen Eckzähnen schlappt lang eine rosenrote Zunge hervor.

Wie wir Bauschan gewannen

Ein ansprechend gedrungenes, schwarzäugiges Fräulein, das, unterstützt von einer kräftig heranwachsenden und ebenfalls schwarzäugigen Tochter, in der Nähe von Tölz eine Bergwirtschaft betreibt, vermittelte uns die Bekanntschaft mit Bauschan und seine Erwerbung. Das ist zwei Jahre her, und er war damals ein halbes alt. Anastasia – dies der Name der Wirtin – wußte wohl, daß wir unsern Percy, einen schottischen Schäferhund und harmlos geisteskranken Aristokraten, der bei vorgerücktem Alter von einer peinvollen und entstellenden Hautkrankheit heimgesucht worden, hatten erschießen lassen müssen und seit Jahr und Tag des Wächters entbehrten. Darum meldete sie uns von ihrem Berge herab durch den Fernsprecher, daß ein Hund, wie wir ihn uns nur wünschen könnten, sich bei ihr in Kost und Kommission befinde und jederzeit zu besichtigen sei.

So stiegen wir denn, da die Kinder drängten und die Neugier der Erwachsenen kaum hinter der ihren zurückstand, schon am folgenden Nachmittag Anastasias Höhe hinan und fanden die Pächterin in ihrer geräumigen, von warmen und nahrhaften Dünsten erfüllten Küche, wo sie, die runden Unterarme entblößt und das Kleid am Halse geöffnet, mit hochgerötetem, feuchtem Gesicht die Abendmahlzeit für ihre Pensionäre bereitete, wobei die Tochter, in ruhigem Fleiße hin und her gehend, ihr Handreichungen leistete. Wir wurden freundlich begrüßt, daß wir die Angelegenheit nicht auf die lange Bank geschoben und den Weg daher gleich gefunden hätten, ward lobend bemerkt. Und auf unser fragendes Umsehen führte Resi, die Tochter, uns vor den Küchentisch, wo sie die Hände auf die Knie stützte und einige schmeichelnd ermutigende Worte unter die Platte richtete. Denn dort, mit einem schadhaften Strick an ein Tischbein gebunden, stand ein Wesen, dessen wir im lodernden Halbdunkel des Raumes bisher nicht gewahr geworden, bei dessen Anblick aber niemand eines jammervollen Gelächters sich hätte enthalten können.

Er stand da auf hohen Knickbeinen, den Schwanz zwischen den Hinterschenkeln, die vier Füße nahe beieinander, den Rücken gekrümmt, und zitterte. Er mochte vor Furcht zittern, aber man gewann eher den Eindruck, daß es aus Mangel an wärmendem Fleische geschähe, denn nur ein Skelettchen stellte das Wesen dar, ein Brustgitter nebst Wirbelsäule, mit ruppigem Fell überzogen und vierfach gestelzt. Er hatte die Ohren zurückgelegt – eine Muskelstellung, die ja sofort jedes Licht verständigen Frohmuts in einer Hundephysiognomie zum Erlöschen bringt und in seinem übrigens noch ganz kindlichen Gesicht diese Wirkung denn auch so völlig erzielte, daß nichts als Dummheit und Elend sowie die inständige Bitte um Nachsicht sich darin ausdrückten, wozu noch kam, daß das, was man noch heute seinen Schnauz- und Knebelbart nennen könnte, damals im Verhältnis viel stärker ausgebildet war und dem Gesamtjammer seiner Erscheinung eine Schattierung säuerlicher Schwermut hinzufügte.

Alles beugte sich nieder, um dem Kummerbilde Lock- und Trostworte zuzuwenden. Und in den mitleidigen Jubel der Kinder hinein gab Anastasia vom Herde her ihre Erläuterungen zu der Person des Köstlings. Er werde vorläufig Lux gerufen und sei bester Eltern Sohn, sagte sie mit ihrer angenehmen, gesetzten Stimme. Die Mutter habe sie selbst gekannt und von dem Vater nur Gutes gehört. Gebürtig sei Lux von einer Ökonomie in Huglfing, und nur bestimmter Umstände wegen wünschten seine Besitzer ihn preiswert abzugeben, weshalb sie ihn zu ihr gebracht hätten, im Hinblick auf den vielfachen Verkehr in ihrem Hause. Sie seien in ihrem Wägelchen gekommen, und Lux sei unverzagt zwischen den Hinterrädern gelaufen, die ganzen zwanzig Kilometer. Gleich habe sie ihn uns zugedacht, da wir nach einem guten Hunde doch ausschauten, und sie sei beinahe gewiß, daß wir uns zu ihm entschließen würden. Wollten wir es doch tun, dann sei allen Teilen geholfen! Wir würden bestimmt viel Freude an ihm haben, er für sein Teil stehe dann nicht mehr allein in der Welt, sondern habe ein behagliches Plätzchen gefunden, und sie, Anastasia, könne beruhigt seiner gedenken. Wir möchten uns nur nicht durch das Gesicht, das er jetzt mache, gegen ihn einnehmen lassen. Jetzt sei er betreten und ohne Selbstvertrauen infolge der fremden Umgebung. Aber in kürzester Zeit werde es sich schon zeigen, daß er von hervorragend guten Eltern stamme.

– Ja, aber sie hätten offenbar nicht recht zueinander gepaßt?

– Doch; insofern es beides ausgezeichnete Tiere gewesen seien. In ihm lägen die besten Eigenschaften, dafür leiste sie, Fräulein Anastasia, Gewähr. Auch sei er unverwöhnt und mäßig in seinen Bedürfnissen, was heutzutage ja ins Gewicht falle: bisher habe er sich überhaupt nur mit Kartoffelschalen genährt. Wir sollten ihn nur erst einmal heimführen, probeweise und ohne Verbindlichkeit. Sie nehme ihn zurück und zahle die kleine Kaufsumme wieder, sollten wir finden, daß wir kein Herz zu ihm fassen könnten. Das sage sie ungescheut und besorge gar nicht, daß wir sie beim Wort nehmen möchten. Denn wie sie ihn kenne und uns kenne – beide Parteien also –, sei sie überzeugt, daß wir ihn liebgewinnen und gar nicht daran denken würden, uns wieder von ihm zu trennen.

Sie sagte noch vieles in diesem Sinne, ruhig, fließend und angenehm, während sie am Herde hantierte und zuweilen die Flammen zauberisch vor ihr emporschlugen. Endlich kam sie sogar selbst und öffnete mit beiden Händen Luxens Maul, um uns seine schönen Zähne und aus irgendwelchen Gründen auch seinen rosigen, geriefelten Gaumen zu zeigen. Die fachmännisch vorgelegte Frage, ob er schon die Staupe gehabt, erklärte sie mit leichter Ungeduld, nicht beantworten zu können. Und was die Größe betreffe, die er erreichen werde, so werde es die unseres verstorbenen Percy sein, entgegnete sie schlagfertig. Es gab noch viel Hin und Her, viel warmherziges Zureden auf Anastasias Seite, das in den Fürbitten der Kinder Verstärkung fand, viel halbgewonnene Ratlosigkeit auf der unserigen. Schließlich suchten wir um kurze Bedenkzeit nach, die gern gewährt wurde, und stiegen nachdenklich zu Tal, unsere Eindrücke prüfend und überschlagend.

Aber den Kindern hatte die vierbeinige Trübsal unter dem Tisch es natürlich angetan, und wir Erwachsenen gaben uns vergebens die Miene, ihre Wahl- und Urteilslosigkeit zu belächeln: auch wir fühlten den Stachel im Herzen und sahen wohl, daß es uns schwer fallen würde, das Bild des armen Lux wieder aus unsrem Gedächtnis zu tilgen. Was würde aus ihm werden, wenn wir ihn verschmähten? In welche Hände würde er geraten? Eine mysteriöse und schreckliche Gestalt erhob sich in unsrer Phantasie: der Wasenmeister, vor dessen abscheulichem Zugriff wir Percy einst durch ein paar ritterliche Kugeln des Büchsenmachers und durch eine ehrliche Grabstätte am Rande unsres Gartens bewahrt hatten. Wollten wir Lux einem ungewissen und vielleicht schaurigen Schicksal überlassen, so hätten wir uns hüten sollen, seine Bekanntschaft zu machen und sein Kindergesicht mit dem Schnurr- und Knebelbart zu studieren; da wir um seine Existenz nun einmal wußten, schien eine Verantwortung auf uns gelegt, die wir schwerlich und nur gewaltsamerweise würden verleugnen können. – So kam es, daß schon der dritte Tag uns wieder jenen sanften Ausläufer der Alpen erklimmen sah. Nicht daß wir zu der Erwerbung entschlossen gewesen wären. Aber wir sahen wohl, daß die Sache, wie alles stand und lag, einen andern Ausgang kaum würde nehmen können.

Diesmal saßen Anastasia und ihre Tochter an den Schmalseiten des Küchentisches einander gegenüber und tranken Kaffee. Zwischen ihnen, vor dem Tische, saß der mit dem vorläufigen Namen Lux – saß schon ganz so, wie er heute zu sitzen pflegt, die Schulterblätter bäurisch verdreht, die Pfoten einwärts gestellt, und hinter seinem vertragenen Lederhalsband stak ein Feldblumensträußchen, das eine festliche Aufhöhung seiner Erscheinung entschieden bewirkte und ihm ein wenig die Miene eines sonntäglich unternehmenden Dorfburschen oder ländlichen Hochzeiters verlieh. Das jüngere Fräulein, selbst schmuck in ihrer volkstümlichen Miedertracht, hatte ihn damit angetan, zum Einzuge in das neue Heim, wie sie sagte. Und Mutter und Tochter versicherten, nichts sei ihnen gewisser gewesen, als daß wir wiederkommen würden, um unsern Lux zu holen, und zwar ausgemacht heute.

So erwies sich denn gleich bei unserm Eintritt jede weitere Debatte als unmöglich und abgeschnitten. Anastasia bedankte sich in ihrer angenehmen Art für den Kaufschilling, den wir ihr einhändigten, und der sich auf zehn Mark belief. Es war klar, daß sie ihn uns mehr in unserm Interesse als in dem ihren oder dem der Ökonomensleute auferlegt hatte: um nämlich dem armen Lux in unsrer Vorstellung einen positiven und ziffernmäßigen Wert zu verleihen. Dies verstanden wir und erlegten die Abgabe gern. Lux ward losgebunden von seinem Tischbein, das Ende des Strickes mir eingehändigt, und die freundlichsten Wünsche und Verheißungen folgten unserm Zuge über Fräulein Anastasias Küchenschwelle.

Es war kein Triumphzug, worin wir mit unserm neuen Hausgenossen den etwa einstündigen Heimweg zurücklegten, zumal der Hochzeiter sein Sträußchen in der Bewegung bald eingebüßt hatte. Wir lasen wohl Heiterkeit, aber auch spöttische Geringschätzung in den Blicken der Begegnenden, wozu die Gelegenheit sich vervielfältigte, als unser Weg uns durch den Marktflecken führte, und zwar der Länge nach. Zum Überfluß hatte sich bald herausgestellt, daß Lux, wahrscheinlich von langer Hand her, an einer Diarrhöe litt, was uns zu häufigem Verweilen unter den Augen der Städter zwang. Wir umstanden dann schützend im Kreise sein inniges Elend, indem wir uns fragten, ob es nicht schon die Staupe sei, die da ihre schlimmen Merkmale kundgebe, – eine hinfällige Besorgnis, wie die Zukunft lehrte, die überhaupt an den Tag brachte, daß wir es mit einer reinen und festen Natur zu tun hatten, welche sich gegen Seuchen und Süchte bis auf diesen Augenblick im Kerne gefeit erwiesen hat.

Sobald wir angelangt, wurden die Dienstmädchen

zur Stelle beordert, damit sie mit dem Familienzuwachs Bekanntschaft machten und auch wohl ihr bescheidenes Gutachten über ihn abgäben. Man sah wohl, wie sie sich zur Bewunderung anschickten; nachdem sie ihn aber ins Auge gefaßt und in unsern schwankenden Mienen gelesen, lachten sie derb, wandten dem traurig Blickenden die Schultern zu und machten abwehrende Handbewegungen gegen ihn. Hierdurch in dem Zweifel bestärkt, ob für den menschenfreundlichen Sinn der Spesen, die Anastasia uns abgefordert, Verständnis bei ihnen vorauszusetzen sei, sagten wir ihnen, daß wir den Hund geschenkt bekommen hätten, und führten Lux auf die Veranda, um ihm eine aus gehaltvollen Abfällen zusammengesetzte Empfangsmahlzeit anzubieten.

Kleinmut ließ ihn alles zurückweisen. Er beroch wohl die Bissen, zu denen man ihn einlud, stand aber scheu davon ab, unfähig, sich zu dem Glauben zu ermannen, daß Käserinde und Hühnerbeine für ihn bestimmt sein könnten. Dagegen schlug er das mit Seegras gefüllte Sackkissen nicht aus, das zu seiner Bequemlichkeit auf dem Flur bereitgelegt worden, und ruhte dort mit unter sich gezogenen Pfoten, während in den inneren Zimmern der Name beraten und endgültig bestimmt wurde, den er in Zukunft führen sollte.

Auch am folgenden Tage noch weigerte er sich, zu essen, dann folgte ein Zeitabschnitt, während dessen er ohne Maß und Unterschied alles verschlang, was in den Bereich seines Maules kam, bis er endlich in Dingen der Ernährung zu ruhiger Regel und prüfender Würde gelangte. Es ist damit der Prozeß seiner Eingewöhnung und bürgerlichen Festigung in großem Zuge bezeichnet. Ich verliere mich nicht in eine übergetreue Ausmalung dieses Prozesses. Er erlitt eine Unterbrechung durch das vorübergehende Abhandenkommen Bauschans: die Kinder hatten ihn in den Garten geführt, sie hatten ihn der Leine entledigt, um ihm Bewegungsfreiheit zu gönnen, und in einem unbewachten Augenblick hatte er durch die niedrige Lücke, die die Zaunpforte über dem Boden ließ, das Weite gewonnen. Sein Verschwinden erregte Bestürzung und Trauer, zum mindesten in der herrschaftlichen Sphäre, da die Dienstmädchen den Verlust eines geschenkten Hundes auf die leichte Achsel zu nehmen geneigt waren, oder ihn als Verlust wohl überhaupt nicht anerkennen wollten. Das Telephon spielte stürmisch zwischen uns und Anastasias Bergwirtschaft, wo wir ihn hoffnungsweise vermuteten. Umsonst, er hatte sich dort nicht sehen lassen; und zwei Tage mußten vergehen, bis das Fräulein uns melden konnte, sie habe Botschaft aus Huglfing, vor anderthalb Stunden sei Lux auf der heimatlichen Ökonomie erschienen. Ja, er war dort, der Idealismus seines Instinktes hatte ihn zurückgezogen in die Welt der Kartoffelschalen und ihn die zwanzig

Kilometer Weges, die er einst zwischen den Rädern zurückgelegt, in einsamen Tagemärschen, bei Wind und Wetter, wieder überwinden lassen! So mußten seine ehemaligen Besitzer ihr Wägelchen neuerdings anspannen, um ihn zunächst in Anastasias Hände zurückzuliefern, und nach Verlauf von weiteren zwei Tagen machten wir uns abermals auf, den Irrfahrer einzuholen, den wir wie vordem an das Tischbein gefesselt fanden, zerzaust und abgetrieben, mit dem Kot der Landstraßen bespritzt. Wahrhaftig, er gab Zeichen des Wiedererkennens und der Freude, als er unsrer ansichtig wurde! Aber warum hatte er uns dann verlassen?

Es kam eine Zeit, da deutlich war, daß er sich die Ökonomie wohl aus dem Sinne geschlagen, bei uns aber auch so recht noch nicht Wurzel gefaßt hatte, so daß er in seiner Seele herrenlos und gleich einem taumelnden Blatt im Winde war. Damals mußte man beim Spazierengehen scharf auf ihn achthaben, da er sehr dazu neigte, das schwache sympathetische Band zwischen sich und uns unvermerkt zu zerreißen und sich in den Wäldern zu verlieren, wo er gewiß bei selbständig schweifender Lebensweise auf den Zustand seiner wilden Ureltern zurückgesunken wäre. Unsere Fürsorge bewahrte ihn vor diesem dunkeln Schicksal, sie hielt ihn fest auf der hohen, von seinem Geschlecht in Jahrtausenden erreichten Gesittungsstufe an der Seite des Menschen; und dann trug ein einschneidender Ortswechsel, unsere Übersiedelung in die Stadt oder Vorstadt, mit einem Schlage viel dazu bei, ihn eindeutig auf uns anzuweisen und ihn unserm Hauswesen mit Entschiedenheit zu verbinden.

Einige Nachrichten über Bauschans Lebensweise und Charakter

Ein Mann im Isartale hatte mir gesagt, diese Art Hunde könne lästig fallen, sie wolle immer beim Herrn sein. So war ich gewarnt, die zähe Treue, die Bauschan mir wirklich alsbald zu beweisen begann, in ihrem Ursprunge allzu persönlich zu nehmen, wodurch es mir wiederum leichter wurde, sie zurückzudämmen und, soweit es nötig schien, von mir abzuwehren. Es handelt sich da um einen von weither überkommenen patriarchalischen Instinkt des Hundes, der ihn, wenigstens in seinen mannhafteren, die freie Luft liebenden Arten, bestimmt, im Manne, im Haus- und Familienoberhaupt unbedingt den Herrn, den Schützer des Herdes, den Gebieter zu erblicken und zu verehren, in einem besonderen Verhältnis ergebener Knechtsfreundschaft zu ihm seine Lebenswürde zu finden und gegen die übrigen Hausgenossen eine viel größere Unabhängigkeit zu bewahren. In diesem Geiste hielt es auch Bauschan mit mir beinahe vom ersten Tage an, hing mit mannentreuen Augen an meiner Person, indem er nach Befehlen zu fragen schien, die ich vorzog nicht zu erteilen, da sich bald zeigte, daß er im Gehorsam durchaus nicht besonders stark war, und heftete sich an meine Fersen in der sichtlichen Überzeugung, daß seine Unzertrennlichkeit von mir in der heiligen Natur der Dinge liege. Es war selbstverständlich, daß er im Familienkreise seinen Platz zu meinen und keines andren Füßen nahm. Es war ebenso selbstverständlich, daß er, wenn ich mich unterwegs von der Gemeinschaft absonderte, um irgendwelche eigenen Wege zu gehen, sich mir anschloß und meinen Schritten folgte. Er bestand auch auf meiner Gesellschaft, wenn ich arbeitete, und wenn er die Gartentür geschlossen fand, so kam er mit jähem, erschreckendem Satz durchs offene Fenster herein, wobei viel Kies ins Zimmer stob, und warf sich hochaufseufzend unter den Schreibtisch nieder.

Es gibt aber eine Achtung vor dem Lebendigen, zu wach, als daß nicht auch eines Hundes Gegenwart uns stören könnte, wenn es darauf ankommt, allein zu sein; und dann störte Bauschan mich auch auf handgreifliche Weise. Er trat neben meinen Stuhl, wedelte, sah mich mit verzehrenden Blicken an und trampelte auffordernd. Die geringste entgegenkommende Bewegung hatte zur Folge, daß er mit den Vorderbeinen die Armlehne des Sessels erkletterte, sich an meine Brust drängte, mich mit Luftküssen zum Lachen brachte, dann zu einer Untersuchung der Tischplatte überging, in der Annahme wohl, daß dort Eßbares zu finden sein müsse, da ich mich so angelegentlich darüber beugte, und mit seinen breiten, haarigen Jägerpfoten die frische Schrift verwischte. Scharf zur Ruhe gewiesen, legte er sich wohl nieder und schlief ein. Aber sobald er schlief, begann er zu träumen, wobei er mit allen vier ausgestreckten Füßen Laufbewegungen vollführte und ein zugleich hohes und dumpfes, gleichsam bauchrednerisches und wie aus einer andern Welt kommendes Gebell vernehmen ließ. Daß dies erregend und ablenkend auf mich wirkte, kann nicht wundernehmen, denn erstens war es unheimlich, und außerdem rührte und belästigte es mein Gewissen. Dieses Traumleben war zu offenkundig nur ein künstlicher Ersatz für wirkliches Rennen und Jagen, den seine Natur sich bereitete, weil das Glück der Bewegung im Freien ihm beim Zusammenleben mit mir nicht in dem Maße zuteil wurde, wie sein Blut und Sinn es verlangte. Das ging mir nahe; da es aber nicht zu ändern war, so geboten höhere Interessen, mir die Beunruhigung vom Halse zu schaffen, wobei ich vor mir selbst darauf hinweisen konnte, daß er bei schlechtem Wetter viel Schmutz ins Zimmer brachte und überdies mit seinen Klauen die Teppiche zerriß.

So wurde ihm denn der Aufenthalt in den Wohnräumen des Hauses und das Zusammensein mit mir, solange ich mich eben im Hause hielt, grundsätzlich, wenn auch unter Zulassung von Ausnahmen, verwehrt; und er begriff rasch das Verbot und fügte sich in das Widernatürliche, da gerade dies der unerforschliche Wille des Herrn und Hausgebieters war. Die Entfernung von mir, die oft und namentlich im Winter für große Teile des Tages gilt, ist nur eine Entfernung, keine wirkliche Trennung und Verbindungslosigkeit. Er ist nicht bei mir, auf meinen Befehl, aber das ist eben nur die Ausführung eines Befehles, ein verneintes Beimirsein, und von einem selbständigen Leben Bauschans, das er ohne mich während dieser Stunden führte, kann nicht gesprochen werden. Ich sehe wohl durch die Glastür meines Zimmers, wie er sich auf der kleinen Gartenwiese vorm Hause auf onkelhafte, ungeschickt possenhafte Art an den Spielen der Kinder beteiligt. Aber zwischendurch kommt er beständig zur Tür herauf, schnüffelt, da er mich durch die innere Tüllbespannung nicht sehen kann, an der Spalte, um sich meiner Anwesenheit zu versichern, und sitzt, dem Zimmer den Rücken zugewandt, wachthabend auf den Stufen. Ich sehe ihn wohl auch von meinem Tische aus auf dem erhöhten Wege drüben, zwischen den alten Espen, in nachdenklichem Bummeltrabe sich hinbewegen; doch solche Promenaden sind nur ein matter Zeitvertreib, ohne Stolz, Glück und Leben, und völlig undenkbar bleibt, daß Bauschan sich etwa auf eigene Hand dem herrlichen Jagdvergnügen hingeben könnte, obgleich niemand ihn daran hindern würde und meine Gegenwart, wie sich zeigen wird, nicht unbedingt erforderlich dazu wäre.

Sein Leben beginnt, wenn ich ausgehe – und ach, auch dann beginnt es oftmals noch nicht! Denn indem ich das Haus verlasse, fragt es sich, ob ich mich nach rechts wenden werde, die Allee hinunter, dorthin, wo es ins Freie und in die Einsamkeit unserer Jagdgründe geht, oder nach links, gegen die Trambahnstation, um in die Stadt zu fahren – und nur im ersteren Falle hat es für Bauschan einen Sinn, mich zu begleiten. Anfangs schloß er sich mir an, wenn ich die Welt wählte, nahm mit Erstaunen den herandonnernden Wagen wahr und folgte mir, seine Scheu gewaltsam unterdrückend, mit einem blinden und treuen Sprung auf die Plattform, mitten unter die Menschen. Aber ein Sturm der öffentlichen Entrüstung fegte ihn wieder hinunter, und so entschloß er sich denn, im Galopp neben dem brausenden Vehikel herzurennen, das so wenig dem Wägelchen glich, zwischen dessen Rädern er vor Zeiten getrabt. Redlich hielt er Schritt, solange es gehen wollte, und seine Atemkraft hätte ihn schwerlich im Stich gelassen. Aber den Sohn der Ökonomie verwirrte das städtische Treiben; er geriet Menschen zwischen die Füße, fremde Hunde fielen ihm in die Flanke, ein

Tumult wilder Gerüche, wie er dergleichen noch nie erfahren, reizte und verstörte seinen Sinn, Häuserecken, durchsättigt mit den Essenzen alter Abenteuer, bannten ihn unwiderstehlich, er blieb zurück, er holte den Schienenwagen wohl wieder ein, allein es war ein falscher gewesen, dem er sich angeschlossen, ein dem richtigen vollständig ähnlicher; Bauschan lief blindlings in falscher Richtung fort, geriet tiefer und tiefer in die tolle Fremde hinein und fand sich erst nach zwei Tagen, ausgehungert und hinkend, in den Frieden des äußersten Hauses am Flusse heim, wohin zurückzukehren auch der Herr unterdessen vernünftig genug gewesen war.

Das geschah zweimal und dreimal; dann verzichtete Bauschan und stand endgültig ab davon, mich nach links zu begleiten. Er erkennt es sofort, was ich im Sinne habe, den Jagdgrund oder die Welt, wenn ich aus der Haustür trete. Er springt auf von der Fußmatte, darauf er, unter dem schützenden Portalbogen, mein Ausgehen herangewartet hat. Er springt auf, und in demselben Augenblick sieht er, wohin meine Absichten gehen: meine Kleidung verrät es ihm, der Stock, den ich trage, auch wohl meine Miene und Haltung, der Blick, den ich kalt und beschäftigt über ihn hinschweifen lasse oder ihm auffordernd zuwende. Er begreift. Er stürzt sich kopfüber die Stufen hinab und tanzt unter Schleuderdrehungen, in stummer Begeisterung, vor mir her zur Pforte, wenn der

Ausgang gesichert scheint; er duckt sich, er legt die Ohren zurück, seine Miene erlischt, fällt gleichsam in Asche und Trübsal zusammen, wenn die Hoffnung entflieht, und seine Augen füllen sich mit dem Ausdruck scheuen Sünderelends, den das Unglück im Blicke der Menschen und Tiere erzeugt.

Zuweilen kann er nicht glauben, was er doch sieht und weiß, daß nämlich für diesmal alles aus und an kein Jagen zu denken ist. Seine Begierde war zu heftig, er leugnet die Merkmale, er will den städtischen Stock, die hochbürgerliche Herrichtung meiner Person nicht bemerkt haben. Er drängt sich mit mir durch die Pforte, schnellt sich draußen um seine Achse, sucht mich nach rechts zu ziehen, indem er zum Galopp ansetzt in dieser Richtung und den Kopf nach mir wendet, und zwingt sich, das schicksalhafte Nein zu übersehen, das ich seinen Anstrengungen entgegensetze. Er kommt zurück, wenn ich wirklich nach links gehe, begleitet mich, aus tiefster Brust schnaubend und kleine, wirre, hohe Laute ausstoßend, die sich aus der Überspannung seines Inneren lösen, den Zaun des Vorgartens entlang und fängt an, über das Gitter der anstoßenden öffentlichen Anlage hin und her zu springen, obgleich dies Gitter ziemlich hoch ist und er in der Luft etwas ächzen muß, in Besorgnis, sich weh zu tun. Er springt aus einer Art von verzweifelter, die Tatsachen verwerfender Munterkeit und auch um mich zu bestechen, mich durch seine Tüchtigkeit für sich zu gewinnen. Denn noch ist es nicht ganz – bei aller Unwahrscheinlichkeit nicht ganz und gar ausgeschlossen, daß ich am Ende der Anlage dennoch den Stadtweg verlasse, noch einmal nach links einbiege und ihn auf geringem Umwege, über den Briefkasten nämlich, wenn ich Post zu versorgen habe, dennoch ins Freie führe. Das kommt vor, aber es kommt selten vor, und wenn auch diese Hoffnung zerstob, so setzt Bauschan sich nieder und läßt mich ziehen.

Da sitzt er, in seiner bäurisch ungeschickten Haltung, mitten auf der Straße und blickt mir nach, den ganzen langen Prospekt hinauf. Drehe ich den Kopf nach ihm, so spitzt er die Ohren, aber er folgt nicht, auch auf Ruf und Pfiff würde er nicht folgen, er weiß, daß es zwecklos wäre. Noch am Ausgange der Allee kann ich ihn sitzen sehen, als kleines, dunkles, ungeschicktes Pünktchen inmitten der Straße, und es gibt mir einen Stich ins Herz, ich besteige die Tram nicht anders als mit Gewissensbissen. Er hat so sehr gewartet, und man weiß doch, wie Warten foltern kann! Sein Leben ist Warten – auf den nächsten Spaziergang ins Freie, und dieses Warten beginnt, wenn er ausgeruht ist von dem letzten Mal. Auch in der Nacht wartet er, denn sein Schlaf verteilt sich auf die ganzen vierundzwanzig Stunden des Sonnenumlaufs, und manches Schlummerstündchen auf dem Grasteppich des Gartens, während die Sonne den Pelz wärmt, oder hinter den Vorhängen der Hütte muß die leeren Tagesstrecken verkürzen. So ist seine Nachtruhe denn auch zerrissen und ohne Einheit, vielfältig treibt es ihn um in der Finsternis, durch Hof und Garten, er wirft sich hierhin und dorthin und wartet. Er wartet auf den wiederkehrenden Besuch des Schließers mit der Laterne, dessen stapfenden Rundgang er gegen besseres Wissen mit grauenvoll meldendem Gebell begleitet; er wartet auf das Erbleichen des Himmels, das Krähen des Hahnes in einer entlegenen Gärtnerei, das Erwachen des Morgenwindes in den Bäumen und darauf, daß der Kücheneingang geöffnet wird, damit er hineinschlüpfen kann, um sich am Herde zu wärmen.

Aber ich glaube, die Marter der nächtlichen Langeweile ist milde, verglichen mit der, die Bauschan am hellen Tag zu erdulden hat, besonders, wenn schönes Wetter ist, sei es nun Winter oder Sommer, wenn die Sonne ins Freie lockt, das Verlangen nach starker Bewegung in allen Muskeln zerrt, und der Herr, ohne den nun einmal eine rechte Unternehmung nicht möglich ist, noch immer nicht seinen Platz hinter der Glastür verlassen will. Bauschans beweglicher kleiner Leib, in dem das Leben so rasch und fieberhaft pulst, ist durch und durch und im Überfluß ausgeruht, an Schlaf ist nicht mehr zu denken. Er kommt auf die Terrasse vor meiner Tür, läßt sich mit einem Seufzer, der aus der Tiefe seines Innern kommt, auf den Kies fallen und legt den Kopf auf die Pfoten, indem er von unten herauf mit einem Dulderblick gen Himmel schaut. Das dauert nur ein paar Sekunden, dann ist er der Lage schon satt und übersatt, empfindet sie als unhaltbar. Etwas kann er noch tun. Er kann die Stufen hinabsteigen und an einem der pyramidenförmigen Lebensbäumchen, welche die Rosenbeete flankieren, das Bein heben – dem rechter Hand, das dank Bauschans Gewohnheiten alljährlich an Verätzung eingeht und ausgewechselt werden muß. Er steigt also hinab und tut, wozu kein wahres Bedürfnis ihn treibt, was aber vorübergehend immerhin zu seiner Zerstreuung dienen kann. Lange steht er, trotz vollständiger Unergiebigkeit seines Tuns, auf drei Beinen, so lange, daß das vierte in der Luft zu zittern beginnt und Bauschan hüpfen muß, um sein Gleichgewicht zu wahren. Dann steht er wieder auf allen Vieren und ist nicht besser daran als zuvor. Stumpf blickt er empor in die Zweige der Eschengruppe, durch die mit Zwitschern zwei Vögel huschen, sieht den Gefiederten nach, wie sie pfeilschnell davonstreichen, und wendet sich ab, indem er über soviel kindliche Leichtlebigkeit die Achseln zu zucken scheint. Er reckt und streckt sich, als wollte er sich auseinanderreißen, und zwar zerlegt er, der Ausführlichkeit halber, das Unternehmen in zwei Abteilungen: Er dehnt zuerst die vorderen Gliedmaßen, wobei er das Hinterteil in die Lüfte erhebt, und hierauf dieses, mit weit hinausgestreckten Hinterbeinen; und beide Male reißt er in viehischem Gähnen den Rachen auf. Dann ist auch dies geschehen – die Handlung ließ sich nicht weiter ausgestalten, und hat man sich eben nach allen Regeln gestreckt, so kann man es vorläufig nicht wieder tun. Bauschan steht also und blickt in trübem Sinnen vor sich zu Boden. Dann beginnt er, sich langsam und suchend um sich selber zu drehen, als wollte er sich niederlegen und sei nur noch ungewiß, in welcher Weise. Doch entschließt er sich anders und geht trägen Schrittes in die Mitte des Rasenplatzes, wo er sich mit einer plötzlichen, fast wilden Bewegung auf den Rücken wirft, um diesen in lebhaftem Hinundherwälzen auf dem gemähten Grasboden zu scheuern und zu kühlen. Das muß mit starkem Wonnegefühl verbunden sein, denn er zieht krampfig die Pfoten an, indem er sich wälzt, und beißt im Taumel des Reizes und der Befriedigung nach allen Seiten in die Luft. Ja, um so leidenschaftlicher kostet er die Lust bis zur schalen Neige, als er weiß, daß sie keinen Bestand hat, daß man sich nicht länger als allenfalls zehn Sekunden so wälzen kann, und daß nicht jene gute Müdigkeit darauf folgt, die man durch fröhliche Anstrengung erwirbt, sondern nur die Ernüchterung und verdoppelte Öde, mit der man den Rausch, die betäubende Ausschweifung bezahlt. Er liegt einen Augenblick mit verdrehten Augen und wie tot auf der Seite. Dann steht er auf, um sich zu schütteln. Er schüttelt sich, wie nur seinesgleichen sich schütteln kann, ohne eine Gehirnerschütterung besorgen zu müssen, schüttelt sich, daß es klatscht und klappert, daß ihm die Ohren unter die Kinnbacken schlagen und die Lefzen von den weiß schimmernden Eckzähnen fliegen. Und dann? Dann steht er regungslos, in starrer Weltverlorenheit auf dem Plan und weiß endgültig auch nicht das geringste mehr mit sich anzufangen. Unter diesen Umständen greift er zu etwas Äußerstem. Er ersteigt die Terrasse, kommt an die Glastür, und mit zurückgelegten Ohren und einer wahren Bettlermiene hebt er zögernd die eine Vorderpfote und kratzt an der Tür – nur einmal und nur ganz schwach, aber diese sanft und zaghaft erhobene Pfote, dies zarte und einmalige Kratzen, zu dem er sich entschloß, da er sich anders nicht mehr zu raten wußte, ergreifen mich mächtig, und ich stehe auf, um ihm zu öffnen, um ihn zu mir einzulassen, obgleich ich weiß, daß das zu nichts Gutem führen kann; denn sofort beginnt er zu springen und zu tanzen, im Sinne der Aufforderung zu männlichen Unternehmungen, schiebt dabei den Teppich in hundert Falten, bringt das Zimmer in Aufruhr, und um meine Ruhe ist es geschehen.

Aber nun urteile man doch, ob es mir leicht fallen kann, mit der Tram davonzufahren, nachdem ich Bauschan so habe warten sehen, und ihn als trauriges Pünktchen tief unten in der Pappelallee sitzen zu lassen! Im Sommer, bei lang währendem Tageslicht, ist schließlich das Unglück noch nicht so groß, denn dann besteht gute Aussicht, daß wenigstens noch mein Abendspaziergang mich ins Freie führt, so daß Bauschan, wenn auch nach härtester Wartefrist, doch noch auf seine Kosten kommt und, einiges Jagdglück vorausgesetzt, einen Hasen hetzen kann. Im Winter aber ist alles aus für diesen Tag, wenn ich mittags davonfahre, und Bauschan muß auf vierundzwanzig Stunden jede Hoffnung begraben. Denn dann ist zur Stunde meines zweiten Ausgangs schon lange die Nacht eingefallen, die Jagdgründe liegen in unzugänglicher Finsternis, ich muß meine Schritte in künstlich beleuchtete Gegenden lenken, flußaufwärts, durch Straßen und städtische Anlagen, und das ist nichts für Bauschans Natur und schlichten Sinn; er folgte wohl anfangs, verzichtete aber bald und blieb zu Hause. Nicht nur, daß sichtige Tummelfreiheit ihm fehlte – das Helldunkel machte ihn schreckhaft, er scheute wirrköpfig vor Mensch und Strauch, die aufwehende Pelerine eines Schutzmannes ließ ihn heulend zur Seite springen und mit dem Mut des Entsetzens den ebenfalls zu Tode erschreckten Beamten anfahren, der den erlittenen Choc durch einen Strom derber und drohender Schimpfreden an meine und Bauschans Adresse aufzuheben suchte – und was der Verdrießlichkeiten noch mehr waren, die uns beiden erwuchsen, wenn er mich bei Nacht und Nebel begleitete. – Bei Gelegenheit des Schutzmannes will ich übrigens einflechten, daß es drei Arten von Menschen sind, denen Bauschans ganze Abneigung gehört, nämlich Schutzleute, Mönche und Schornsteinfeger. Diese kann er nicht leiden und fällt sie mit wütendem Bellen an, wenn sie am Hause vorübergehen oder wo und wann immer sie ihm sonst unter die Augen kommen.

Überdies nun aber ist ja der Winter die Jahreszeit, wo die Welt unserer Freiheit und Tugend am dreistesten nachstellt, uns ein gleichmäßig gesammeltes Dasein, ein Dasein der Zurückgezogenheit und der stillen Vertiefung am wenigsten gönnt, und so zieht mich die Stadt denn nur allzuoft noch ein zweites Mal, auch abends noch, an sich, die Gesellschaft macht ihre Rechte geltend, und erst spät, um Mitternacht, setzt eine letzte Tram mich draußen am vorletzten Haltepunkt ihrer Linie ab, oder ich komme auch wohl noch später, wenn schon längst keine Fahrgelegenheit sich mehr bietet, zu Fuße daher, zerstreut, weinselig, rauchend, jenseits natürlicher Müdigkeit und von falscher Sorglosigkeit in betreff aller Dinge umfangen. Dann geschieht es wohl, daß mein Zuhause, mein eigentliches und stilles Leben mir entgegenkommt, mich nicht allein ohne Vorwürfe und Empfindlichkeit, sondern mit größter Freude begrüßt und willkommen heißt und bei mir selbst wieder einführt – und zwar in Bauschans Gestalt. In völliger Dunkelheit, beim Rauschen des Flusses, biege ich in die Pappelallee, und nach ein paar Schritten fühle ich mich lautlos umtanzt und umfuchtelt, – ich wußte anfangs minutenlang nicht, wie mir geschah. »Bauschan?« fragte ich in das Dunkel hinein … Da verstärkt sich das Tanzen und Fuchteln aufs äußerste, es artet aus ins Derwischmäßige und Berserkerhafte, bei dauernder Lautlosigkeit, und in dem Augenblick, wo ich stehenbleibe, habe ich die ehrlichen, wenn auch nassen und schmutzigen Pfoten auf dem Brustaufschlag meines Mantels, und es schnappt und schlappt vor meinem Gesicht, so daß ich mich zurückbeugen muß, indes ich das magere, von Schnee oder Regen ebenfalls nasse Schulterblatt klopfe … Ja, er hat mich von der Tram abgeholt, der Gute; wohl auf dem Laufenden über mein Tun und Lassen, wie immer, hat er sich aufgemacht, als es ihm an der Zeit schien, und mich an der Station erwartet – hat vielleicht lange gewartet, in Schnee oder Regen, und seine Freude über mein endliches Eintreffen weiß nichts von Nachträgerei meiner grausamen Treulosigkeit wegen, obgleich ich ihn heute völlig vernachlässigt habe und all sein Hoffen und Harren vergeblich war. Ich lobe ihn sehr, während ich ihn klopfe und während wir heimwärts gehen. Ich sage ihm, daß er schön gehandelt, und gebe bindende Versprechungen ab in betreff des morgenden Tages, sichere ihm zu (das heißt: nicht sowohl ihm als mir), daß wir morgen mittag bestimmt und bei jeder Witterung auf die Jagd miteinander gehen werden, und unter solchen Vorsätzen verraucht meine Weltlaune, Ernst und Nüchternheit kehren in mein Gemüt zurück, und mit der Vorstellung der Jagdgründe und ihrer Einsamkeit verbindet sich der Gedanke an höhere, geheime und wunderliche Obliegenheiten …

Aber ich will weitere Einzelzüge zu Bauschans Charakterbild beibringen, so, daß es dem willigen Leser in höchst erreichbarer Lebendigkeit vor Augen trete. Vielleicht gehe ich am geschicktesten vor, indem ich dasjenige des verstorbenen Percy zur Vergleichung heranziehe; denn ein ausgeprägterer Gegensatz, als der zwischen diesen beiden Naturen ist innerhalb ein und derselben Gattung kaum erdenklich. Als grundlegend ist festzuhalten, daß Bauschan sich vollkommener geistiger Gesundheit erfreut, während Percy, wie ich schon einflocht, und wie es bei adligen Hunden nicht selten vorkommt, Zeit seines Lebens ein Narr war, verrückt, das Musterbild überzüchteter Unmöglichkeit. Es ist davon früher, in größerem Zusammenhange, die Rede gewesen. Hier sei nur Bauschans volkstümlich schlichter Sinn dagegengestellt, sich äußernd zum Beispiel bei Ausgängen oder Begrüßungen, wo denn die Kundgebungen seiner Gemütsbewegung sich durchaus im Bereich des Verständigen und einer gesunden Herzlichkeit halten, ohne je die Grenzen der Hysterie auch nur zu streifen, welche Percys Gebaren bei jeder solchen Gelegenheit in oft empörender Weise überschritt.

Dennoch ist hiermit nicht der ganze Gegensatz zwischen den beiden Geschöpfen aufgezeigt; in Wahrheit ist er verwickelter und gemischter. Bauschan nämlich ist zwar derb, wie das Volk, aber auch wehleidig wie dieses; während sein adliger Vorgänger mit mehr Zartheit und Leidensfähigkeit eine unvergleichlich festere und stolzere Seele verband und trotz aller Narrheit es an Selbstzucht dem Bäuerlein bei weitem zuvortat. Nicht im Sinne einer aristokratischen Lehrmeinung, sondern einzig und allein der Lebenswahrheit zu Ehren hebe ich diese Mischung der Gegensätze von grob und weichlich, zart und standhaft hervor. Bauschan zum Beispiel ist ganz der Mann, auch die kältesten Winternächte im Freien, das heißt auf dem Stroh und hinter den Rupfenvorhängen seiner Hütte zu verbringen. Eine Blasenschwäche hindert ihn, sieben Stunden ununterbrochen sich in geschlossenem Raume aufzuhalten, ohne sich zu vergehen; und so mußte man sich entschließen, ihn auch zu unwirtlicher Jahreszeit auszusperren, in gerechtem Vertrauen auf seine robuste Gesundheit. Denn kaum daß er mir einmal, nach besonders eisiger Nebelnacht, nicht nur mit märchenhaft bereiftem Schnurr- und Knebelbart, sondern auch ein wenig erkältet, mit dem einsilbig-stoßhaften Husten der Hunde entgegenkommt, – nach wenig Stunden schon hat er die Reizbarkeit überwunden und trägt keinen Schaden davon. Wer hätte sich wohl getraut, den seidenhaarigen Percy dem Grimme solcher Nacht auszusetzen? Andererseits hegt Bauschan eine Angst vor jedem, auch dem geringsten Schmerz und antwortet auf einen solchen mit einer Erbärmlichkeit, die Widerwillen erregen müßte, wenn sie nicht eben durch ihre naive Volkstümlichkeit entwaffnete und Heiterkeit einflößte. Jeden Augenblick, während er im Unterholz pirscht, höre ich ihn laut aufquieken, weil ein Dorn ihn geritzt, ein schnellender Zweig ihn getroffen hat; und laßt ihn beim Sprung über ein Gitter sich ein wenig den Bauch geschunden, den Fuß verstaucht haben, das gibt ein antikisches Heldengeschrei, ein dreibeiniges Gehumpelt-Kommen, ein fassungsloses Weinen und Sichbeklagen, – desto durchdringender übrigens, je mitleidiger man ihm zuredet, und all dies, obgleich er nach einer Viertelstunde wieder rennen und springen wird wie zuvor.

Da war es ein ander Ding mit Perceval. Der biß die Zähne zusammen. Die Lederpeitsche fürchtete er, wie Bauschan sie fürchtet, und leider bekam er sie öfter zu kosten als dieser; denn erstens war ich jünger und hitziger in seinen Lebenstagen als gegenwärtig, und außerdem nahm seine Kopflosigkeit nicht selten ein frevelhaftes und böses Gepräge an, welches nach Züchtigung geradezu schrie und dazu aufreizte. Wenn ich denn also, zum äußersten gebracht, die Karbatsche vom Nagel nahm, so verkroch er sich wohl zusammengeduckt unter Tisch und Bank; aber nicht ein Wehelaut kam über seine Lippen, wenn der Schlag und noch einer, niedersauste, höchstens ein ernstes Stöhnen, falls es ihn allzu beißend getroffen hatte – während Gevatter Bauschan vor ordinärer Feigheit schon quiekt und schreit, wenn ich nur den Arm hebe. Kurzum, keine Ehre, keine Strenge gegen sich selbst. Übrigens gibt seine Führung zu strafendem Einschreiten kaum jemals Veranlassung, zumal ich es längst verlernt habe, Leistungen von ihm zu verlangen, die seiner Natur widersprechen, und deren Forderung also zum Zusammenstoß führen könnte.

Kunststücke, zum Beispiel, verlange ich nicht von ihm; es wäre vergebens. Er ist kein Gelehrter, kein Marktwunder, kein pudelnärrischer Aufwärter; er ist ein vitaler Jägerbursch und kein Professor. Ich hob hervor, daß er ein vorzüglicher Springer ist. Wenn es darauf ankommt, so nimmt er jedes Hindernis – ist es allzu hoch, um in freiem Sprunge bewältigt zu werden, so klettert er anspringend hinauf und läßt sich jenseits hinunterfallen, genug, er nimmt es. Aber das Hindernis muß ein wirkliches Hindernis sein, das heißt ein solches, unter dem man nicht durchlaufen oder durchschlüpfen kann: sonst würde Bauschan es als verrückt empfinden, darüber wegzuspringen.

Eine Mauer, ein Graben, ein Gitter, ein lückenloser Zaun das sind solche Hindernisse. Eine querliegende Stange, ein vorgehaltener Stock, das ist k e i n solches, und also kann man auch nicht darüberspringen, ohne mit sich selbst und den Dingen in närrischen Widerspruch zu geraten. Bauschan weigert sich, dies zu tun. Er weigert sich – versuche es, ihn zum Sprung über ein solches unwirkliches Hindernis zu bewegen; in deiner Wut wird dir schließlich nichts übrigbleiben, als ihn beim Kragen zu nehmen und den gellend Quiekenden hinüberzuwerfen, worauf er sich dann die Miene gibt, als sei hiermit das Ziel deiner Wünsche erreicht, und das Ergebnis mit Tänzen und begeistertem Bellen feiert. Schmeichle ihm, prügle ihn – hier herrscht ein Vernunftwiderstand gegen das reine Kunststück, den du auf keine Weise brechen wirst. Er ist nicht ungefällig, die Zufriedenheit des Herrn ist ihm wert, er setzt über eine geschlossene Hecke auf meinen Wunsch oder Befehl, nicht nur aus eigenem Antriebe, und holt sich freudig das Lob und den Dank dafür. Über die Stange, den Stock springt er nicht, sondern läuft darunter hindurch, und schlüge man ihn tot. Hundertfach bittet er um Vergebung, um Nachsicht, um Schonung, denn er fürchtet ja den Schmerz, fürchtet ihn bis zur Memmenhaftigkeit; aber keine Furcht und kein Schmerz vermögen ihn zu einer Leistung, die in körperlicher Hinsicht nur ein Kinderspiel für ihn wäre, zu der ihm aber offenbar die seelische Möglichkeit fehlt, zu zwingen. Sie von ihm fordern heißt nicht, ihn vor die Frage stellen, ob er springen wird oder nicht; diese Frage ist im voraus entschieden, und der Befehl bedeutet ohne weiteres Prügel. Denn das Unverständliche und wegen Unverständlichkeit Untunliche von ihm zu fordern, heißt in seinen Augen nur einen Vorwand für Streit, Störung der Freundschaft und Prügel suchen und ist selbst schon der Anfang von alldem. Dies ist Bauschans Auffassung, soviel ich sehe, und mir ist zweifelhaft, ob man hier von Verstocktheit reden darf. Verstocktheit ist schließlich zu brechen, ja, will sogar gebrochen sein; seinen Widerstand aber gegen das absolute Kunststück würde er mit dem Tode besiegeln.

Wunderliche Seele! So nah befreundet und doch so fremd, so abweichend in gewissen Punkten, daß unser Wort sich als unfähig erweist, ihrer Logik gerecht zu werden. Welche Bewandtnis hat es zum Beispiel mit den furchtbaren, für Beteiligte wie Zuschauer entnervenden Umständlichkeiten, unter denen das Zusammentreffen, das Bekanntschaftmachen oder auch nur voneinander Kenntnisnehmen der Hunde sich vollzieht? Hundertmal machten meine Streifzüge mit Bauschan mich zum Zeugen eines solchen Zusammentreffens – ich sage besser: sie zwangen mich, beklommener Zeuge davon zu sein; und jedesmal, für die Dauer der Szene, wurde sein sonst vertrautes Benehmen mir undurchsichtig – ich fand es unmöglich, in die Empfindungen, Gesetze, Stammessitten, die diesem Benehmen zugrunde liegen, sympathisch einzudringen. Wirklich gehört die Begegnung zweier einander fremder Hunde im Freien zu den peinlichsten, spannendsten und fatalsten aller denkbaren Vorgänge; sie ist von Dämonie und Sonderbarkeit umwittert. Eine Gebundenheit waltet da, für die es genauere Namen nicht gibt; sie kommen nicht aneinander vorbei, es ist eine schreckliche Verlegenheit.

Ich rede kaum von dem Fall, daß der eine Teil sich eingesperrt auf seinem Anwesen, hinter Zaun und Hecke befindet – auch dann ist nicht einzusehen, wie den beiden zumute wird, aber die Sache ist vergleichsweise weniger brenzlich. Sie wittern einander aus unabsehbarer Ferne, und Bauschan kommt plötzlich, wie Schutz suchend, in meine Nähe, indem er ein Winseln vernehmen läßt, das von unbestimmbarer, mit keinem Worte zu treffender Seelenpein und Bedrängnis Kunde gibt, während gleichzeitig der Fremde, Eingesperrte ein wütendes Bellen anhebt, das den Charakter energisch meldender Wachsamkeit vortäuschen zu wollen scheint, zwischendurch aber unversehens in Töne umschlägt, die denen Bauschans gleichen, in ein sehnsüchtiges, weinerlich-eifersüchtiges, notvolles Winseln also. Wir nähern uns dem Orte, wir kommen heran. Der fremde Hund hat uns hinter dem Zaun erwartet, er steht dort schimpfend und seine Ohnmacht beweinend, springt wild am Zaun empor und gibt sich die Miene – wieweit es ihm ernst ist, weiß niemand –, als würde er Bauschan unfehlbar in Stücke reißen, wenn er nur an ihn gelangen könnte. Trotzdem geht Bauschan, der ja an meiner Seite bleiben und vorübergehen könnte, an den Zaun; er muß es, er täte es auch gegen mein Wort; sein Fernbleiben würde innere Gesetze verletzen – weit tiefer gegründet und unverbrüchlicher als mein Verbot. Er geht also heran und vollzieht vor allen Dingen mit demütiger und still verschlossener Miene jene Opferhandlung, durch welche, wie er wohl weiß, immer eine gewisse Beruhigung und vorübergehende Versöhnung des anderen zu bewirken ist, solange nämlich dieser an anderer Stelle dasselbe tut, wenn auch unter leisem Schimpfen und Weinen. Dann beginnen die beiden eine wilde Jagd den Zaun entlang, der eine diesseits, der andere jenseits, stumm und immer hart nebeneinander. Sie machen gleichzeitig kehrt am Ende des Anwesens und rasen nach der anderen Seite zurück, machen wieder kehrt und rasen noch einmal. Plötzlich aber, in der Mitte, bleiben sie wie angewurzelt stehen, nicht mehr seitlich zum Zaun, sondern senkrecht zu ihm, und halten durch ihn hindurch ihre Nasen aneinander. So stehen sie eine geraume Weile, um hierauf ihren sonderbaren und ergebnislosen Wettlauf, Schulter an Schulter, zu beiden Seiten des Zauns wiederaufzunehmen. Schließlich aber macht der Meine von seiner Freiheit Gebrauch und entfernt sich. Das ist ein furchtbarer Augenblick für den Eingesperrten! Er steht es nicht aus, er sieht eine beispiellose Niedertracht darin, daß der andere sich einfallen läßt, einfach fortzugehen; er tobt, geifert, gebärdet sich wie verrückt vor Wut, rast allein sein Anwesen auf und ab, droht über den Zaun zu springen, um den Treulosen zu erwürgen, und sendet ihm die gemeinsten Schmähungen nach. Bauschan hört dies alles und ist sehr peinlich berührt davon, wie seine stille und betretene Miene bekundet; aber er sieht sich nicht um und trollt sich sachte weiter, während hinter uns das gräßliche Fluchen allmählich wieder in Winseln übergeht und langsam verstummt.

So spielt der Auftritt sich beiläufig ab, wenn der eine Teil sich in Gewahrsam befindet. Allein die Mißlichkeit kommt auf ihren Gipfel, wenn das Zusammentreffen unter gleichen Bedingungen erfolgt und beide auf freiem Fuße sind – unangenehm ist das auszumalen; es ist die bedrückendste, verfänglichste und kritischste Sache von der Welt. Bauschan, der eben noch sorglos umhersprang, kommt zu mir, drängt sich förmlich in meine Nähe, mit jenem aus tiefster Seele kommenden Miefen und Winseln, von dem nicht zu sagen ist, welcher Gemütsbewegung es Ausdruck gibt, das ich aber sofort erkenne, und aus dem ich auf die Annäherung eines fremden Hundes zu schließen habe. Ich muß scharf ausspähen: es ist richtig, da kommt er, und man sieht schon von weitem an seinem zögernden und gespannten Gebaren, daß auch er des anderen wohl gewahr geworden. Meine eigene Befangenheit steht der der beiden kaum nach; der Zwischenfall ist mir höchst unerwünscht. »Geh weg!« sage ich zu Bauschan. »Warum an meinem Bein? Könnt ihr den Handel nicht unter euch ausmachen, in einiger Entfernung?« Und ich suche ihn mit dem Stocke von mir zu scheuchen; denn wenn es zu einer Beißerei kommt, was, ob ich den Grund nun einsehe oder nicht, durchaus nicht unwahrscheinlich ist, so wird sie an meinem Fuße vor sich gehen, und ich werde die unliebsamste Aufregung davon haben: »Geh weg!« sage ich leise. Aber Bauschan geht nicht weg, fest und beklommen hält er sich zu mir, und nur auf einen Augenblick geht er seitwärts an einen Baum, um das Opfer zu verrichten, während der Fremde dort hinten, wie ich sehe, dasselbe tut. Nun ist man einander auf zwanzig Schritte nahe gekommen, die Spannung ist furchtbar. Der Fremde hat sich auf den Bauch gelegt, sich niedergekauert wie eine Tigerkatze, mit vorgestrecktem Kopfe, und in dieser Wegelagererpose erwartet er Bauschans Herankommen, offenbar, um ihm im gegebenen Augenblick an die Kehle zu springen. Dies geschieht jedoch nicht, und Bauschan scheint es auch nicht zu erwarten; jedenfalls geht er, wenn auch schrecklich zögernd und schweren Herzens, gerade auf den Lauernden zu, täte es auch dann und müßte es tun, wenn ich meinerseits mich jetzt von ihm ablöste, einen Seitenpfad einschlüge und ihn allen Schwierigkeiten der Lage allein überließe. So drükkend die Begegnung ihm ist – an ein Ausweichen, ein Entkommen ist nicht zu denken. Gebannt geht er, er ist an den anderen gebunden, sie sind beide auf eine heikle und dunkle Weise aneinander gebunden und dürfen das nicht verleugnen. Wir sind nun auf zwei Schritte herangekommen.

Da steht der andere stille auf, als hätte er sich nie die Miene eines Dschungeltigers gegeben, und steht nun ebenso da wie Bauschan – begossen, elend und tief verlegen stehen sie beide und kommen nicht aneinander vorbei. Sie möchten wohl, sie wenden die Köpfe ab, sie schielen traurig beiseite, ein gemeinsames Schuldbewußtsein scheint auf ihnen zu liegen. So schieben und schleichen sie sich gespannt und mit trüber Behutsamkeit zueinander und nebeneinander, Flanke an Flanke, und beschnüffeln einander das Geheimnis der Zeugung. Hierbei beginnen sie wohl zu knurren, und ich nenne Bauschan mit gesenkter Stimme bei Namen und warne ihn, denn dies ist der Augenblick, wo sich entscheidet, ob es zur Beißerei kommen wird oder ob ich dieser Erschütterung überhoben sein werde. Die Beißerei ist da, man weiß nicht wie, und noch weniger, warum – auf einmal sind beide nur noch ein Knäuel und rasendes Getümmel, aus dem die gräßlichsten Kehllaute reißender Bestien dringen. Dann muß ich mit dem Stocke hineinregieren, um ein Unglück zu verhüten, muß auch wohl Bauschan am Halsband oder Nackenfell zu ergreifen suchen, um ihn aus freiem Arm in die Luft zu erheben, während der andere verbissen an ihm hängt, und was der Schrecken noch mehr sein mögen, die ich noch während eines beträchtlichen Teiles des Spazierganges in den Gliedern spüre. Es kann aber auch sein, daß das Ganze, nach allen Veranstaltungen und Umständlichkeiten, ausgeht wie das Hornberger Schießen und still im Sande verläuft. Zwar schwer hält es auf jeden Fall, von der Stelle zu kommen: auch wenn sie sich nicht ineinander verbeißen, hangen die beiden doch gar zu zäh durch ein innerlich Band zusammen. Schon scheinen sie an einander vorbei, sie zögern nicht mehr Flanke an Flanke, sondern stehen fast schon in gerader Linie, der eine hierhin gewandt, der andere dorthin, sie sehen sich nicht, sie drehen auch kaum die Köpfe zurück, nur mit den Augäpfeln schielen sie hinter sich, soweit es geht. Aber obgleich schon Raum zwischen ihnen ist, hält doch das zähe, traurige Band, und keiner weiß, ob schon der Augenblick erlaubter Befreiung gekommen, es möchten wohl beide fort, allein aus irgendeiner Gewissensbesorgnis wagt keiner sich loszumachen. Bis endlich, endlich der Bann gebrochen ist, das Band zerreißt und Bauschan dahinspringt, erlöst, erleichterten Herzens, als sei ihm das Leben wiedergeschenkt.

Ich rede von diesen Dingen, um anzudeuten, wie wildfremd und sonderbar das Wesen eines so nahen Freundes sich mir unter Umständen darstellt – es wird mir unheimlich und dunkel dann; kopfschüttelnd betrachte ich es, und nur ahnungsweise finde ich mich hinein. Sonst aber kenne ich sein Inneres so gut, verstehe mich mit heiterer Sympathie auf alle Äußerungen desselben, sein Mienenspiel, sein ganzes Gebaren. Wie kenne ich, um nur irgendein Beispiel anzuführen, das gewisse piepsende Gähnen, das er an sich hat, wenn ein Ausgang ihn dadurch enttäuschte, daß er allzu kurz und sportlich unfruchtbar war: wenn ich den Tag spät begonnen habe, nur gerade vor Tisch noch auf eine Viertelstunde mit Bauschan ins Freie gegangen und gleich wieder umgekehrt bin. Dann geht er neben mir und gähnt. Es ist ein unverschämtes, unhöfliches, sperrangelweites, viehisches Gähnen, begleitet von einem piepsenden Kehllaut und von beleidigend gelangweiltem Ausdruck. »Einen schönen Herrn habe ich«, drückt es aus. »Spät in der Nacht habe ich ihn von der Brücke abgeholt, und da sitzt er denn heut hinter der Glastür und läßt einen auf den Ausgang warten, daß man vor Langerweile verenden möchte, wenn er aber endlich ausgeht, so tut er es, um wieder umzukehren, bevor man nur irgendein Wild gerochen. Ah-i, ein schöner Herr! Kein rechter Herr! Ein lumpiger Herr!«

Dies also drückt sein Gähnen mit grober Deutlichkeit aus, so daß es unmöglich mißzuverstehen ist. Auch sehe ich ein, daß er im Recht damit ist, und daß ich schuldig vor ihm bin, und so strecke ich denn wohl die Hand aus, um ihm tröstlich die Schulter zu klopfen oder die Schädelplatte zu streicheln. Aber er dankt für Liebkosungen unter solchen Umständen, er nimmt sie nicht an, er gähnt noch einmal, womöglich noch unhöflicher, und entzieht sich der Hand, obgleich er von Natur, zum Unterschiede von Percy und in Übereinstimmung mit seiner volkstümlichen Wehleidigkeit, ein großer Freund weichlicher Liebkosungen ist. Besonders schätzt er es, an der Kehle gekraut zu werden, und hat eine drollig energische Art, die Hand durch kurze Kopfbewegungen an diese Stelle zu leiten. Daß er aber jetzt von Zärtlichkeiten nichts wissen will, hängt, außer mit seiner Enttäuschtheit, damit zusammen, daß er überhaupt im Zustande der Bewegung, das heißt: wenn auch ich mich in Bewegung befinde, keinen Sinn und kein Interesse dafür hat. Er befindet sich dann in einer zu männlichen Gemütsverfassung, um Geschmack daran zu finden – was sich aber sofort ändert, wenn ich mich niederlasse. Dann ist er für Freundlichkeiten von Herzen empfänglich, und seine Art, sie zu erwidern, ist von täppisch-schwärmerischer Zudringlichkeit.

Gern, wenn ich, auf meinem Stuhl in der Mauerecke des Gartens oder draußen im Gras, den Rükken an einen bevorzugten Baum gelehnt, in einem Buche lese, unterbreche ich mich in meiner geistigen Beschäftigung, um etwas mit Bauschan zu sprechen und zu spielen. Was ich denn zu ihm spreche? Meist sage ich ihm seinen Namen vor, den Laut, der ihn unter allen am meisten angeht, weil er ihn selbst bezeichnet, und der darum auf sein ganzes Wesen elektrisierend wirkt – stachle und befeuere sein Ichgefühl, indem ich ihm mit verschiedener Betonung versichere und recht zu bedenken gebe, daß er Bauschan heißt und ist; und wenn ich dies eine Weile fortsetze, kann ich ihn dadurch in eine wahre Verzückung, eine Art von Identitätsrausch versetzen, so daß er anfängt, sich um sich selber zu drehen und aus der stolzen Bedrängnis seiner Brust laut und jubelnd gen Himmel zu bellen. Oder wir unterhalten uns, indem ich ihm auf die Nase schlage, und er nach meiner Hand schnappt wie nach einer Fliege. Dies bringt uns beide zum Lachen – ja, auch Bauschan muß lachen, und das ist für mich, der ebenfalls lacht, der wunderlichste und rührendste Anblick von der Welt. Es ist ergreifend zu sehen, wie unter dem Reiz der Neckerei es um seine Mundwinkel, in seiner tierisch hageren Wange zuckt und ruckt, wie in der schwärzlichen Miene der Kreatur der physiognomische Ausdruck des menschlichen Lachens oder doch ein trüber, unbeholfener und melancholischer Abglanz davon erscheint, wieder verschwindet, um den Merkmalen der Erschrockenheit und Verlegenheit Platz zu machen, und abermals zerrend hervortritt …

Aber ich will hier abbrechen und mich nicht weiter in Einzelheiten verlieren. Ohnedies macht der Umfang mir Sorge, den diese kleine Beschreibung ganz gegen mein Vorhaben anzunehmen droht. Ich will meinen Helden nun kurzerhand in seiner Pracht und in seinem Elemente zeigen, in jener Lebenslage, worin er am meisten er selbst ist, und die alle seine Gaben am schönsten begünstigt, nämlich auf der Jagd. Vorher muß ich aber den Leser mit dem Schauplatz dieser Freuden genauer bekannt machen, unserem Jagdrevier, meiner Landschaft am Fluß; denn sie hängt nahe mit Bauschans Person zusammen, ja ist mir auf ganz verwandte Art lieb, vertraut und bedeutend wie er – was man denn folgerechterweise auch ohne weiteren novellistischen Anlaß als Rechtstitel zu ihrer Schilderung wird gelten lassen müssen.

In den Gärten unserer kleinen, weiträumig angelegten Kolonie zeichnen sich alte, die Dächer überhöhende Baumriesen überall scharf gegen die zarten Neupflanzungen ab und geben sich als Originalwuchs und Ureinwohner dieser Gegend unzweideutig zu erkennen. Sie sind der Stolz und die Zierde dieser noch jungen Niederlassung; man hat sie sorgfältig geschont und erhalten, sofern es irgend tunlich war, und wo es bei der Ausmessung und Einfriedung der Grundstücke zu einem Konflikt mit einem von ihnen kam, das heißt: wo sich erwies, daß so ein moosigsilbriger Würdenstamm gerade auf der Demarkationslinie stand, da beschreibt wohl ein Zaun eine kleine Ausbuchtung um ihn herum, um ihn mit in den Garten aufzunehmen, oder in dem Beton einer Mauer ist eine höfliche Lücke gelassen, in welcher der Alte nun ragt, halb privat und halb öffentlich, die kahlen Äste mit Schnee belastet oder im Schmuck seines kleinblättrigen, spätsprießenden Laubes.

Denn es sind Exemplare der Esche, eines Baumes, der die Feuchtigkeit wie wenige liebt – und damit ist über die Grundbesonderheit unsres Landstriches etwas Entscheidendes ausgesagt. Es ist noch nicht lange, daß Menschenwitz ihn urbar und siedelungsfähig gemacht hat – anderthalb Jahrzehnte etwa, nicht mehr. Vordem war hier eine Sumpfwildnis – ein wahres Mückenloch, wo Weiden, Krüppelpappeln und dergleichen verkrümmtes Baumzeug sich in faul stehenden Teichen spiegelte. Die Gegend nämlich ist Schwemmgebiet; einige Meter unter dem Boden befindet sich eine undurchlässige Erdschicht: so war der Grund denn morastig von jeher, und überall in seinen Vertiefungen stand Wasser. Die Austrocknung geschah, indem man den Flußspiegel tiefer legte – ich verstehe mich nicht auf ingeniöse Dinge, aber im wesentlichen lief es auf diesen Kunstgriff hinaus, durch welchen das Wasser, das nicht versickern konnte, zum Ablauf bewogen wurde, so daß nun vieler Orten unterirdische Bäche sich in den Fluß ergießen und das Erdreich Festigkeit gewinnen konnte, wenigstens größtenteils; denn wenn man die Örtlichkeit kennt, wie ich und Bauschan sie kennen, so weiß man flußabwärts im Dickicht manche schilfige Niederung, die an ihren ursprünglichen Zustand gemahnt, verschwiegene Orte, deren feuchter Kühle der heißeste Sommertag nichts anhaben kann, und wo man an solchen Tagen gern ein paar Minuten atmend verweilt.

Überhaupt aber hat die Gegend ihre kuriose Eigenart, worin sie sich auch von den Ufern des Bergwassers, wie sie sich sonst wohl mit ihren Nadelwäldern und moosigen Wiesen gewöhnlich darstellen, auf den ersten Blick unterscheidet – sie hat, sage ich, ihre anfängliche Eigenart, auch seit das Grundstücksgeschäft sich ihrer bemächtigt, vollauf bewahrt, und überall, auch außerhalb der Gärten, hält ihre Ur- und Originalvegetation deutlich das Übergewicht gegen die eingeführte und nachgepflanzte. Da kommt wohl in Alleen und öffentlichen Anlagen die Roßkastanie vor, der rasch wachsende Ahorn, selbst Buchen und allerlei Ziergesträuch; doch alles das ist nicht urwüchsig, das ist gesetzt, so gut wie die welsche Pappel, die aufgereiht ragt in ihrer sterilen Männlichkeit. Ich nannte die Esche als autochthonen Baum – sie ist sehr stark verbreitet, man findet sie in allen Lebensaltern, als hundertjährigen Riesen wie auch als weichen Schößling, der massenweise wie Unkraut dem Kies entsproßt; und sie ist es, die zusammen mit der Silber- und Zitterpappel, der Birke, der Weide als Baum und Gebüsch der Landschaft ihr eigentliches Gepräge verleiht. Das sind aber lauter kleinblättrige Bäume, und Kleinblättrigkeit, die Zierlichkeit des Laubwerks, bei oft gigantischen Ausmaßen der Baumgestalten, ist denn auch ein sofort auffallendes Merkmal der Gegend. Eine Ausnahme bildet die Ulme, die vielfach ihr geräumiges, wie mit der Säge gezacktes und an der Oberfläche klebrig glänzendes Blatt der Sonne hinbreitet, und dann die große Menge des Schlinggewächses, das überall im Gehölz die jüngeren Stämme umspinnt und verwirrend sein Laub mit dem ihrigen mischt. Die schlanke Figur der

Erle tritt an vertieften Stellen zu kleinen Hainen zusammen. Die Linde aber findet sich sehr selten; die Eiche kommt überhaupt nicht vor; die Fichte auch nicht. Doch stehen solche an mehreren Stellen den östlichen Hang hinauf, die Grenze unsres Gebietes, an welcher mit andrer Bodenbeschaffenheit ein andrer Pflanzenwuchs, der sonst gewohnte, beginnt. Schwarz gegen den Himmel ragen sie dort und blikken wachthabend in unsre Niederung herab.

Vom Hang bis zum Fluß sind es nicht mehr als fünfhundert Meter, ich habe es ausgeschritten. Mag sein, daß sich flußabwärts der Uferstreifen ein wenig fächerförmig erweitert – bedeutend ist die Abweichung keineswegs, und merkwürdig bleibt, welch reiche landschaftliche Abwechslung die schmale Gegend gewährt, auch wenn man von dem beliebigen Spielraum, den sie der Länge nach, in Richtung des Flußlaufes bietet, so mäßigen Gebrauch macht wie Bauschan und ich, die wir unsre Streifzüge nur selten über das Zeitmaß von zwei Stunden hin ausdehnen, den Vor- und Rückmarsch zusammengerechnet. Die Vielfältigkeit der Ansichten aber, und daß man seine Spaziergänge beständig abzuwandeln und wechselnd zusammenzusetzen vermag, auch darum der Landschaft trotz langer Vertrautheit nicht überdrüssig und sich ihrer Enge gar nicht bewußt wird, beruht darauf, daß sie in drei untereinander ganz verschiedene Regionen oder Zonen zerfällt, denen man sich einzeln widmen oder die man auf schrägen Querpfaden nach und nach miteinander verbinden mag: die Region des Flusses und seines unmittelbaren Ufers einerseits, die Region des Hanges auf der andern Seite und die Waldregion in der Mitte.

Den größten Teil der Breite nimmt die Zone des Waldes, des Parks, des Weidichts, des Ufergehölzes ein – ich sehe mich nach einem Namen um für das wunderliche Gelände, der es besser träfe und anschaulicher machte als das Wort Wald, und finde das eigentlich rechte doch nicht, wie mir scheint. Von einem Wald im üblichen Wortverstande – so einem Saal mit Moos- und Streugrund und ungefähr gleichstarken Baumsäulen, kann keinesfalls die Rede sein. Die Bäume unsres Reviers sind ganz verschiedenen Alters und Umfanges; es gibt unter ihnen riesige Urväter des Weiden- und Pappelgeschlechtes, namentlich entlang des Flusses, doch auch im inneren Holze; dann sind andere, schon wohl ausgewachsen, die etwa zehn oder fünfzehn Jahre zählen mögen, und endlich eine Legion von dünnen Stämmchen, wilde Baumschulen einer Natursaat von jungen Eschen, Birken und Erlen, welche aber einen Eindruck von Magerkeit darum durchaus nicht hervorrufen, weil sie, wie ich schon angab, sämtlich von Schlingpflanzen dick umwickelt sind, die im ganzen vielmehr ein fast tropisch wucherisches Bild ergeben; doch habe ich sie in dem

Verdachte, daß sie das Wachstum ihrer Wirte hemmen, denn in den Jahren, die ich hier lebe, meine ich nicht gesehen zu haben, daß viele dieser Stämmchen dicker geworden wären.

Der Bäume sind wenige, nahe verwandte Arten. Die Erle ist von der Familie der Birke, die Pappel zuletzt nichts sehr andres als eine Weide. Und eine Annäherung ihrer aller an den Grundtypus dieser letzteren ließe sich behaupten – wie ja die Forstleute wissen, daß das Geschlecht der Bäume zur Anpassung an das Gepräge der umgebenden Örtlichkeit, einer gewissen Nachahmung des jeweilig herrschenden Linien- und Formengeschmacks, sehr bereit ist. Hier nun herrscht die phantastische, hexenhaft verwachsene Linie der Weide, dieser getreuen Begleiterin und Anwohnerin fließender wie ruhender Gewässer, mit den krummfingerig ausholenden, besenhaft bezweigten Ästen, und ihrem Wesen suchen die andern es sichtlich nachzutun. Die Silberpappel krümmt sich völlig in ihrem Geschmack; aber von dieser ist oft nur schwer die Birke zu unterscheiden, welche, vom Ortsgeist verleitet, sich ebenfalls zuweilen in den sonderbarsten Verkrümmungen gefällt – womit nicht gesagt sein soll, daß dieser liebenswürdige Baum nicht auch hier, und zwar zahlreich, in höchst wohlgestalteten, ja bei günstig-farbiger Nachmittagsbeleuchtung das Auge bezaubernden Individuen vorkäme. Die Gegend kennt ihn als silbernes Stengelchen mit wenigen einzeln stehenden Blättchen zur Krone; als lieblich herangewachsene, adrett geformte Jungfrau mit dem schmucksten kreidigen Stamm, die auf ziere und schmachtende Art die Locken ihres Laubes herabhängen läßt; und ebensowohl in wahrhaft elefantenhaftem Wuchs, mit einem Stamm, den kein Mann mit den Armen umfassen könnte, und dessen Rinde nur hoch oben noch Spuren der glatten Weiße zeigt, weiter unten aber zur groben, kohligen, rissigen Borke geworden ist …

Den Boden angehend, so hat er mit dem eines Waldes fast gar keine Ähnlichkeit. Er ist kiesig, lehmig und sogar sandig, und man sollte ihn nicht für fruchtbar halten. Dennoch ist er es in seinen Grenzen bis zur Üppigkeit. Ein hochwucherndes Gras gedeiht darauf, welches oft einen trockenen, scharfkantigen, dünenmäßigen Charakter annimmt und im Winter wie zertretenes Heu den Boden bedeckt, oft auch geradezu in Schilf übergeht, anderwärts aber weich, dick und strotzend, untermischt mit Schierling, Brennesseln, Huflattich, allerlei kriechendem Blattwerk, hoch aufgeschossenen Disteln und jungen, noch weichen Baumtrieben, ein günstiger Unterschlupf für Fasanen und andre Wildhühner, gegen die Wurzelknollen der Bäume heranwogt. Aus diesem Schwall und Bodendickicht nun aber ranken überall die Waldrebe, der wilde Hopfen spiralförmig, in breitblättrigen Girlanden an den Bäumen empor, und noch im Winter halten ihre Stengel die Stämme wie harter, unzerreißbarer Draht umschlungen.

Das ist kein Wald und kein Park, das ist ein Zaubergarten, nicht mehr und nicht weniger. Ich will das Wort vertreten, obgleich es sich im Grunde um eine karge, eingeschränkte und zur Krüppelhaftigkeit geneigte Natur handelt, die mit ein paar einfachen botanischen Namen erschöpft und bezeichnet ist. Der Grund ist wellig, er hebt und senkt sich beständig, und das ergibt die schöne Geschlossenheit der Veduten, die Unabsehbarkeit auch nach den Seiten hin; ja, wenn die Holzung sich meilenweit nach rechts und links erstreckte oder so weit, wie sie sich in die Länge erstreckt, statt daß sie von der Mitte her beiderseits nur ein hundert und etliche Schritte mißt, so könnte man sich nicht geborgener, vertiefter und abgeschiedener in ihr fühlen. Einzig das Ohr ist durch gleichmäßiges Rauschen von Westen her gemahnt an die befreundete Nähe des Flusses, den man nicht sieht … Es gibt da Schluchten, ganz angefüllt mit Holunder-, Liguster-, Jasmin- und Faulbaum-Gebüsch, so daß an qualmigen Junitagen die Brust den Duft kaum zu bergen weiß. Und wieder gibt es Bodenvertiefungen – die reinen Kiesgruben, an deren Abhängen und auf deren Grunde nichts als ein paar Weidentriebe und ein wenig trockener Salbei gedeihen.

Das alles will nicht aufhören, sonderbar auf mich zu wirken, obwohl es mir seit manchem Jahr zum täglichen Aufenthalt geworden. Irgendwie berührt dies viele Eschenlaub, das an riesige Farren erinnert, berühren diese Schlingranken und dies Röhricht, diese Feuchtigkeit und Dürre, dies kärgliche Dikkicht mich phantastisch, und um meinen ganzen Eindruck zu sagen: es ist ein wenig, als finde man sich in die Landschaft einer anderen Erdperiode versetzt, oder auch in eine unterseeische, als wandle man auf Wassersboden – eine Vorstellung, die ja mit der Wahrheit dies und das zu tun hat; denn Wasser stand hier ehemals vieler Orten, in jenen Senkungen zumal, die jetzt als viereckige Wiesenbassins, mit wilden Baumschulen naturgesäter Eschen bestanden, Schafen zur Weide dienen, und von denen eine gleich hinter meinem Hause gelegen ist.

Die Wildnis ist in die Kreuz und Quere von Pfaden durchzogen, Streifen niedergetretenen Grases teilweise nur, oder auch kiesigen Fußsteigen, die ganz offenbar nicht angelegt, sondern eben nur durch Begehung entstanden sind, ohne daß man zu sagen vermöchte, wer sie wohl ausgetreten haben könnte: denn daß Bauschan und ich einem Menschen darauf begegnen, ist eine befremdende Ausnahme, und mein Begleiter bleibt bei solchem Anblick wohl stutzend stehen und läßt einen einzelnen dumpfen Blaff vernehmen, der ziemlich genau auch meine eigenen Empfindungen dem Zwischenfall gegenüber zum Ausdruck bringt. Selbst an schönen Sonntag-Nachmittagen im Sommer, wenn aus der Stadt eine große Menge Spaziergänger sich in unsre Gegend ergießt (denn immer ist es hier um ein paar Grad kühler als anderwärts), können wir auf diesen inneren Wegen so gut wie ungestört wandeln; denn die Leute kennen sie nicht, und dann zieht auch das Wasser, der Fluß, wie es zu gehen pflegt, sie mächtig an, und dicht an ihn gedrängt, so dicht wie möglich, auf dem untersten Quai, wenn es angeht, das heißt: wenn er nicht überschwemmt ist, bewegt sich der Menschenstrom in die Landschaft hinaus und abends wieder zurück. Höchstens, daß uns da drinnen im Busche ein gelagertes Liebespaar aufstößt, welches mit kekken und scheuen Tieraugen uns aus seinem Neste entgegenblickt, so, als wollte es trotzig fragen, ob wir etwa gegen seine Anwesenheit dahier und gegen sein Tun und abseitiges Treiben irgendetwas zu erinnern hätten – was wir schweigend verneinen, indem wir uns beiseite machen: Bauschan mit jener Gleichgültigkeit, in der ihn alles beläßt, was nicht Wildgeruch nach sich zieht, und ich mit vollkommen verschlossener und ausdrucksloser Miene, welches alles auf sich beruhen und weder Beifall noch Mißbilligung im geringsten durchscheinen läßt.

Jene Pfade nun aber sind nicht die einzigen Verkehrs- und Verbindungsmittel in meinem Park. Es gibt daselbst Straßen – genauer gesagt, Zurüstungen sind vorhanden, die einmal Straßen gewesen sind, oder solche einmal haben werden sollen, oder, will's Gott, vielleicht auch wirklich noch einmal sein werden … Die Sache ist diese: Spuren der bahnbrechenden Hacke und eines sanguinischen Unternehmertums zeigen sich noch ein gutes Stück über den angebauten Teil der Gegend, die kleine Villenkolonie hinaus. Man hatte weit geschaut, kühn geplant. Die Handelssozietät, die vor zehn oder fünfzehn Jahren den Landstrich in die Hand genommen, hatte es anders, großartiger nämlich, damit (und mit sich selber) im Sinne gehabt, als es dann kam; nicht auf die Handvoll Villen, die dastehen, hatte die Siedelung sich beschränken sollen. Baugründe waren in Menge vorhanden, wohl einen Kilometer flußabwärts war – und ist heute noch – alles zum Empfange von Käufern und Liebhabern einer seßhaften Lebensweise bereit. Großzügigkeit hatte geherrscht in den Ratssitzungen der Genossenschaft. Man hatte sich nicht mit sichernden Uferbauten, mit der Herstellung eines gangbaren Quais, mit gärtnerischen Anpflanzungen begnügt; ziemlich weit hinaus hatte man an das Gehölz selbst die kultivierende Hand angelegt, Rodungen vorgenommen, Schwemmkies aufgeschüttet, die Wildnis durch Straßen gegliedert, ein paarmal in die Länge und öfter noch in die Quere – schön gedachte, splendide Straßen oder Entwürfe zu solchen aus grobem Schwemmkies, mit der Andeutung eines Fahrdammes und geräumiger Bürgersteige, auf welchen nun aber keine Bürger wandeln, außer Bauschan und mir: jener auf dem guten und haltbaren Leder seiner vier Sohlen, ich auf genagelten Stiefeln, von wegen des Schwemmkieses. Denn die Villen, die nach Berechnung und Absicht der Sozietät längst freundlich an ihnen prangen müßten, sind vorderhand ausgeblieben, obgleich doch ich mit so gutem Beispiel vorangegangen bin und mein Haus in dieser Gegend gebaut habe. Sie sind, sage ich, ausgeblieben seit zehn, seit fünfzehn Jahren, und kein Wunder also, daß eine gewisse Mißstimmung sich auf die Gegend herniedersenkte, daß Unlust zu weiteren Aufwendungen und zur Fertigstellung des weitläufig Begonnenen Platz griff im Schoße der Sozietät.

Und doch war die Sache schon so weit gediehen, daß diese Straßen ohne Anwohner ihre ordnungsmäßigen Namen haben, so gut wie irgendeine im Weichbilde der Stadt oder außerhalb seiner; das aber wüßte ich gern, welcher Träumer und sinnig rückblickende Schöngeist von Spekulant sie ihnen zuerteilt haben mag. Da ist eine Gellert-, eine Opitz-, eine Fleming-, eine Bürger-Straße, und sogar eine Adalbert-Stifter-Straße ist da, auf der ich mich mit besonders sympathischer Andacht in meinen Nagelschuhen ergehe. Pfähle sind, wie es bei ungeschlossen bebauten Vorstadtstraßen, die keine Hausecke darbieten, zu geschehen pflegt, an ihren Eingängen errichtet und an ihnen Straßenschilder befestigt: blaue Emailschilder, wie hierzulande üblich, mit weißen Lettern. Aber ach, dieselben sind nicht in dem besten Zustande, allzu lange schon nennen sie Straßenskizzen beim Namen, an denen niemand wohnen will, und nicht zuletzt sind sie es, die die Merkmale der Mißstimmung, des Fiaskos und der stockenden Entwicklung hier deutlich zur Schau stellen. Vernachlässigt ragen sie; für ihre Unterhaltung, ihre Erneuerung ist nicht gesorgt, und Wetter und Sonne haben ihnen übel mitgespielt. Die Schmalte ist vielfach abgesprungen, die weißen Lettern vom Rost zerstört, so daß statt einzelner von ihnen nur braune Flecken und Lücken mit häßlich gezackten Rändern gähnen, welche die Namensbilder zerreißen und ihre Ablesung oft erschweren. Namentlich eines der Schilder machte mir strenge Kopfarbeit, als ich zuerst hierher kam und die Gegend forschend durchdrang. Es war ein ausnehmend langes Schild und das Wort »Straße« ohne Unterbrechung erhalten; von dem eigentlichen Namen aber, der, wie gesagt, sehr lang war oder gewesen war, zeigte sich die übergroße Mehrzahl der Buchstaben völlig blind und vom Roste zerfressen: die braunen Lücken ließen auf ihre Anzahl schließen; erkennbar aber war nichts als am Anfang die Hälfte eines S, irgendwo in der Mitte ein e und am Schlusse wieder ein e. Das war zu wenig für meinen Scharfsinn, ich fand, daß es eine Rechnung mit allzu vielen Unbekannten sei. Lange stand ich, die Hände auf dem Rücken, blickte zu dem langen Schilde empor und studierte. Dann ging ich weiter mit Bauschan auf dem Bürgersteige. Aber während ich mir einbildete, an andre Dinge zu denken, arbeitete es unter der Hand in mir weiter, mein Geist trachtete nach dem zerstörten Namen, und plötzlich schoß es mir ein – ich blieb stehen und erschrak: hastig ging ich zurück, nahm abermals vor dem Schilde Aufstellung, verglich und probierte. Ja, es traf zu und kam aus. Es war die Shakespeare-Straße, in der ich wandelte.

Die passenden Schilder sind das zu diesen Straßen und genau die Straßen zu diesen Schildern – träumerisch und wunderlich verkommend. Sie laufen durch das Gehölz, in das sie gebrochen sind; das Gehölz aber ruht nicht, es läßt die Straßen nicht jahrzehntelang unberührt, bis Ansiedler kommen; es trifft alle Anstalten, sich wieder zu schließen, denn was hier wächst, scheut den Kies nicht, es ist gewohnt, darin zu gedeihen, und so sprießen purpurköpfige Disteln, blauer Salbei, silbriges Weidengebüsch und das Grün junger Eschen überall auf den Fahrdämmen und ungescheut auch auf den Bürgersteigen: es ist kein Zweifel, die Parkstraßen mit den poetischen Namen wuchern zu, das Dickicht verschlingt sie wieder, und ob man es nun beklagen oder beifällig begrüßen will, in weiteren zehn Jahren werden die Opitz-, die Fleming-Straße nicht mehr gangbar und wahrscheinlich so gut wie verschwunden sein. Im Augenblick ist freilich zur Klage kein Anlaß, denn unter dem malerischen und dem romantischen Gesichtspunkt gibt es gewiß in der ganzen Welt keine schöneren Straßen als diese in ihrem derzeitigen Zustande. Nichts erfreulicher, als durch die Verwahrlosung ihrer Unfertigkeit zu schlendern, wenn man derb beschuht ist und den groben Kies nicht zu fürchten braucht – als hinzublicken über den mannigfaltigen Wildwuchs ihres Grundes auf den kleinblättrigen, von weicher Feuchtigkeit gebundenen Baumschlag, der ihre Perspektiven umrahmt und schließt. Es ist ein Baumschlag, wie jener lothringische Landschaftsmeister vor dreihundert Jahren ihn malte ... Aber was sage ich, – wie er ihn malte? Diesen hat er gemalt! Er war hier, er kannte die Gegend, er hat sie sicher studiert; und wenn nicht der schwärmerische Sozietär, der meine Parkstraßen benannte, sich so streng auf die Literatur beschränkt hätte, so dürfte wohl eines der verrosteten Schilder den Namen Claude Lorrains zu erraten geben.

So habe ich die Region des mittleren Gehölzes beschrieben. Aber auch die des östlichen Hanges hat unverächtliche Reize, für mich und für Bauschan ebenfalls, aus später folgenden Gründen. Man könnte sie auch die Zone des Baches nennen, denn ein solcher gibt ihr das idyllisch-landschaftliche Gepräge und bildet mit der Beschaulichkeit seiner Vergißmeinnicht-Gründe das diesseitige Gegenstück zu der Zone des starken Flusses dort drüben, dessen Rauschen man bei meistens wehendem Westwind leise auch hier noch vernimmt. Wo die erste der querlaufenden Kunststraßen, von der Pappelallee dammartig zwischen Wiesenbassins und Waldparzellen zum Hange laufend, an dessen Fuße mündet, führt links ein Weg, der im Winter von der Jugend als Rodelbahn benutzt wird, in das tiefer liegende Gelände hinab. Dort, wo er eben wird, beginnt der Bach seinen Lauf, und zu seiner Seite, rechts oder links von ihm, worin man wiederum abwechseln kann, ergehen Herr und Hund sich gern, entlang dem verschieden gestalteten Hange. Zur Linken breiten baumbestandene Wiesen sich aus. Eine ländliche Gartenwirtschaft ist dort gelegen und zeigt die Rückseite ihrer Ökonomiegebäude, Schafe weiden und rupfen den Klee, regiert von einem nicht ganz gescheiten kleinen Mädchen in rotem Rock, das beständig in befehlshaberischer Wut die Hände auf die Knie stützt und aus Leibeskräften mit mißtöniger Stimme schreit, sich aber dabei entsetzlich vor dem großen, durch seine Wolle majestätisch dick erscheinenden Schafbock fürchtet, welcher sich nichts untersagen läßt und völlig tut, was er will. Am gräßlichsten schreit das Kind, wenn durch Bauschans Erscheinen eine Panik unter den Schafen erregt wird, was fast regelmäßig geschieht, ganz gegen Bauschans Absicht und Meinung, welchem vielmehr die Schafe in tiefster Seele gleichgültig sind, ja, der sie völlig wie Luft behandelt und sogar durch eine betonte Nichtachtung und verächtliche Vorsicht den Ausbruch der Torheit bei ihnen hintanzuhalten sucht. Denn obgleich sie für meine Nase stark genug (übrigens nicht unangenehm) duften, so ist es doch kein Wildgeruch, was sie ausströmen, und folglich hat Bauschan nicht das leiseste Interesse daran, sie zu hetzen. Trotzdem genügt eine plötzliche Bewegung von seiner Seite oder auch schon sein bloßes Auftreten, daß auf einmal die ganze Herde, die eben noch, mit Kinder- und Männerstimmen friedlich bähend, weit auseinander gezogen graste, in geschlossener Masse, Rücken an Rücken, nach ein und derselben Seite davonstürzt, während das unkluge Kind tief gebückt hinter ihnen her schreit, daß ihr die Stimme birst und die Augen ihr aus dem Kopfe treten. Bauschan aber sieht zu mir auf ungefähr in dem Sinne: sage selbst, ob ich schuld bin und Anlaß gegeben habe.

Einmal jedoch geschah etwas Gegenteiliges, was eher noch peinlicher und jedenfalls sonderbarer anmutete als die Panik. Eines der Schafe nämlich, ein gewöhnliches Beispiel seiner Gattung, von mittlerer Größe und durchschnittsmäßigem Schafsgesicht, übrigens mit einem schmalen, aufwärts gebogenen Munde, der zu lächeln schien und dem Wesen einen Ausdruck fast hämischer Dummheit verlieh, schien sich in Bauschan vergafft und vernarrt zu haben und schloß sich ihm an. Es folgte ihm einfach – es löste sich von der Herde ab, verließ die Weide und heftete sich an Bauschans Fersen, still und in übertriebener Dummheit lächelnd, wohin er sich auch wandte. Er verließ den Weg, und es folgte ihm; er lief, und es setzte sich ebenfalls in Galopp; er blieb stehen, und es tat ein gleiches, unmittelbar hinter ihm und geheimnisvoll lächelnd. Unmut und Verlegenheit malte sich in Bauschans Miene, und wirklich war seine Lage im höchsten Grade abgeschmackt, weder im Guten noch im Bösen hatte sie irgendwelchen Sinn und Verstand, sie schien so albern, wie weder ihm noch mir jemals etwas vorgekommen war. Das Schaf entfernte sich mehr und mehr von seiner Basis, aber das schien es nicht anzufechten, es folgte dem verärgerten Bauschan immer weiter, sichtlich entschlossen, sich nicht mehr von ihm zu trennen, sondern ihm anzuhaften, wie weit und wohin er nun gehen möge. Still hielt er sich zu mir, weniger aus Besorgnis, zu der kein Grund vorhanden war, als aus Scham über die Ehrlosigkeit seines Zustandes. Endlich, als habe er es satt, blieb er stehen, wandte den Kopf und knurrte drohend. Da blökte das Schaf, daß es klang, wie wenn ein Mensch recht boshaft lacht, und das entsetzte den armen Bauschan so, daß er mit eingekniffenem Schwanze davonrannte – das Schaf in lächerlichen Sprüngen hinter ihm drein.

Unterdessen, wir waren schon weit von der Herde,

schrie das närrische kleine Mädchen, als sollte es zerspringen, indem es sich nicht nur auf seine Knie beugte, sondern diese im Schreien auch abwechselnd bis zum Gesicht emporzog, so daß es von weitem einen ganz verkrümmten und rasenden Anblick bot. Und dann kam eine geschürzte Hofmagd gelaufen, entweder auf das Schreien hin oder weil ihr der Vorgang sonst bemerklich geworden war. Sie lief, in der einen Hand eine Mistgabel, und hielt sich mit der anderen Hand die unbefestigte Brust, die im Laufen allzusehr schwankte, kam atemlos zu uns und machte sich daran, das Schaf, das wieder im Schritt ging, da auch Bauschan dies tat, mit der Gabel in der gehörigen Richtung zurückzuscheuchen, was aber nicht gelang. Das Schaf sprang wohl vor der Gabel beiseite, sogleich aber war es mit einem Einschwenken wieder auf Bauschans Spuren, und keine Macht schien imstande, es davon abzubringen. Da sah ich, was einzig frommte, und machte kehrt. Wir gingen alle zurück, an meiner Seite Bauschan, hinter ihm das Schaf und hinter diesem die Magd mit der Gabel, indes das rotröckige Kind uns gebückt und stampfend entgegenschrie. Es war aber nicht genug, daß wir bis zur Herde zurückkehrten, wir mußten ganze Arbeit tun und den Gang zu Ende gehen. Auf den Hof mußten wir und zum Schafstall, dessen breite Schiebetür die Magd mit Leibeskraft vor uns aufrollte. Dort zogen wir ein; und als wir alle darin waren, mußten wir anderen geschickt wieder entwischen und dem betrogenen Schaf die Stalltür rasch vor der Nase zuschieben, so daß es gefangen war. Erst dann konnten Bauschan und ich unter den Danksagungen der Magd den unterbrochenen Spaziergang wiederaufnehmen, auf welchem Bauschan jedoch bis ans Ende ein verstimmtes und gedemütigtes Wesen bewahrte.

So viel von den Schafen. An die Wirtschaftsgebäude schließt sich zur Linken eine ausgedehnte Laubenkolonie, die friedhofartig wirkt mit ihren Lauben und Sommerhäuschen, welche Kapellen gleichen, und den vielen Einhegungen ihrer winzigen Gärtchen. Sie selbst als Ganzes ist wohl umfriedet; nur die Heimgärtner haben Zutritt durch die Gitterpforte, die ihren Eingang bildet, und zuweilen sehe ich dort einen bloßarmigen Mann sein neun Schuh großes Gemüseäckerchen umgraben, so daß es aussieht, als grabe er sich sein eigenes Grab. Dann kommen wieder offene Wiesen, die sich, mit Maulwurfshügeln bedeckt, bis zum Rande der mittleren Waldregion hindehnen, und in welchen außer den Maulwürfen auch viele Feldmäuse hausen, was im Hinblick auf Bauschan und seine vielfältige Jagdlust bemerkt sei.

Andererseits, das heißt, zur Rechten, laufen Bach und Hang immer fort, dieser, wie ich sagte, in wechselnder Gestalt. Anfangs hat er ein düsteres, unbesonntes Gepräge und ist mit Fichten bestanden. Später wird er zur Sandgrube, welche die Sonnenstrahlen warm zurückwirft, noch später zur Kiesgrube, endlich zu einem Sturz von Ziegelsteinen, als habe man dort oben ein Haus abgebrochen und die wertlosen Trümmer einfach hier heruntergeworfen, so daß dem Lauf des Baches vorübergehend Schwierigkeiten bereitet werden. Aber er wird schon fertig damit, seine Wasser stauen sich etwas und treten über, rot gefärbt von dem Staub der gebrannten Steine und auch das Ufergras färbend, das sie benetzen. Dann aber fließen sie desto klarer und heiterer fort, Sonnengeglitzer hier und da an ihrer Oberfläche.

Wie alle Gewässer vom Meere bis zum kleinsten Schilftümpel liebe ich Bäche sehr, und wenn mein Ohr, im sommerlichen Gebirge etwa, das heimliche Geplansch und Geplauder eines solchen von ferne vernimmt, so gehe ich dem flüssigen Laute wohl lange nach, wenn es sein muß, um seinen Ort zu finden, dem versteckt-gesprächigen Söhnchen der Höhen ins Angesicht zu sehen und seine Bekanntschaft zu machen. Schön sind Gießbäche, die zwischen Tannen und über steile Felsenstufen mit hellem Donnern herabkommen, grüne, eiskalte Bäder bilden und in weißer Auflösung senkrecht zur nächsten Stufe stürzen. Aber auch den Bächen der Ebene sehe ich mit Vergnügen und Neigung zu, ob sie nun flach sind, so daß sie kaum die geschliffenen, silbrig-schlüpfrigen Kiesel ihres Bettes bedecken, oder so tief wie kleine Flüsse, die im Schutze beiderseits tief überhangender Weiden voll und kräftig dahinwallen, in der Mitte rascher strömend als an den Seiten. Wer folgte nicht auf Wanderungen dem Lauf der Gewässer, wenn er nur frei ist, seine Wahl zu treffen? Die Anziehungskraft, die das Wasser auf den Menschen übt, ist natürlich und sympathetischer Art. Der Mensch ist ein Kind des Wassers, zu neun Zehnteln besteht unser Leib daraus, und in einem bestimmten Stadium unserer Entwicklung vor der Geburt besitzen wir Kiemen. Für meine Person bekenne ich gern, daß die Anschauung des Wassers in jederlei Erscheinungsform und Gestalt mir die weitaus unmittelbarste und eindringlichste Art des Naturgenusses bedeutet, ja, daß wahre Versunkenheit, wahres Selbstvergessen, die rechte Hinlösung des eigenen beschränkten Seins in das allgemeine mir nur in dieser Anschauung gewährt ist. Sie kann mich, etwa gar die des schlafenden oder schmetternd anrennenden Meeres in einen Zustand so tiefer organischer Träumerei, so weiter Abwesenheit von mir selbst versetzen, daß jedes Zeitgefühl mir abhanden kommt und Langeweile zum nichtigen Begriff wird, da Stunden in solcher Vereinigung und Gesellschaft mir wie Minuten vergehen. Aber auch über das Geländer eines Steges, der über einen Bach führt, gebeugt, könnte ich stehen, solange ihr wollt, verloren in den Anblick des Fließens, Strudelns und Strömens, und ohne daß jenes andere Fließen um mich und in mir, das eilige Schleichen der Zeit, mir in Angst oder Ungeduld etwas anzuhaben vermöchte. Solche Sympathie mit der Wassernatur macht es mir wert und wichtig, daß die schmale Gegend, in der ich wohne, zu beiden Seiten von Wasser eingefaßt ist.

Der hiesige Bach nun also ist von den Schlichten und Treuherzigen unter den Seinen, es ist nichts Besonderes mit ihm, sein Charakter ist der einer freundlichen Durchschnittlichkeit. Von glasheller Naivität, ohne Falsch und Hehl, ist er weit entfernt, durch Trübheit Tiefe vorzutäuschen, er ist flach und klar und zeigt harmlos, daß auf seinem Grunde verworfene Blechtöpfe und die Leiche eines Schnürschuhes im grünen Schlamme liegen. Übrigens ist er tief genug, um hübschen, silbrig-grauen und äußerst gewandten Fischlein zur Wohnung zu dienen, welche bei unserer Annäherung in weitläufigen Zickzacklinien entschlüpfen. Er erweitert sich teichartig an mehreren Stellen, und schöne Weiden stehen an seinem Ranft, von denen ich eine im Vorübergehen mit Vorliebe betrachte. Sie wächst am Hange, in einiger Entfernung also von dem Gewässer. Aber einen ihrer Äste streckt sie von dorther sehnsüchtig zum Bache hinüber und hinunter und hat es wirklich erreicht, daß das fließende Wasser das silbrige

Laub dieser Zweigspitze leicht benetzt. So steht sie und genießt die Berührung.

Es ist gut, hier zu gehen, sanft angefahren vom warmen Sommerwind. Ist es sehr warm, so geht Bauschan wohl in den Bach, um sich den Bauch zu kühlen; denn höhere Körperteile bringt er freiwillig mit Wasser nicht in Berührung. Er steht dort, die Ohren zurückgelegt, mit einer Miene voller Frömmigkeit und läßt das Wasser um sich herum- und vorüberströmen. Dann kommt er zu mir, um sich abzuschütteln, was seiner Überzeugung nach in meiner unmittelbaren Nähe geschehen muß, obgleich bei dem Nachdruck, womit er sich schüttelt, ein ganzer Sprühregen von Wasser und Schlamm mich anfliegt. Es nützt nichts, daß ich ihn mit Wort und Stock von mir abwehre. Was ihm natürlich, gesetzmäßig und unumgänglich scheint, darin läßt er sich nicht beeinträchtigen.

Weiterhin wendet der Bachlauf sich gegen Abend einer kleinen Ortschaft zu, die zwischen Wald und Hang im Norden die Aussicht beherrscht, und an deren Eingang das Wirtshaus liegt. Der Bach bildet dort wieder einen Teich, in welchem die Dörflerinnen knieend Wäsche schwemmen. Ein Steg führt hinüber, und überschreitet man ihn, so betritt man einen Fahrweg, der vom Dorf zwischen Waldsaum und Wiesenrand gegen die Stadt führt. Aber ihn nach rechts hin verlassend, kann man auf einem ebenfalls ausgefahrenen Wege durch das Gehölz mit wenigen Schritten zum Flusse gelangen.

Das ist denn nun die Zone des Flusses, er selbst liegt vor uns, grün und in weißem Brausen, er ist im Grunde nichts, als ein großer Gießbach aus den Bergen, aber sein immerwährendes Geräusch, das mehr oder weniger gedämpft überall in der Gegend zu hören ist, hier aber frei waltend das Ohr erfüllt, kann wohl Ersatz bieten für den heiligen Anprall des Meeres, wenn man dieses nun einmal nicht haben kann. Das unaufhörliche Geschrei zahlloser Möwen mischt sich darein, welche im Herbst, Winter und noch im Frühling mit hungrigem Krächzen die Mündungen der Abflußrohre umkreisen und ihre Nahrung hier finden, bis die Jahreszeit es ihnen erlaubt, an den oberen Seen wieder Aufenthalt zu nehmen – gleich den wilden und halbwilden Enten, die ebenfalls die kühlen und kalten Monate hier in der Nähe der Stadt verbringen, sich auf den Wellen wiegen, vom Gefälle, das sie dreht und schaukelt, sich dahintragen lassen, von einer Stromschnelle im letzten Augenblick auffliegen und sich weiter oben wieder aufs Wasser setzen …

Die Uferregion ist folgendermaßen gegliedert und abgestuft: Nächst dem Rand des Gehölzes erstreckt sich eine breite Kiesebene als Fortsetzung der oft genannten Pappelallee, wohl einen Kilometer weit flußabwärts, das heißt bis zum Fährhaus, von dem noch die Rede sein wird, und hinter welchem das Dickicht näher ans Flußbett herantritt. Man weiß schon, was es auf sich hat mit der Kieswüste: es ist die erste und wichtigste der längslaufenden Kunststraßen, üppig geplant von der Sozietät als landschaftlich reizvollste Esplanade für eleganten Wagenverkehr, wo Herren zu Pferde sich dem Schlage glänzend lackierter Landauer hätten nähern und mit lächelnd zurückgelehnten Damen fein tändelnde Worte wechseln sollen. Neben dem Fährhaus belehrt eine große, schon baufällig schiefstehende Holztafel darüber, welches das unmittelbare Ziel, der vorläufige Endpunkt des Wagenkorsos hätte sein sollen, denn in breiten Buchstaben ist darauf mitgeteilt, daß dieser Eckplatz zum Zweck der Errichtung eines Parkcafés und vornehmen Erfrischungsetablissements verkäuflich ist … Ja, das ist er und bleibt er. Denn an Stelle des Parkcafés mit seinen Tischchen, umhereilenden Kellnern und schlürfenden Gästen, ragt immer noch die schiefe Holztafel, ein verzagend hinsinkendes Angebot ohne Nachfrage, und der Korso ist nur eine Wüste aus gröbstem Schwemmkies, mit Weidengebüsch und blauem Salbei beinah schon so dicht wie die Opitz- und Fleming-Straße bewachsen.

Neben der Esplanade, näher gegen den Fluß hin, läuft ein schmaler und ebenfalls arg verwucherter Kiesdamm mit Grasböschungen, auf dem Telegraphenstangen stehen, den ich aber doch beim Spazierengehn gern benütze, erstens der Abwechslung halber, und dann, weil der Kies ein reinliches, wenn auch beschwerliches Gehen ermöglicht, wenn der lehmige Fußweg dort unten bei schwerem Regenwetter nicht gangbar erscheint. Dieser Fußweg, die eigentliche Promenade, die sich stundenweit längs des Flußlaufes hinzieht, um endlich in wilde Uferpfade überzugehen, ist an der Wasserseite mit jungen Bäumchen, Ahorn und Birken, bepflanzt, und an der Landseite stehen die mächtigen Ureinwohner der Gegend, Weiden, Espen und Silberpappeln von kolossalischen Ausmaßen. Steil und tief fällt seine Böschung gegen das Flußbett ab. Sie ist mit klugen Arbeiten aus Weidenruten und obendrein noch durch die Betonierung ihres unteren Teiles gesichert gegen das Hochwasser, das ein- oder zweimal im Jahre, zur Zeit der Schneeschmelze im Gebirge oder bei andauernden Regengüssen, wohl zu ihr dringt. Hier und da bietet sic hölzerne Sprossensteige, halb Leitern, halb Treppen, auf denen man ziemlich bequem in das eigentliche Flußbett hinabsteigen kann: das meistens trocken liegende, ungefähr sechs Meter breite Reserve-Kiesbett des großen Wildbachcs, welcher sich ganz nach Art der kleinen und kleinsten seiner Familie verhält, nämlich zu Zeiten und je nach den Wasserverhältnissen in den oberen Gegenden seines Laufs nur ein grünes Rinnsal vorstellt, mit kaum überspülten Klippen, wo Möwen hochbeinig auf dem Wasser zu stehen scheinen – unter anderen Umständen aber ein geradezu gefährliches Wesen annimmt, zum Strome schwillt, sein weites Bett mit gräulichem Toben erfüllt, ungehörige Gegenstände, Kiepen, Sträucher und Katzenkadaver kreiselnd mit sich dahinreißt und zu Übertritt und Gewalttat sich höchst aufgelegt zeigt. Auch das Reservebett ist gegen Hochwasser befestigt, durch gleichlaufend schrägstehende, hürdenartige Vorkehrungen aus Weidengeflecht. Es ist bestanden mit Dünengras, mit Strandhafer sowie der überall gegenwärtigen Prunkpflanze der Gegend, dem trockenen, blauen Salbei; und es ist gut gangbar dank dem Quaistreifen aus ebenen Steinen, der ganz außen am Rande der Wellen bereitet ist und mir eine weitere, und zwar die liebste Möglichkeit bietet, meine Spaziergänge abzuwandeln. Zwar ist auf dem unnachgiebigen Stein kein ganz behagliches Gehen; aber vollauf entschädigt dafür die intime Nähe des Wassers, und dann kann man zuweilen auch neben dem Quai im Sande gehen – ja, es ist Sand da, zwischen dem Kies und dem Dünengras, ein wenig mit Lehm versetzt, nicht von so heiliger Reinlichkeit wie der des Meeres, aber wirklicher Schwemmsand doch, und das ist ein Strandspaziergang hier unten, unabsehbar sich hinziehend am Rande der Flut – es fehlt weder Rauschen noch Möwenschrei, noch jene Zeit und Raum verschlingende Einförmigkeit, die eine Art von betäubender Kurzweil gewährt. Überall rauschen die flachen Katarakte, und auf halbem Wege zum Fährhaus mischt sich das Brausen des Wasserfalles darein, mit welchem drüben ein schräg einmündender Kanal sich in den Fluß ergießt. Der Leib des Falles ist gewölbt, blank, glasig, wie der eines Fisches, und an seinem Fuße ist immerwährendes Kochen.

Schön ist es hier bei blauem Himmel, wenn der Fährkahn mit einem Wimpel geschmückt ist, dem Wetter zu Ehren oder sonst aus einem festlichen Anlaß. Es liegen noch andere Kähne an diesem Ort, aber der Fährkahn hängt an einem Drahtseil, welches seinerseits mit einem anderen, noch dickeren, quer über den Fluß gespannten Drahtseil verbunden ist, so nämlich, daß er mit einer Rolle daran entlang läuft. Die Strömung selbst muß die Fähre treiben, und ein Steuerdruck von der Hand des Fährmannes tut das übrige. Der Fährmann wohnt mit Weib und Kind in dem Fährhause, das von dem oberen Fußweg ein wenig zurückliegt, mit Nutzgärtchen und Hühnerstall, und das gewiß eine Amts- und Freiwohnung ist. Es ist eine Art von Villa in zwerghaften Ausmaßen, launisch und leicht gebaut, mit Erkerchen und Söllerchen, und scheint zwei Stuben unten und zwei Stuben oben zu haben. Ich sitze gern auf der Bank vor dem Gärtchen, gleich an dem oberen Fußwege, Bauschan sitzt auf meinem Fuß, die Hühner des Fährmannes umwandeln mich, indem sie bei jedem Schritt den

Kopf vorstoßen, und meistens erhebt sich der Hahn auf die Rückenlehne der Bank, läßt die grünen Bersaglieri-Federn seines Schwanzes nach hinten herabhangen und sitzt so neben mir, mich grell von der Seite mit einem roten Auge musternd. Ich sehe dem Fährbetrieb zu, der nicht eben stürmisch, kaum lebhaft zu nennen ist, vielmehr sich in großen Pausen vollzieht. Desto lieber sehe ich es, wenn hüben oder drüben ein Mann oder eine korbtragende Frau sich einstellt und über den Fluß gesetzt zu werden verlangt; denn die Poesie des »Holüber« bleibt menschlich anziehend wie in den ältesten Tagen, auch wenn die Handlung, wie hier, in neuzeitlich fortgeschritteneren Formen vonstatten geht. Hölzerne Doppeltreppen, für die Kommenden und Gehenden, führen beiderseits die Böschung hinab in das Flußbett und zu den Stegen, und je ein elektrischer Klingelknopf ist hier und jenseits seitlich von ihren Eingängen angebracht. Da erscheint denn ein Mann dort drüben am anderen Ufer, steht still und blickt über das Wasser her. Er ruft nicht mehr, wie einst, durch die hohlen Hände. Er geht auf den Klingelknopf zu, streckt den Arm aus und drückt. Schrill klingelt es in der Villa des Fährmannes: das ist das »Holüber«; auch so und immer noch ist es poetisch. Dann steht der Harrende, wartet und späht. Und fast in demselben Augenblick, in dem die Klingel schrillt, tritt auch der Fährmann aus seinem Amtshäuschen, als hätte er hinter der Tür gestanden oder auf einem Stuhle, nur auf das Zeichen passend, dahinter gesessen – er kommt heraus, und in seinen Schritten ist etwas, als sei er mechanisch unmittelbar durch den Druck auf den Knopf in Bewegung gesetzt, wie wenn man in Schießbuden auf die Tür eines Häuschens schießt: hat man getroffen, so springt sie auf, und eine Figur kommt heraus, eine Sennerin oder ein Wachtsoldat. Ohne sich zu übereilen und gleichmäßig mit den Armen schlenkernd, geht der Fährmann durch sein Gärtchen, über den Fußweg und die Holztreppe hinunter zum Fluß, macht den Fährkahn flott und hält das Steuer, während die Rolle an dem querlaufenden Drahtseil entlang läuft und der Kahn hinübergetrieben wird. Drüben läßt er den Fremden zu sich hineinspringen, der ihm am diesseitigen Stege seinen Nickel reicht, froh die Treppe hinaufläuft, nachdem er den Fluß überwunden, und sich nach rechts oder links wendet. Manchmal, wenn der Fährmann verhindert ist, sei es durch Unpäßlichkeit oder durch vordringliche häusliche Geschäfte, kommt auch sein Weib oder selbst sein Kind heraus und holen den Fremden; denn diese können es ebensogut wie er, und ich könnte es auch. Das Amt des Fährmannes ist leicht und erfordert keine besondere Veranlagung oder Vorbildung. Er kann von Glück und Schicksalsgunst sagen, daß er die Pfründe sein eigen nennt und die Zwergenvilla bewohnen darf. Jeder Dummkopf könnte ihn ohne weiteres ablösen, und er weiß es wohl auch und verhält sich bescheiden und dankbar. Auf dem Heimwege sagt er mir höflich Grüß Gott, der ich zwischen Hund und Hahn auf der Bank sitze, und man merkt ihm an, daß er sich keine Feinde zu machen wünscht.

Teergeruch, Wasserwind – und dumpf planscht es gegen das Holz der Kähne. Was will ich mehr? Manchmal kommt eine andre heimatliche Erinnerung mich an: das Wasser steht tief, es riecht etwas faulig – das ist die Lagune, das ist Venedig. Aber dann wieder ist Sturmflut, unendlicher Regen schüttet hernieder, im Gummimantel, das Gesicht überschwemmt, stemme ich mich auf dem oberen Weg gegen den steifen West, der in der Allee die jungen Pappeln von ihren Pfählen reißt, und es erklärlich macht, warum hier die Bäume zur Windschiefheit neigen, einseitig ausgewachsene Kronen haben; und Bauschan bleibt oft auf dem Wege stehen, um sich zu schütteln, daß es nach allen Seiten spritzt. Der Fluß ist nicht mehr, der er war. Geschwollen, gelbdunkel, trägt er sich mit katastrophalem Ausdruck daher. Das ist ein Schwanken, Drängen und schweres Eilen der Wildflut – in schmutzigen Wogen nimmt sie das ganze Reservebett bis zum Rande der Böschung ein, ja schlägt an der Betonierung, den Sicherungsarbeiten aus Weidengeflecht empor, so daß man die Vorsorge segnet, die da gewaltet. Das Unheimliche ist: der Fluß wird still, viel stiller als sonst, fast lautlos in diesem Zustande. Er bietet die gewohnten Stromschnellen nicht mehr, er steht zu hoch dazu; aber jene Stellen sind doch daran zu erkennen, daß die Wogen dort tiefere Täler bilden und höher gehen als anderswo, und daß ihre Kämme sich rückwärts – nicht wie die Kämme der Brandung nach vorn – überschlagen. Der Wasserfall spielt überhaupt keine Rolle mehr; sein Leib ist flach und armselig, das Gebrause zu seinen Füßen durch die Höhe des Wasserstandes fast aufgehoben. Was aber bei alledem Bauschan betrifft, so kennt sein Erstaunen über eine solche Veränderung der Dinge keine Grenzen. Er kommt aus dem Stutzen überhaupt nicht heraus, er begreift es nicht, daß der trockne Raum, wo er sonst zu traben und zu rennen gewohnt war, heute verschwunden, vom Wasser bedeckt ist; erschrocken flüchtet er vor der hochanschlagenden Flut die Böschung hinauf, sieht sich wedelnd nach mir um, sieht wieder das Wasser an und hat dabei eine verlegene Art, das Maul schief zu öffnen, es wieder zu schließen und dabei mit der Zunge in den Winkel zu fahren – ein Mienenspiel, das ebenso menschlich wie tierisch anmutet, als Ausdrucksmittel etwas unfein und untergeordnet, aber durchaus verständlich ist, und das ganz ebenso, angesichts einer vertrackten Sachlage, ein etwas einfältiger und niedriggeborener Mensch zeigen könnte, indem er sich allenfalls noch das Genick dazu kratzte. –

Nachdem ich nun auch auf die Zone des Flusses näher eingegangen, habe ich die ganze Gegend beschrieben und, soviel ich sehe, alles getan, um sie anschaulich zu machen. Sie gefällt mir gut in der Beschreibung, aber als Natur gefällt sie mir doch noch besser. Sie ist immerhin genauer und vielfältiger in dieser Sphäre, wie ja auch Bauschan selbst in Wirklichkeit wärmer, lebendiger und lustiger ist als sein magisches Spiegelbild. Ich bin der Landschaft anhänglich und dankbar, darum habe ich sie beschrieben. Sie ist mein Park und meine Einsamkeit; meine Gedanken und Träume sind mit ihren Bildern vermischt und verwachsen, wie das Laub ihrer Schlingpflanzen mit dem ihrer Bäume. Ich habe sie angeschaut zu allen Tages- und Jahreszeiten: im Herbst, wenn der chemische Geruch des welkenden Laubes die Luft erfüllt, wenn die Menge der Distelstauden wollig abblüht, die großen Buchen des »Kurgartens« einen rostfarbenen Laubteppich um sich her auf die Wiese breiten und goldtriefende Nachmittage in theatralisch-romantische Frühabende übergehen, mit der am Himmel schwimmenden Mondsichel, milchigem Nebelgebräu, das über den Gründen schwebt, und einem durch schwarze Baumsilhouetten brennenden Abendrot … Im Herbst also und auch im Winter, wenn aller Kies mit Schnee bedeckt und weich ausgeglichen ist, so daß man mit Gummiüberschuhen darauf gehen kann; wenn der Fluß schwarz zwischen den bleichen, frostgebundenen Ufern dahinschießt und das Geschrei der Hunderte von Möwen von morgens bis abends die Luft erfüllt. Aber der zwangloseste und vertrauteste Umgang mit ihr ist eben doch in den milden Monaten, wo es keiner Zurüstung bedarf, um rasch, zwischen zwei Regenschauern, auf ein Viertelstündchen hinauszutreten, im Vorübergehen einen Faulbaumzweig vor das Gesicht zu biegen und nur eben einmal einen Blick in die wandernden Wellen zu tun. Vielleicht waren Gäste im Hause, nun sind sie fort, zermürbt von Konservation ist man in seinen vier Wänden zurückgeblieben, wo der Hauch der Fremden noch in der Atmosphäre schwebt. Da ist es gut, wie man geht und steht ein wenig auf die Gellert-, die Stifter-Straße hinauszuschlendern, um aufzuatmen und sich zu erholen. Man blickt zum Himmel empor, man blickt in die Tiefen des zierlichen und weichen Blätterschlages, die Nerven beruhigen sich, und Ernst und Stille kehren in das Gemüt zurück.

Bauschan aber ist immer dabei. Er hat das Eindringen der Welt in das Haus nicht verhindern können, mit fürchterlicher Stimme hat er Einspruch erhoben und sich ihr entgegengestellt, aber das nützte nichts, und so ging er beiseite. Nun ist er froh, daß ich wieder mit ihm im Reviere bin. Einen Ohrlappen nachlässig zurückgeschlagen und nach allgemeiner Hundeart schief laufend, so daß die Hinterbeine nicht gerade hinter den vordern, sondern etwas seitlich davon sich bewegen, trabt er auf dem Kies vor mir her. Und plötzlich sehe ich, wie es ihn an Leib und Seele packt, sein steif aufgerichteter Stummelschwanz in ein wildes Fuchteln gerät. Sein Kopf stößt vorwärts und abwärts, sein Körper spannt sich und zieht sich in die Länge, er springt dahin und dorthin und schießt im nächsten Augenblick, immer die Nase am Boden, in einer bestimmten Richtung davon. Das ist eine Fährte. Er ist einem Hasen auf der Spur.

Die Jagd

Die Gegend ist reich an jagdbarem Wild, und wir jagen es; das will sagen: Bauschan jagt es, und ich sehe zu. Auf diese Weise jagen wir: Hasen, Feldhühner, Feldmäuse, Maulwürfe, Enten und Möwen. Aber auch vor der hohen Jagd scheuen wir nicht zurück, wir pirschen auch auf Fasanen und selbst auf Rehe, wenn ein solches sich, etwa im Winter, einmal in unser Revier verirrt. Das ist dann ein erregender Anblick, wenn das hochbeinige, leicht gebaute Tier, gelb gegen den Schnee, mit hoch wippendem weißen Hinterteil, vor dem kleinen, alle Kräfte einsetzenden Bauschan dahinfliegt – ich verfolge den Vorgang mit der größten Teilnahme und Spannung. Nicht, daß etwas dabei herauskäme; das ist noch nie geschehen und wird auch nicht. Aber das Fehlen handgreiflicher Ergebnisse vermindert weder Bauschans Lust und Leidenschaft, noch tut es meinem eignen Vergnügen den geringsten Abbruch. Wir pflegen die Jagd um ihrer selbst, nicht um der Beute, des Nutzens willen, und Bauschan ist, wie gesagt, der tätige Teil. Von mir versieht er sich eines mehr als moralischen Beistandes nicht, da er eine andre Art des Zusammenwirkens, eine schärfere und sachlichere Manier, das Ding zu betreiben, aus persönlicher und unmittelbarer Erfahrung nicht kennt. Ich betone diese Wörter: »persönlich« und »unmittelbar«; denn daß seine Vorfahren, wenigstens soweit sie der Hühnerhundlinie angehörten, ein wirklicheres Jagen gekannt haben, ist mehr als wahrscheinlich, und gelegentlich habe ich mich gefragt, ob wohl eine Erinnerung daran auf ihn gekommen sein und durch einen zufälligen Anstoß geweckt werden könnte. Auf seiner Stufe sondert gewiß das Leben des Einzelwesens sich oberflächlicher von dem der Gattung als in unserm Falle, Geburt und Tod bedeuten ein weniger tiefreichendes Schwanken des Seins, vielleicht erhalten die Überlieferungen des Geblütes sich unversehrter, so daß es nur ein Scheinwiderspruch wäre, von eingebornen Erfahrungen, unbewußten Erinnerungen zu reden, die, hervorgerufen, das Geschöpf an seinen persönlichen Erfahrungen irre zu machen, es damit unzufrieden zu machen vermöchten. Diesem Gedanken hing ich einmal nach, mit einiger Unruhe; aber ich schlug ihn mir ebenso bald wieder aus dem Sinn, wie Bauschan sich offenbar das brutale Vorkommnis aus dem Sinne schlug, dessen Zeuge er gewesen, und das mir zu meinen Erwägungen Anlaß gegeben.

Wenn ich zur Jagd mit ihm ausziehe, pflegt es Mittag zu sein, halb zwölf oder zwölf Uhr, zuweilen, besonders an sehr warmen Sommertagen, ist es auch vorgerückter Nachmittag, sechs Uhr und später, oder es geschieht auch um diese Zeit schon zum zweitenmal; in jedem Falle ist mein Zustand dabei ein ganz andrer als bei unsrem ersten lässigen Ausgang am Morgen. Die Unberührtheit und Frische jener Stunde ist längst dahin, ich habe gesorgt und gekämpft unterdessen, habe Schwierigkeiten überwunden, daß es nur so knirschte, mich mit dem einzelnen herumgeschlagen, während gleichzeitig ein weitläufiger und vielfacher Zusammenhang fest im Sinne zu halten, in seinen letzten Verzweigungen mit Geistesgegenwart zu durchdringen war, und mein Kopf ist müde. Da ist es die Jagd mit Bauschan, die mich zerstreut und erheitert, die mir die Lebensgeister weckt und mich für den Rest des Tages, an dem noch manches zu leisten ist, wieder instandsetzt. Aus Dankbarkeit beschreibe ich sie.

Natürlich ist es nicht so, daß wir von den Wildarten, die ich nannte, tagweise eine bestimmte aufs Korn nähmen und etwa nur auf die Hasen- oder Entenjagd gingen. Vielmehr jagen wir alles durcheinander, was uns eben – ich hätte beinahe gesagt: vor die Flinte kommt; und wir brauchen nicht weit zu gehen, um auf Wild zu stoßen, die Jagd kann buchstäblich gleich außerhalb der Gartenpforte beginnen, denn Feldmäuse und Maulwürfe gibt es im Grunde des Wiesenbeckens hinter dem Hause schon eine Menge. Diese Pelzträger sind ja genau genommen kein Wild; aber ihr heimlich-wühlerisches Wesen, namentlich die listige Behendigkeit der Mäuse, welche nicht tagblind sind, wie ihr schaufelnder Vetter, und sich oft an der Erdoberfläche klüglich herumtreiben, bei Annäherung einer Gefahr aber in das schwarze Schlupfloch hineinzucken, ohne daß man ihre Beine und deren Bewegung zu unterscheiden vermöchte – wirkt immerhin mächtig auf seinen Verfolgungstrieb, und dann sind gerade sie die einzige Wildart, die ihm zuweilen zur Beute wird: eine Feldmaus, ein Maulwurf, das ist ein Bissen nicht zu verachten in so mageren Zeiten wie den gegenwärtigen, wo er in seinem Napf neben der Hütte oft nichts als ein wenig geschmacklose Rollgerstensuppe findet.

So habe ich denn kaum meinen Stock ein paar Schritte die Pappelallee hinaufgesetzt, und kaum hat Bauschan sich, um die Partie zu eröffnen, ein wenig ausgetollt, da sehe ich ihn schon zur Rechten die sonderbarsten Kapriolen vollführen: Schon hält die Jagdleidenschaft ihn umfangen, er hört und sieht nichts mehr als das aufreizend versteckte Treiben der Lebewesen rings um ihn her: gespannt, wedelnd, die Beine behutsam hochhebend, schleicht er durch das Gras, hält mitten im Schritte ein, von den Vorder- und Hinterbeinen je eins in der Luft, äugt schiefköpfig, mit spitzer Schnauze von oben herab in den Grund, wobei ihm die Lappen der straff aufgerichteten Ohren zu beiden Seiten der Augen nach vorn fallen, springt zutappend mit beiden Vorderpfoten auf einmal vorwärts und wieder vorwärts und guckt mit stutziger Miene dorthin, wo eben etwas war, und wo nun nichts mehr ist. Dann beginnt er zu graben … Ich habe die größte Lust, zu ihm zu stoßen und den Erfolg abzuwarten; aber wir kämen ja nicht vom Fleck, er würde seine ganze für diesen Tag angesammelte Jagdlust hier auf der Wiese verausgaben. So gehe ich denn weiter, unbekümmert darum, daß jener mich einholt, auch wenn er noch lange zurückbleibt und nicht gesehen hat, wohin ich mich wandte: meine Spur ist ihm nicht weniger deutlich als die eines Wildes, den Kopf zwischen den Vorderpfoten pirscht er ihr nach, wenn er mich aus den Augen verloren, schon höre ich das Klingeln seiner Steuermarke, seinen festen Galopp in meinem Rükken, er schießt an mir vorbei und macht kehrt, um sich wedelnd zur Stelle zu melden.

Aber draußen im Holz oder auf den Wiesenbreiten der Bachregion halte ich doch so manches Mal an und sehe ihm zu, wenn ich ihn beim Graben nach einer Maus betreffe, angenommen selbst, daß es schon spät ist, und daß ich beim Zuschauen die gemessene Zeit zum Spazierengehen versäume. Seine leidenschaftliche Arbeit ist gar zu fesselnd, sein tiefer Eifer steckt an, ich kann nicht umhin, ihm von Herzen Erfolg zu wünschen und möchte um vieles gern Zeuge davon sein. Der Stelle, wo er gräbt, war vielleicht von außen nichts anzumerken – vielleicht ist es eine moosige, von Baumwurzeln durchzogene Erhöhung am Fuß einer Birke. Aber er hat das Wild dort gehört, gerochen, hat wohl gar noch gesehen, wie es wegzuckte; er ist sicher, daß es dort unter der Erde in seinem Gange und Baue sitzt, es gilt nur zu ihm zu gelangen, und so gräbt er aus Leibeskräften, in unbedingter und weltvergessener Hingebung, nicht wütend, aber mit sportlich sachlicher Leidenschaft – es ist prachtvoll zu sehen. Sein kleiner getigerter Körper, unter dessen glatter Haut die Rippen sich abzeichnen, die Muskeln spielen, ist in der Mitte durchgedrückt, das Hinterteil mit dem unaufhörlich im raschesten Zeitmaß hin- und hergehenden Stummelschwanz ragt steil empor, der Kopf ist unten bei den Vorderpfoten in der schon ausgehobenen, schräg einlaufenden Höhlung, und abgewandten Gesichts reißt er mit den metallharten Klauen, so geschwinde es geht, den Boden weiter und weiter auf, daß Erdklumpen, Steinchen, Grasfetzen und holzige Wurzelteilchen mir bis unter die Hutkrempe fliegen. Dazwischen tönt in der Stille sein Schnauben, wenn er nach einigem Vordringen die Schnauze ins Erdreich wühlt, um das kluge, stille, ängstliche Wesen dort innen mit dem Geruchsinn zu belagern. Dumpf tönt es: er stößt den Atem hastig hinein, um nur rasch die Lunge zu leeren und wieder einwittern – den feinen, scharfen, wenn auch noch fernen und verdeckten Mäuseduft wieder einwittern zu können. Wie mag dem Tierchen dort unten zumute sein bei diesem dumpfen Schnauben? Ja, das ist seine Sache oder auch Gottes Sache, der Bauschan zum Feind und Verfolger der Erdmäuse gesetzt hat, und dann ist die Angst ja auch ein verstärktes Lebensgefühl, das Mäuschen würde sich wahrscheinlich langweilen, wenn kein Bauschan wäre, und wozu wäre dann seine perläugige Klugheit und flinke Minierkunst gut, wodurch die Kampfbedingungen sich reichlich ausgleichen, so daß der Erfolg des Angreifers immer recht unwahrscheinlich bleibt? Kurzum, ich fühle kein Mitleid mit der Maus, innerlich bin ich auf Bauschans Seite, und oftmals leidet es mich nicht in der Rolle des Zuschauers: mit dem Stock greife ich ein, wenn ein festeingebetteter Kiesel, ein zäher Wurzelstrang ihm im Wege ist, und helfe ihm bohrend und hebend das Hindernis zu beseitigen. Dann sendet er wohl, aus der Arbeit heraus, einen raschen, erhitzten Blick des Einverständnisses zu mir empor. Mit vollen Kinnbacken beißt er in die zähe, durchwachsene Erde, reißt Schollen ab, wirft sie beiseite, schnaubt abermals dumpf in die Tiefe und setzt, von der Witterung befeuert, die Klauen wieder in rasende Tätigkeit …

In der großen Mehrzahl der Fälle ist das alles verlorene Mühe. Mit erdiger Nase, bis zu den Schultern beschmutzt, spürt Bauschan noch einmal oberflächlich an dem Orte umher und läßt dann ab davon, trollt sich gleichgültig weiter. »Es war nichts, Bauschan«, sage ich, wenn er mich ansieht. »Nichts war es«, wiederhole ich, indem ich der Verständlichkeit halber den Kopf schüttle und Brauen und Schultern emporziehe. Aber es ist nicht im mindesten nötig, ihn zu trösten, der Mißerfolg drückt ihn keinen Augenblick nieder. Jagd ist Jagd, der Braten ist das wenigste, und eine herrliche Anstrengung war es doch, denkt er, soweit er überhaupt noch an die ebenso heftig betriebene Angelegenheit zurückdenkt; denn schon ist er auf neue Unternehmungen aus, zu denen es in allen drei Zonen an Gelegenheit wahrhaftig nicht fehlt.

Aber es kommt auch vor, daß er das Mäuschen erwischt, und das läuft nicht ohne Erschutterung für mich ab, denn er frißt es ja ohne Erbarmen bei lebendigem Leibe mit Pelz und Knochen, wenn er seiner habhaft wird. Vielleicht war das unglückselige Wesen von seinem Lebenstriebe nicht gut beraten gewesen und hatte sich eine allzu weiche, ungesicherte und leicht aufwühlbare Stelle zu seinem Bau erwählt; vielleicht reichte der Stollen nicht tief genug, und vor Schreck war es dem Tierchen mißlungen, ihn rasch weiter hinab zu treiben, es hatte den Kopf verloren und hockte nun wenige Zoll unter der Oberfläche, während ihm bei dem furchtbaren Schnauben, das zu ihm drang, vor Entsetzen die Perläuglein aus dem Kopfe traten. Genug, die eiserne Klaue legt es bloß, wirft es auf – herauf, an den grausamen Tag, verlorenes Mäuschen! Mit Recht hast du dich so geängstigt, und es ist nur gut, daß die große berechtigte Angst dich wahrscheinlich schon halb bewußtlos gemacht hat, denn nun wirst du in Speisebrei verwandelt. Er hat es am Schwanz, zwei-, dreimal schleudert er es am Boden hin und her, ein ganz schwaches Pfeifen wird hörbar, das letzte dem gottverlassnen Mäuschen vergönnte, und dann schnappt Bauschan es ein, in seinen Rachen, zwischen die weißen Zähne. Breitbeinig, die Vorderpfoten aufgestemmt, mit gebeugtem Nacken steht er da und stößt beim Kauen den Kopf vor, indem er den Bissen gleichsam immer von neuem fängt und ihn sich im Maule zurechtwirft. Die Knöchlein knacken, noch hängt ein Pelzfetzen einen Augenblick im Winkel seines Maules, er fängt ihn, dann ist es geschehen, und Bauschan beginnt eine Art von Freuden- und Siegestanz um mich herum aufzuführen, der ich auf meinen Stock gelehnt an der Stätte stehe, wie ich während des ganzen Vorganges zuschauend gestanden habe. »Du bist mir einer!« sage ich mit grausenvoller Anerkennung zu ihm und nicke. »Ein schöner Mörder und Kannibale bist du mir ja!« Auf solche Worte hin verstärkt er sein Tanzen, und es fehlt nur, daß er laut dazu lachte. So gehe ich denn auf meinem Pfade weiter, etwas kalt in den Gliedern von dem, was ich gesehen habe, und doch auch wieder aufgeräumt in meinem Innern durch den rohen Humor des Lebens. Die Sache ist in der natürlichen Ordnung, und ein von seinen Instinkten mangelhaft beratenes Mäuschen wird eben in Speisebrei verwandelt. Aber lieb ist es mir doch, wenn ich in solchem Falle der natürlichen Ordnung nicht mit dem Stocke nachgeholfen, sondern mich rein betrachtend verhalten habe.

Es ist erschreckend, wenn plötzlich der Fasan aus dem Dickicht bricht, wo er schlafend saß oder wachend unentdeckt zu bleiben hoffte, und von wo Bauschans Spürnase nach einigem Suchen ihn aufstörte. Klappernd und polternd, unter angstvoll entrüstetem Geschrei und Gegacker erhebt sich der große, rostrote, langbefiederte Vogel und flüchtet sich, seinen Kot aus der Höhe ins Holz fallen lassend, mit der törichten Kopflosigkeit des Huhns auf einen Baum, wo er fortfährt zu zetern, während Bauschan, am Stamme aufgerichtet, stürmisch zu ihm emporbellt. Auf, auf! heißt dieses Gebell. Flieg weiter, alberner Gegenstand meiner Lust, daß ich dich jagen kann!

Und das Wildhuhn widersteht nicht der mächtigen Stimme, rauschend löst es sich wieder von seinem Zweige und macht sich schweren Fluges durch die Wipfel weiter davon, immer krähend und sich beklagend, indes Bauschan es zu ebener Erde scharf und in männlichem Stillschweigen verfolgt.

Hierin besteht seine Wonne; er will und weiß nichts weiter. Denn was wäre auch, wenn er des Vogels habhaft würde? Nichts wäre – ich habe gesehen, wie er einen zwischen den Klauen hatte, er mochte ihn in tiefem Schlafe betreten haben, so daß das schwerfällige Geflügel sich nicht rechtzeitig vom Boden hatte erheben können: nun stand er über ihm, ein verwirrter Sieger und wußte nichts damit anzufangen. Einen Fittich gespreizt, mit weggedehntem Halse lag der Fasan im Grase und schrie, schrie ohne Pause, daß es klang, wie wenn im Gebüsch eine Greisin gemordet würde, und ich herzueilte, um etwas Gräßliches zu verhüten. Aber ich überzeugte mich rasch, daß nichts zu befürchten sei: Bauschans zutage liegende Ratlosigkeit, die halb neugierige, halb angewiderte Miene, mit der er schiefköpfig auf seinen Gefangenen niederblickte, versicherte mich dessen. Das Weibsgeschrei zu seinen Füßen mochte ihm auf die Nerven gehen, der ganze Zufall ihm mehr Verlegenheit als Triumph bereiten. Rupfte er ehren- und schandenhalber das Wild ein wenig? Ich sah, glaube ich, daß er ihm mit den Lippen, ohne die Zähne zu brauchen, ein paar Federn aus seinem Kleide zog und sie mit ärgerlichem Kopfschleudern beiseite warf. Dann trat er ab von ihm und gab ihn frei – nicht aus Großmut, sondern weil die Sachlage ihn langweilte, ihm nichts mehr mit fröhlicher Jagd zu tun zu haben schien. Nie habe ich einen verblüffteren Vogel gesehen! Er hatte mit dem Leben wohl abgeschlossen, und es schien vorübergehend, als wisse er keinen Gebrauch mehr davon zu machen: wie tot lag er eine Weile im Grase. Dann taumelte er ein Stück am Boden hin, schwankte auf einen Baum, schien herunterfallen zu wollen, raffte sich auf und suchte mit schwer schleppenden Gewändern das Weite. Er schrie nicht mehr, er hielt den Schnabel. Stumm flog er über den Park, den Fluß, die jenseitigen Wälder, fort, fort, so weit wie möglich, und ist gewiß nie wieder gekommen.

Aber es gibt viele seinesgleichen in unserm Revier, und Bauschan jagt sie in Züchten und Ehren. Der Mäusefraß bleibt seine einzige Blutschuld, und auch sie erscheint als etwas Entbehrlich-Beiläufiges, das Spüren, Auftreiben, Rennen, Verfolgen als hochherziger Selbstzweck – jedem erschiene es so, der ihn bei diesem glänzenden Spiele beobachtete. Wie schön er wird, wie idealisch, wie vollkommen! So wird der bäurische, plumpe Gebirgsbursch vollkommen und bildhaft, steht er als Gemsjäger im Gesteine. Alles Edle, Echte und Beste in Bauschan wird nach außen getrieben und gelangt zu prächtiger

Entfaltung in diesen Stunden; darum verlangt er so sehr nach ihnen und leidet, wenn sie unnütz verstreichen. Das ist kein Pinscher, das ist der Weidner und Spürer wie er im Buche steht, und hohe Freude an sich selbst spricht aus jeder der kriegerischen, männlich ursprünglichen Posen, die er in stetem Wechsel entwickelt. Ich wüßte nicht viele Dinge, die mir das Auge erquickten wie sein Anblick, wenn er in federndem Trabe durch das Gestrüpp zieht und dann gefesselt ansteht, eine Pfote zierlich erhoben und nach innen gebogen, klug, achtsam, bedeutend, in schöner Spannung aller seiner Eigenschaften! Dazwischen quiekt er. Er hat sich mit dem Fuße in etwas Dornigem verfangen, und laut schreit er auf. Aber auch das ist Natur, auch das erheiternder Mut zur schönen Einfalt, und nur flüchtig vermag es seine Würde zu beeinträchtigen, die Pracht seiner Haltung ist im nächsten Augenblicke wieder vollkommen hergestellt.

Ich sehe ihm zu und erinnere mich eines Zeitpunktes, da er all seines Stolzes und seines Edelmutes verlustig gegangen und buchstäblich wieder auf den körperlichen und seelischen Tiefstand herabgekommen war, worauf er sich zuerst in der Küche des Bergfräuleins uns dargestellt, und von welchem er sich mühselig genug zum Glauben an sich selbst und die Welt erhoben hatte. Ich weiß nicht, was mit ihm war – er blutete aus dem Maule oder aus der

Nase oder aus dem Halse, ich weiß es bis heute nicht; wo er ging und stand, hinterließ er Blutspuren, im Grase des Reviers, auf dem Stroh seines Lagers, auf dem Fußboden des Zimmers, das er betrat – ohne daß irgendeine äußere Verletzung nachzuweisen gewesen wäre. Oft erschien seine Schnauze wie mit roter Ölfarbe beschmiert. Er nieste, und es gingen Blutspritzer von ihm, in die er mit der Pfote trat, so daß der ziegelfarbene Abdruck seiner Zehen zurückblieb, wo er geschritten war. Sorgfältige Untersuchungen führten zu keinem Ergebnis und damit zu wachsender Beunruhigung. War er lungensüchtig? Oder sonst mit einem uns unbekannten Übel geschlagen, dem seine Art ausgesetzt sein mochte? Als die so unheimliche wie unreinliche Erscheinung nach einigen Tagen nicht weichen wollte, wurde seine Einlieferung in die tierärztliche Klinik beschlossen.

Am folgenden Tage, gegen Mittag, nötigte der Herr ihm mit freundlicher Festigkeit den Maulkorb auf, jene lederne Gittermaske, die Bauschan wie wenige Dinge verabscheut, und deren er sich durch Kopfschütteln und Pfotenstreichen beständig zu entledigen sucht, legte ihn an die geflochtene Schnur und leitete den so Aufgeschirrten links hin die Allee hinauf, dann durch den Stadtpark und dann eine städtische Straße empor zu den Baulichkeiten der Hochschule, deren Tor und Hof wir durchschritten. Ein Warteraum nahm uns auf, an dessen Wänden mehrere Personen saßen, von denen eine jede gleich mir einen Hund an der Leine hielt – Hunde verschiedener Größe und Art, die einander durch ihre Ledervisiere schwermütig betrachteten. Es war da ein Mütterchen mit ihrem schlagflüssigen Mops, ein Livreebedienter mit einem hohen und blütenweißen russischen Windhund, der von Zeit zu Zeit einen vornehm krächzenden Husten vernehmen ließ, ein ländlicher Mann mit einem Teckelhund, welcher wohl der orthopädischen Wissenschaft vorgeführt werden sollte, da alle Füße ihm völlig falsch, verkrümmt und verschroben am Leibe saßen, und andre mehr. Sie alle ließ der hin- und widergehende Anstaltsdiener nach und nach in das anstoßende Ordinationszimmer ein, dessen Tür er endlich auch für mich und Bauschan öffnete.

Der Professor, ein Mann auf der Höhe der Jahre, in weißem Operationsmantel, mit goldner Brille, einem lockigen Scheitel und von so kundiger, lebensfreundlicher Milde des Wesens, daß ich ihm unbedenklich mich selbst und alle die Meinen in jeder Leibesnot anvertraut haben würde, lächelte während meines Vortrages väterlich auf den vor ihm sitzenden und von seiner Seite vertrauensvoll zu ihm aufblickenden Klienten hinab. »Schöne Augen hat er«, sagte er, ohne des Knebelbartes zu gedenken, und erklärte sich dann bereit, eine Untersuchung sogleich zu vollziehen. Mit Hilfe des Dieners wurde der vor

Erstaunen widerstandslose Bauschan auf einen Tisch gebreitet, und dann war es rührend zu sehen, wie der Arzt ihm das schwarze Hörrohr ansetzte und das getigerte Männchen gewissenhaft auskultierte, ganz wie ich es mehr als einmal im Leben bei mir selbst hatte geschehen lassen. Er behorchte sein geschwinde arbeitendes Hundeherz, behorchte sein organisches Innenleben von verschiedenen Punkten aus. Hierauf untersuchte er, das Hörrohr unter dem Arm, mit beiden Händen Bauschans Augen, seine Nase sowie die Höhle seines Maules und kam dann zu einem vorläufigen Spruch. Der Hund sei ein wenig nervös und anämisch, sagte er, sonst aber in gutem Stande. Die Herkunft der Blutungen sei ungewiß. Es könne sich um Epistaxis handeln oder um Hämathemesis. Aber auch ein Fall von trachealen oder pharyngealen Blutungen könne vorliegen, das sei nicht ausgeschlossen. Vielleicht spreche man bis auf weiteres am zutreffendsten von Hämoptyse. Eine sorgfältige Beobachtung des Tieres sei geboten. Ich möge es an Ort und Stelle lassen und mich in acht Tagen wieder nach ihm umsehen.

So belehrt, empfahl ich mich dankend und klopfte Bauschan zum Abschied die Schulter. Ich sah noch, wie der Gehilfe den neu Aufgenommenen über den Hof gegen den Eingang eines rückwärts gelegenen Gebäudes führte und wie Bauschan sich mit verwirrtem und ängstlichem Gesichtsausdruck nach mir umblickte. Und doch hätte er sich geschmeichelt fühlen sollen, wie ich selbst nicht umhin konnte, mich zu fühlen, weil der Professor ihn für nervös und anämisch erklärt hatte. Es war ihm nicht an der Wiege gesungen worden, daß man ihn eines Tages dafür erklären und es überhaupt so gelehrt und genau mit ihm nehmen werde.

Aber meine Spaziergänge waren fortan, was ungesalzene Speisen dem Gaumen sind; sie gewährten mir nur wenig Vergnügen. Kein stiller Freudensturm herrschte bei meinem Ausgang, kein stolzes Jagdgetümmel um mich her unterwegs. Der Park schien mir öde, ich langweilte mich. Ich unterließ nicht, Erkundigungen durch den Fernsprecher in die Wartezeit einzulegen. Die Antwort, von einem untergeordneten Organe erteilt, lautete, der Patient befinde sich den Umständen entsprechend. Umständen, deren nähere Kennzeichnung man aus guten oder schlimmen Gründen vermied. Da wieder der Wochentag herangekommen, an dem ich Bauschan in die Anstalt verbracht hatte, machte ich mich abermals dorthin auf.

Geleitet von reichlich angebrachten Schildern mit Inschriften und weisenden Händen, gelangte ich auf geradem Wege und ohne Irrgang vor die Tür der klinischen Abteilung, die Bauschan beherbergte, unterließ es, auf ein an der Tür angebrachtes Geheiß, zu klopfen und trat ein. Der mäßig große

Raum, der mich umgab, erweckte den Eindruck eines Raubtierhauses, und auch die Atmosphäre eines solchen herrschte darin; nur daß der wild-tierische Menagerie-Geruch hier mit allerlei medikamentösen Dünsten süßlich versetzt erschien – eine beklemmende und erregende Mischung. Gitterkäfige liefen ringsherum, fast alle bewohnt. Tiefes Gebell schlug mir aus einem von ihnen entgegen, an dessen offener Pforte ein Mann, offenbar der Wärter, sich eben mit Rechen und Schaufel zu schaffen machte. Ohne seine Arbeit zu unterbrechen, begnügte er sich damit, meinen Gruß zu erwidern, mich übrigens vorderhand meinen Eindrücken überlassend.

Der erste Rundblick, bei noch offener Tür, hatte mich Bauschau erkennen lassen, und ich trat auf ihn zu. Er lag hinter den Traljen seines Zwingers auf einer Bodenstreu, die aus Lohe oder ähnlichem Stoffe bestehen mochte und ihren besondern Duft dem Geruch der Tierkörper und dem des Karbols oder Lysoforms noch hinzufügte – lag dort wie ein Leopard, aber wie ein sehr müder, sehr teilnahmsloser und verdrossener Leopard: ich erschrak über die mürrische Gleichgultigkeit, die er meinem Ein- und Herantreten entgegensetzte. Schwach pochte er ein- oder zweimal mit dem Schwanz auf den Boden, und erst als ich ihn anredete hob er den Kopf von den Pfoten, aber nur, um ihn sogleich wieder fallen zu lassen und trübe zur Seite zu blinzeln. Ein irdener

Napf mit Wasser stand im Hintergrunde des Käfigs zu seiner Verfügung. Außen, an den Gitterstäben, war eine in einen Rahmen gespannte, teils vorgedruckte, teils handschriftliche Tabelle befestigt, die unter der Angabe von Bauschans Namen, Art, Geschlecht und Alter eine Fieberkurve zeigte. »Hühnerhund-Bastard«, stand dort, »genannt Bauschan. Männlich. Zwei Jahre alt. Eingeliefert an dem und dem Tage und Monat des Jahres –, zur Beobachtung wegen okkulter Blutungen.« Und dann folgte die mit der Feder gezogene und übrigens in geringen Schwankungen verlaufende Wärmekurve nebst ziffernmäßigen Angaben über die Häufigkeit von Bauschans Puls. Er wurde also gemessen, wie ich sah, und auch der Puls wurde ihm gefühlt von ärztlicher Seite – in dieser Richtung fehlte es an nichts. Aber sein Gemütszustand war es, der mir Sorge machte.

»Ist das der Ihrige?« fragte der Wärter, der sich mir unterdessen, sein Gerät in Händen, genähert hatte. Er war mit einer Art von Gärtnerschürze bekleidet, ein gedrungener, rundbärtiger und rotbäckiger Mann mit braunen, etwas blutunterlaufenen Augen, deren treuer und feuchter Blick selbst auffallend hundemäßig anmutete.

Ich bejahte seine Frage, berief mich auf die erhaltene Weisung, heute wieder vorzusprechen, auf die geführten Ferngespräche und erklärte, ich sei gekommen zu hören, wie alles stehe. Der Mann warf einen Blick auf die Tabelle. Ja, es seien okkulte Blutungen, woran der Hund leide, sagte er, und damit sei es immer eine langwierige Sache, besonders wenn man nicht recht wisse, woher sie kämen. – Ob denn das noch immer der Fall nicht sei. – Nein, man wisse es noch nicht recht. Aber der Hund sei ja zur Beobachtung da, und er werde beobachtet. – Und die Blutungen dauerten noch an? – Ja, mitunter wiederholten sie sich noch. – Und dann würden sie beobachtet? – Ja, ganz genau. – Ob denn Fieber vorhanden sei, fragte ich, indem ich aus der Kurve am Gitter klug zu werden suchte. – Nein, kein Fieber. Der Hund habe seine ordnungsmäßige Wärme und Pulszahl, ungefähr neunzig Schläge in der Minute, das sei das richtige, weniger dürften es gar nicht sein, und wenn es viel weniger wären, so müßte er noch viel schärfer beobachtet werden. Überhaupt sei ja der Hund bis auf die okkulten Blutungen recht gut beisammen. Er habe wohl anfangs geheult, rund vierundzwanzig Stunden lang, aber dann sei er eingelebt gewesen. Fressen möge er freilich nicht viel; aber er habe ja auch keine Bewegung, und dann komme es darauf an, wieviel er früher gefressen habe. – Was man ihm denn gäbe? – Suppe, sagte der Mann. Aber, wie schon gesagt, er nehme nicht viel davon. – »Er macht einen gedrückten Eindruck«, bemerkte ich mit gespielter Sachlichkeit. – Ja, das tue er wohl, aber das habe nichts weiter zu sagen. Denn es sei ja am

Ende nicht lustig für einen Hund, so dazuliegen und beobachtet zu werden. Gedrückt seien sie alle mehr oder weniger, das heiße: die Gutartigen; manch einer werde sogar tückisch und bissig dabei. Aber das könne er von dem da nicht sagen. Das sei ein Gutartiger, der würde nicht bissig werden, und wenn man ihn bis an sein Lebensende beobachte. – Darin gab ich dem Manne recht, aber ich tat es, Kummer und Empörung im Herzen. Auf wie lange denn, fragte ich, man schätzungsweise Bauschans Aufenthalt dahier noch berechne. – Wieder blickte der Mann auf die Tafel. Acht Tage noch, sagte er, seien nötig zur Beobachtung, so habe der Herr Professor gesagt. Nach weiteren acht Tagen möchte ich wiederkommen und nachfragen; dann würden es vierzehn im ganzen sein, und dann werde man mir sichern Bescheid geben können über den Hund und in betreff seiner Heilung von den okkulten Blutungen.

Ich ging, nachdem ich noch einmal versucht hatte, Bauschans Lebensgeister durch frischen Zuspruch zu wecken. Er wurde durch meinen Weggang sowenig wie durch mein Erscheinen bewegt. Verachtung und bittere Hoffnungslosigkeit schienen auf ihm zu liegen. »Da du fähig warst«, schien seine Haltung auszudrücken, »mich in diesen Käfig zu liefern, erwarte ich nichts mehr von dir.« Und mußte er nicht irre werden und verzweifeln an Vernunft und Gerechtigkeit? Was hatte er verschuldet, daß ihm dies geschah, und daß ich es nicht nur zuließ, sondern es selbst in die Wege geleitet? Ich hatte es gut und würdig mit ihm im Sinne gehabt. Er hatte geblutet, und wenn das ihm selbst auch weiter nichts auszumachen schien, so hatte doch ich es für angemessen erachtet, daß die verordnete Wissenschaft sich seiner annähme, als eines Hundes in guten Umständen, und hatte es denn ja auch erlebt, daß sie ihn als etwas nervös und anämisch bezeichnet hatte wie ein Grafenkind. Und nun mußte es so für ihn ausgehen! Wie ihm begreiflich machen, daß man ihm Ehre und Aufmerksamkeit erwies, indem man ihn hinter Gitterstangen sperrte wie einen Jaguar, ihm Luft, Sonne und freie Bewegung entzog, um ihm statt dessen tagein, tagaus mit dem Thermometer beschwerlich zu fallen?

So fragte ich mich, indem ich nach Hause ging, und während ich bis dahin Bauschan nur vermißt hatte, gesellten sich nun zu dieser Empfindung Sorge um ihn, um sein Seelenheil und zweifelnde Selbstanklagen. War es nicht endlich nur Eitelkeit und selbstsüchtige Hoffart gewesen, was mich vermocht hatte, ihn auf die Hochschule zu führen? War überdies vielleicht der geheime Wunsch damit verbunden gewesen, mich seiner auf einige Zeit zu entledigen, eine gewisse Neugierde und Lüsternheit, mich von seiner inständigen Bewachung einmal frei zu machen und zu sehen, wie es sei, wenn ich in kühler Seelenruhe mich nach rechts oder links würde wenden können, ohne in der belebten Außenwelt irgendwelche Gefühle, sei es der Freude oder der bittern Enttäuschung, dadurch zu wecken? Wirklich genoß ich einer gewissen und lange nicht mehr erprobten inneren Unabhängigkeit seit Bauschans Internierung. Niemand behelligte mich durch die Glastür mit dem Anblick seines Wartemartyriums. Niemand kam, um mit zag erhobener Pfote mir die Brust mit einem Gelächter des Erbarmens zu erschüttern und mich zu alsbaldigem Aufbruch zu bewegen. Ob ich den Park suchte oder das Zimmer hütete, focht niemanden an. Das war bequem, beruhigend und hatte den Reiz der Neuheit. Da aber der gewohnte Ansporn fehlte, so ging ich beinahe nicht mehr spazieren. Meine Gesundheit litt; und während mein Zustand demjenigen Bauschans in seinem Käfig nachgerade auffallend ähnlich wurde, stellte ich die sittliche Betrachtung an, daß die Fessel des Mitgefühles meinem eignen Wohlsein zuträglicher gewesen war, als die egoistische Freiheit, nach der mich gelüstet hatte.

Auch die zweite Woche lief ab, und am bestimmten Tage stand ich wieder mit dem rundbärtigen Wächter vor Bauschans Gitterhaus. Der Insasse lag auf der Seite, lag irgendwie hingestreckt auf der Lohestreu seines Käfigs, die ihm das Fell befleckte, und hielt im Liegen den Kopf emporgeworfen, so daß er rückwärts gegen die kalkige Rückwand des Zwingers blickte, mit Augen, glasig und stumpf. Er rührte sich nicht. Daß er atmete, war kaum zu sehen. Nur zuweilen wölbte sich sein Brustkorb, der jede Rippe erkennen ließ, in einem Seufzer, den er mit leisem und herzzerreißendem Anklange seiner Stimmbänder von sich hauchte. Seine Beine schienen zu lang geworden, seine Pfoten unförmig groß, was von seiner erschreckenden Abmagerung herrührte. Sein Fell war äußerst ruppig, verdrückt und, wie erwähnt, vom Wälzen im Rindenmehle verunreinigt. Er beachtete mich nicht, wie er überhaupt nie wieder irgendetwas beachten zu wollen schien.

Ganz und gar, sagte der Wärter, seien die Blutungen noch nicht verschwunden; sie kämen immer noch einmal wieder vor. Woher sie stammten, sei noch nicht ganz entschieden, auf jeden Fall seien sie harmloser Art. Ich könnte beliebig den Hund noch zu weiterer Beobachtung hierlassen, um ganz sicher zu gehen, oder ich könnte ihn auch wieder mit nach Hause nehmen, wo sich das Übel mit der Zeit denn auch wohl verlieren würde. Da zog ich die geflochtene Schnur aus der Tasche – ich hatte sie zu mir gesteckt – und sagte, ich nähme Bauschan mit mir. Der Wärter fand es vernünftig. Er öffnete die Gittertür, und wir riefen Bauschan beide beim Namen, abwechselnd und gleichzeitig, aber er kam nicht, sondern starrte immer über sich hin gegen die Kalkwand. Indessen wehrte er sich auch nicht, als ich mit dem Arm in den Käfig griff, und ihn am Halsband herauszog. Springend fiel er zur ebenen Erde herab auf seine Füße und stand da mit eingekniffenem Schwanz, die Ohren zurückgelegt, ein Bild des Elends. Ich nahm ihn, reichte dem Wärter ein Biergeld und verließ die Abteilung, um in den vorderen Anstaltsräumen meine Schuld zu begleichen, die sich bei einer Grundtaxe von fünfundsiebzig Pfennigen für den Tag und zuzüglich des ärztlichen Honorars für die erste Untersuchung auf zwölf Mark fünfzig bezifferte. Dann führte ich Bauschan nach Hause, eingehüllt in die süßlich-wilde Atmosphäre der Klinik, die mein Begleiter in seinem Felle trug.

Er war gebrochen an Leib und Seele. Tiere sind ungehemmter und ursprünglicher, also gewissermaßen menschlicher in dem körperlichen Ausdruck ihrer Gemütszustände als wir; Redensarten, die unter uns eigentlich nur noch in moralischer Übertragung und als Metapher fortleben, treffen bei ihnen noch – und das hat jedenfalls etwas Erheiterndes für das Auge – im frischen Wortsinne und ohne Gleichnis zu. Bauschan »ließ«, wie man sagt, »den Kopf hängen«, das heißt: er tat es wirklich und anschaulich, tat es wie ein abgetriebenes Droschkenpferd, welches, Geschwüre an den Beinen und dann und wann mit der Haut zuckend, an seinem Halteplatze steht, während eine Zentnerlast seine arme Nase, die von Fliegen wimmelt, gegen das Pflaster zu ziehen scheint. Es war wie ich sagte: diese zwei Hochschulwochen hatten ihn auf den Zustand zurückgeführt, worin ich ihn einst auf dem Vorberge entgegengenommen; er war nur der Schatten seiner selbst, würde ich sagen, wenn das nicht den Schatten des frohen und stolzen Bauschan beleidigen hieße. Der Hospitalgeruch, den er mitgebracht hatte, wich wohl wiederholten Seifenbädern im Waschtroge, bis auf selten aufschwebende Reste; aber wenn ein Bad für uns Menschen den seelischen Einfluß einer symbolischen Handlung besitzen mag, so konnte dem armen Bauschan die körperliche Reinigung noch lange nicht die Wiederaufrichtung seines Gemütes bedeuten. Am ersten Tage schon nahm ich ihn mit mir ins Revier hinaus, aber mit blöde hängender Zunge schlich er an meinem Fuß und die Fasanen erfreuten sich dauernder Schonzeit. Zu Hause lag er noch tagelang, wie er zuletzt im Zwinger gelegen, und blickte gläsern über sich hin, im Innern schlaff, ohne gesunde Ungeduld, ohne mich zum Ausgehen anzuhalten, so daß vielmehr ich ihn von seinem Lagerplatz am Eingang der Hütte abholen und auftreiben mußte. Selbst die wilde und wahllose Art, in der er das Futter in sich schlang, erinnerte an seine unwürdige Frühzeit. Dann aber war es freudig zu sehen, wie er sich wiederfand; wie nach und nach seine Begrüßungen das alte treuherzig-scherzhafte Ungestüm zurückgewannen; wie er, statt mürrisch gehinkt zu kommen, zum ersten Male auf meinen Morgenpfiff wieder heranstürmte, um mir die Vorderpfoten auf die Brust zu setzen und nach meinem Gesicht zu schnappen; wie im Freien die stolze Lust an seiner Leiblichkeit ihm wiederkehrte, jene kühnen und anmutigen Vorsteh-Posen, jene steilen Sprünge mit angezogenen Füßen auf irgendein Lebewesen im hohen Grase hinab meinen Augen sich wieder darboten … Er vergaß. Der häßliche und für Bauschans Begriffsvermögen so unsinnige Zwischenfall sank hinab in die Vergangenheit, unerlöst eigentlich, unaufgehoben durch klärende Verständigung, welche unmöglich gewesen war, aber die Zeit deckte ihn zu, wie es ja auch zwischen Menschen zuweilen geschehen muß, und über ihm lebten wir fort, während das Unausgesprochene tiefer und tiefer ins Vergessen zurücktrat … Einige Wochen lang kam es noch vor, in zunehmenden Abständen, daß Bauschan eine gerötete Nase zeigte; dann verlor die Erscheinung sich, sie war gewesen, und so galt es denn auch gleichviel, ob es sich um Epistaxis oder um Hämathemesis gehandelt hatte …

Da habe ich, gegen mein Vorhaben, nun auch von der Klinik erzählt! Der Leser verzeihe die weitläufige Abschweifung und kehre mit mir in den Park zum Jagdvergnügen zurück, worin wir uns unterbrachen. Kennt er das weinende Geheul, womit ein Hund, seine äußersten Kräfte zusammenreißend, die Verfolgung des flüchtigen Hasen aufnimmt, und in welchem Wut und Wonne, Sehnsucht und ekstatische Verzweiflung sich mischen? Wie oft habe ich Bauschan es ausstoßen hören! Es ist die Leidenschaft, die gewollte, aufgesuchte und trunken genossene Leidenschaft selbst, die da durch die Landschaft gellt, und jedesmal wieder, wenn ihr wilder Schrei von fern oder nah an mein Ohr dringt, erschrecke ich auf eine heitere Weise; er fährt mir in die Glieder; froh, daß Bauschan heute auf seine Kosten kommt, eile ich vorwärts oder zur Seite, um die Hetze womöglich in mein Gesichtsfeld zu bringen, und wenn sie an mir vorüberbraust, stehe ich gebannt und gespannt, obgleich der nichtige Ausgang des Abenteuers im voraus feststeht, und schaue zu, indes ein erregtes Lächeln mir das Gesicht verzieht.

Der gemeine oder furchtsame Hase! Er zieht die Ohren durch die Luft, den Kopf im Genick rennt er um sein Leben und kratzt in langen Sprüngen vor dem innig heulenden Bauschan aus, indem er das Hintergeläuf, das weißlich-gelbe Gesäß in die Lüfte schleudert. Und doch sollte er im Grunde seiner angstvollen und fluchtgewohnten Seele wissen, daß es nicht ernste Gefahr hat, und daß er davon kommen wird, wie noch jeder seiner Brüder und Schwestern und auch er selbst wohl schon ein oder das andere Mal in demselben Falle davonkam. Nie im Leben hat Bauschan einen von ihnen erwischt und wird auch nicht, es ist so gut wie unmöglich. Viele Hunde, so heißt es, sind des Hasen Tod; ein einzelner kann es nicht schaffen, und überträfe er Bauschan auch noch an ausdauernder Schnelligkeit. Denn der Hase verfügt ja über den »Haken« – über den Bauschan nun einmal nicht verfügt; und damit ist die Sache entschieden. Es ist eine unfehlbare Waffe und Fähigkeit des zur Flucht Geborenen, ein jederzeit anwendbares Auskunftsmittel, das er im Sinne trägt, um es im entscheidenden und für Bauschan hoffnungsreichsten Augenblick anzuwenden – und Bauschan ist verkauft und verraten.

Da kommen sie schräge durch das Gehölz, überqueren vor mir den Pfad und schießen gegen den Fluß hin, der Hase stumm und seinen ererbten Trick im Herzen, Bauschan in hohen, jammernden Kopftönen heulend. »Heule nicht!« denke ich. »Du verausgabst Kräfte damit, Lungenkräfte, Atemkräfte, die du sparen solltest und alle zu Rate halten, um ihn zu bekommen!« Und ich denke so, weil ich an der Sache innerlich beteiligt bin, weil ich auf Bauschans Seite stehe, weil seine Leidenschaft auch mich ergreift, so daß ich ihm eifrig den Sieg wünsche, auf die Gefahr, daß er den Hasen vor meinen Augen in Stücke zerrisse. Wie er rennt! Ein Wesen in der äußersten Anspannung aller seiner Kräfte zu sehen, ist schön und genußreich. Er rennt besser als der Hase, seine Muskulatur ist stärker, der Abstand zwischen ihnen hatte sich deutlich verkleinert, bevor sie mir aus den Augen kamen. Und ich eile ebenfalls, ohne Weg, links hin durch den Park und gegen das Ufer und treffe eben rechtzeitig auf der Kiesstraße ein, um die Jagd von rechts anrasen zu sehen – die hoffnungsreiche, erregende Jagd, denn Bauschan ist dem Hasen fast auf den Fersen, er ist verstummt, er rennt mit zusammengebissenen Zähnen, die unmittelbare Witterung treibt ihn zum Letzten, und – »einen Vorstoß noch, Bauschan!« denke ich und möchte ich rufen; »gut gezielt und mit Besonnenheit, gib acht auf den Haken!« Aber da ist der Haken auch schon, das Unglück ist da. Der entscheidende Vorstoß geschah, und in dem gleichen Augenblick geschieht auch ein Ruck, ein kurzes, leichtes und schnippchenhaftes Wegzukken des Hasen im rechten Winkel zur Richtung des Laufes, und an seinem Hinterteile schießt Bauschan vorbei, schießt heulend, hilflos und bremsend, daß Kies und Staub emporstieben, geradeaus, und bis er seiner Bewegung Einhalt getan, sich herumgeworfen und sich in neuer Richtung wieder flott gemacht hat, bis, sage ich, dies unter Seelenqual und Jammergeheul vollbracht, hat der Hase einen bedeutenden Vorsprung gegen das Gehölz hin gewonnen, ja ist dem Verfolger wohl gar aus den Augen gekommen; denn während seines verzweifelten Bremsens konnte dieser nicht sehen, wohin der andre sich wandte.

»Es ist umsonst, es ist schön, aber vergeblich«, denke ich, während die wilde Jagd sich in entgegengesetzter Richtung durch den Park hin entfernt. »Es müßten mehrere Hunde sein, fünf oder sechs, eine ganze Meute. Andre müßten ihm in die Flanke stoßen, ihm von vorn den Weg abschneiden, ihn stellen und ihm den Genickfang geben …« Und mein erregtes Auge erblickt ein Rudel von Schweißhunden, die sich mit hängenden Zungen auf den Hasen in ihrer Mitte stürzen.

Ich denke und träume so aus Jagdleidenschaft, denn was hat mir der Hase getan, daß ich ihm ein entsetzliches Ende wünsche? Zwar steht Bauschan mir näher, und es ist in der Ordnung, daß ich mit ihm fühle und ihn mit meinen Wünschen begleite; aber der Hase ist doch auch ein warmes Leben und hat meinen Jäger nicht aus Bosheit geprellt, sondern aus dem dringenden Wunsch, noch eine kleine Weile weiche Baumtriebe knabbern und seinesgleichen zeugen zu können. »Etwas andres«, fahre ich trotzdem fort zu denken, »etwas andres, wenn dies hier« – und ich betrachte den Spazierstock in meiner Hand – »wenn dies hier nicht so ein unnützer, gutmütiger Stock wäre, sondern ein Ding von ernsterer Konstruktion, blitzträchtig und fernwirkend, womit ich dem wackeren Bauschan zu Hilfe kommen und den Hasen aufhalten könnte, so daß er mit einem Salto mortale zur Stelle bliebe. Dann bedürfte es keiner weiteren Hunde, und Bauschan hätte das Seine getan, wenn er den Hasen nur aufgebracht hätte.« Wie aber die Dinge liegen, ist es umgekehrt

Bauschan, der, wenn er den verdammten »Haken« parieren will, sich zuweilen überkugelt, was übrigens in einigen Fällen auch der Hase tut; aber für ihn ist es eine Kleinigkeit, etwas Leichtes und Angemessenes, mit irgendwelchem Elendsgefühl gewiß nicht verknüpft, während es für Bauschan eine schwere Erschütterung bedeutet, bei der er sich recht wohl einmal den Hals brechen kann.

Oft nimmt eine solche Jagd schon in wenigen Minuten wieder ihr Ende, wenn es nämlich dem Hasen gelingt, sich nach kurzer Hatz im Unterholze hinzuducken und zu verbergen, oder den Jäger durch Haken und Finten von seiner Fährte zu bringen, so daß dieser, unsicher stutzend, hierhin und dorthin sprengt, während ich, in meinem Blutdurst, vergeblich hinter ihm dreinrufe und ihm mit dem Stock die Richtung zu weisen suche, in der ich den Hasen entspringen sah. Oft aber auch zieht das Gejaide sich lange und weit durch die Landschaft hin, so daß Bauschans inbrünstig jaulende Stimme wie ein Hifthorn fern in der Gegend erklingt, abwechselnd näher und wieder entrückter, während ich still, in Erwartung seiner Wiederkehr, meines Weges gehe. Und du mein Gott, in welchem Zustand kehrt er dann endlich zu mir zurück! Schaum trieft ihm vom Maule, seine Lenden sind ausgehöhlt, seine Rippen fliegen, lang hängt ihm die Zunge aus dem unmäßig klaffenden Rachen, der ihm die trunken schwimmenden Augen schief und mongolisch verzerrt, und sein Atem geht wie eine Dampfmaschine. »Lege dich, Bauschan, und ruhe aus, oder dich trifft der Lungenschlag!« spreche ich zu ihm und gehe nicht weiter, um ihm Zeit zur Erholung zu gönnen. Im Winter zumal wird mir angst und bange um ihn, bei Frost, wenn er keuchend die eisige Luft in sein erhitztes Inneres pumpt und als weißen Dampf wieder von sich stößt, auch ganze Mäuler voll Schnee verschlingt, um seinen Durst zu löschen. Während er aber daliegt, mit wirren Augen zu mir emporblickt und dann und wann seinen Geifer einschlappt, kann ich doch nicht völlig umhin, ihn wegen der unabänderlichen Ergebnislosigkeit seiner Anstrengung etwas zu verspotten. »Wo ist der Hase, Bauschan?« kann ich wohl fragen. »Das Häschen bringst du mir also nicht?« Und er schlägt mit dem Schwanz auf den Boden, stellt, wenn ich spreche, einen Augenblick das hastige Pumpwerk seiner Flanken still und schlappt verlegen, denn er weiß nicht, daß mein Spott nur eine Regung der Scham und des schlechten Gewissens vor ihm und mir selber verschleiern muß, weil ich ihn meinerseits bei dem Handel wieder nicht unterstützen konnte und nicht der Mann war, den Hasen »aufzuhalten«, wie es Sache eines richtigen Herrn gewesen wäre. Er weiß es nicht, und darum kann ich wohl spotten und es so hinstellen, als ob e r es bei alldem irgendwie hätte fehlen lassen …

Seltsame Zwischenfälle ereignen sich bei diesen Jagden. Nie vergesse ich, wie der Hase mir einmal in die Arme lief … Es war am Fluß, auf der schmalen und lehmigen Promenade oberhalb seiner. Bauschan hetzte; und ich kam vom Gehölze her in die Uferzone, schlug mich durch die Distelstauden des Kiesdammes und sprang die grasige Böschung hinab auf den Weg in dem Augenblicke, als der Hase, Bauschan in einem Abstande von fünfzehn Schritten hinter sich, in langen und hüpfenden Sätzen aus der Richtung des Fährhauses, wohin ich mein Gesicht wandte, daherkam, mitten auf dem Wege und genau auf mich zu. Mein erster, jägerisch-feindlicher Antrieb war, die Gelegenheit wahrzunehmen und dem Hasen den Weg zu verstellen, ihn womöglich zurück in den Rachen des schmerzlich jauchzenden Verfolgers zu treiben. So stand ich, wie angewurzelt, reglos am Fleck und wog, von Leidenschaft umfangen, nur insgeheim meinen Stock in der Hand, indes der Hase näher und näher herankam. Sein Gesicht ist sehr schlecht, ich wußte es; einzig Gehör und Geruch vermitteln ihm Warnungen vor Gefahr. Er mochte mich für einen Baum halten, wie ich da stand – es war mein Plan, und ich wünschte heftig, daß er es täte und einem schrecklichen Irrtum damit unterläge, von dessen möglichen Folgen ich mir keine deutliche Rechenschaft gab, den ich aber auszunützen gedachte. Ob er diesem Irrtum zu irgendeinem Zeitpunkt wirklich verfiel, ist ungewiß. Ich glaube, er bemerkte mich überhaupt erst im alleräußersten Augenblick, und was er tat, war so unerwartet, daß es all mein Sinnen und Trachten im Nu über den Haufen warf und einen erschütternd plötzlichen Wechsel meines Gemütszustandes hervorrief. War er von Sinnen vor Todesangst? Genug, er sprang an mir hoch, genau wie ein Hündchen, lief mit den Vorderpfoten an meinem Überzieher empor und strebte aufrecht mit dem Kopfe in meinen Schoß, in des Jagdherrn schrecklichen Schoß hinein! Mit erhobenen Armen, den Oberkörper zurückgebeugt, stand ich und sah auf den Hasen nieder, der seinerseits zu mir aufblickte. Es war nur eine Sekunde lang so, oder auch nur während des Bruchteils einer Sekunde, aber es war so. Ich sah ihn so merkwürdig genau, sah seine langen Löffel, von denen der eine aufrecht stand, der andere nach unten hing, seine großen und blanken, kurzsichtig vortretenden Augen, seine schartige Lippe und langen Schnurrbarthaare, die Weiße seiner Brust und kleinen Pfoten, ich fühlte oder glaubte zu fühlen das Zucken seines gehetzten Herzchens – und es war seltsam, ihn so deutlich zu sehen und nahe an mir zu haben, den kleinen Dämon des Ortes, das innere schlagende Herz der Landschaft, dies ewig flüchtige Wesen, das ich immer nur auf kurze Augenblicke in ihren Gründen und Weiten komisch Reißaus nehmend gewahrt hatte, und das sich in seiner höchsten Not und Auskunftslosigkeit nun an mich drängte und gleichsam meine Knie umfaßte, die Knie des Menschen – nicht dessen, so schien mir, der Bauschans Herr war, sondern die Knie dessen, der Herr ist auch von den Hasen und sein Herr so gut wie Bauschans. Es war, sage ich, nur eine geringe Sekunde so: dann hatte schon der Hase sich von mir gelöst, sich wieder auf die ungleichen Beine gemacht und die Böschung zur Linken ersprungen, während statt seiner Bauschan an meinem Standorte anlangte, Bauschan mit Horrido und allen Kopftönen der Leidenschaft, worin er bei seiner Ankunft scharf unterbrochen wurde. Denn ein gezielter und vorbedachter Stockschlag vom Herrn des Hasen ließ ihn quiekend und mit einem vorübergehend gelähmten hinteren Oberschenkel den Abhang zur Rechten ein Stück Weges hinunterstolpern, den er dann hinkend erst wieder erklettern mußte, bevor er mit starker Verspätung die Fährte des nicht mehr sichtbaren Hasen wieder aufnehmen konnte. –

Endlich ist da noch die Jagd auf Wasservögel, der ich ebenfalls einige Zeilen widmen will. Sie kann nur im Winter und im kälteren Frühjahr stattfinden, bevor die Vögel den Aufenthalt nahe der Stadt, der ihnen nur ein Notbehelf und eine Forderung des Magens ist, mit dem an den Seen vertauschen; und sie ist weniger erregend, als die Hasenhetze es sein kann, hat aber gleichwohl ihr Anziehendes für Jäger und Hund, oder vielmehr für den Jäger und seinen Herrn: für diesen namentlich in landschaftlichem Betracht, da die vertrauliche Nähe des lebendigen Wassers damit verbunden ist; dann aber auch, weil es sehr unterhält und zerstreut, die Daseinsform dieser Schwimmer und Flieger anzuschauen und dabei gleichsam aus der eigenen herauszutreten, um versuchsweise an der ihrigen teilzuhaben.

Die Lebensstimmung der Enten ist milder, bürgerlicher, behäbiger als die der Möwen. Sie scheinen fast immer satt und von Nahrungssorgen wenig gequält, wahrscheinlich, weil, was sie brauchen, regelmäßig vorhanden und der Tisch ihnen immer gedeckt ist. Denn, wie ich sehe, fressen sie beinahe alles: Würmer, Schnecken, Insekten oder auch einfach einigen Schlamm und haben dann reichlich Zeit, auf den Ufersteinen in der Sonne zu sitzen, den Schnabel behaglich unter einen Flügel geschoben ein Schläfchen zu machen, sich das Gefieder einzufetten, so daß es mit dem Wasser so gut wie gar nicht in Berührung kommt, welches vielmehr in geronnenen Tropfen von seiner äußersten Oberfläche abperlt – oder auch nur zum bloßen Vergnügen auf den strömenden Fluten spazieren zu fahren, wobei sie, den spitzen Steiß in der Luft, sich drehen und wenden und selbstgefällig die Schultern rücken.

Aber im Wesen der Möwen liegt etwas Wildes, Heiseres, Ödes und Schwermütig-Eintöniges; eine harte Stimmung darbender Räuberei umwittert sie, wie sie beinahe den ganzen Tag in Scharen und schräg kreuzenden Fluges den Wasserfall und jene Stelle umkrächzen, wo sich bräunliche Abwässer aus dem Mündungsschlund weiter Röhren in den Fluß ergießen. Denn das Niederstoßen auf Fische, worin sich einzelne üben, ist bei weitem nicht ergiebig genug zur Stillung ihres schweifenden Massenhungers, und es mögen widrige Brocken sein, mit denen sie oft vorliebnehmen müssen, wenn sie sie im Fluge den Zuflüssen entrissen und in ihren krummen Schnäbeln beiseite entführt haben. Sie lieben das Ufer nicht. Aber bei niedrigem Wasserstande stehen und kauern sie dichtgedrängt auf den Klippen, die dann aus dem Flusse ragen, und die sie in weißer Masse bedecken, so, wie Klippen und Inseln nordischer Meere weißlich wimmeln mögen von Heeren nistender Eidergänse; und es ist prächtig zu sehen, wie sie sich alle auf einmal krächzend aufmachen und in die Lüfte erheben, wenn Bauschan sie vom Ufer her, über die zwischenliegende Flut hinweg, mit Bellen bedroht. Sie könnten sich sicher fühlen; es hat keine ernste Gefahr. Denn von seiner eingeborenen Wasserscheu ganz zu schweigen, hütet Bauschan sich weislich und mit allem Recht vor der Strömung des Flusses, der seine Kräfte nie und nimmer gewachsen wären, und die ihn unfehlbar, Gott weiß wohin, ins Weite risse, zum Donaustrome vermutlich, doch würde er dahin in äußerst entstelltem Zustande gelangen, wofür wir schon Beispiele vor Augen hatten in Form geblähter Katzenkadaver, die wir unterwegs erblickten nach jenen Fernen. Nie geht er weiter in den Fluß hinein als bis auf die vordersten, schon überspülten Ufersteine, und wenn auch die genußreiche Jagdwut an seinen Gliedern zerrt, wenn er sich auch die Miene gibt, als sei er im genauen Begriff, sich in die Wellen zu stürzen, und nun, im allernächstfolgenden Augenblick, werde er es tun: so ist doch Verlaß auf seine Besonnenheit, die unter der Leidenschaft wachsam bleibt, und es hat bei dem mimischen Anlauf, der äußersten Vorbereitung zur Tat sein Bewenden – leeren Drohungen, die am Ende wohl überhaupt nicht von Leidenschaft diktiert, sondern auf Einschüchterung der Schwimmfüßler in höherer Kaltblütigkeit berechnet sind.

Und die Möwen erweisen sich zu arm an Kopf und Herz, um seiner Anstalten zu spotten. Bauschan kann nicht zu ihnen, aber er sendet sein Gebell, seine über das Wasser hindröhnende Stimme zu ihnen hinüber, diese erreicht sie, und auch sie ist etwas Materielles, ein Ansturm, der sie erschüttert, und dem sie nicht lange standzuhalten vermögen. Sie versuchen es wohl, sie bleiben sitzen, aber ein unruhiges Rücken geht durch ihr Gewimmel, sie drehen die Köpfe, eine und wieder eine lüftet auf alle Fälle die Flügel, und plötzlich rauscht ihre ganze Masse, einer weißlichen Wolke gleich, aus der es bitter und fatalistisch krächzt, in die Lüfte empor, und Bauschan sprengt auf den Steinen hierhin und dorthin, um sie auseinanderzuscheuchen und in Bewegung zu halten: denn Bewegung ist es, worauf es ihm ankommt, sie sollen nicht sitzen, sie sollen fliegen, flußaufwärts und -abwärts, daß er sie jagen kann.

Er fegt das Gestade entlang, von weither prescht er die ganze Länge des Ufers ab, denn überall sitzen Enten, den Schnabel in schnöder Behaglichkeit unter dem Flügel, und überall, wohin er kommt, fliegen sie auf vor ihm, so daß es in der Tat wie ein Reinfegen und lustiges Aufwirbeln des ganzen Strandstreifens ist – gleiten und plumpsen aufs Wasser, das sie in Sicherheit wiegt und dreht, oder fliegen gestreckten Kopfes über ihm hin, während Bauschan, am Ufer rennend, die Kraft seiner Füße ehrenvoll mit der ihrer Schwingen mißt.

Er ist entzückt und dankbar, wenn sie nur fliegen, wenn sie ihm zum herrlichen Wettrennen den Fluß hinauf und hinunter Gelegenheit geben, und sie kennen wohl seine Wünsche und ziehen gelegentlich Nutzen daraus. Ich sah eine Entenmutter mit ihrer Brut – es war im Frühling, der Fluß war schon leer von Vögeln, diese allein war mit ihren Kleinen, die noch nicht ziehen konnten, bei uns zurückgeblieben, und sie hütete sie in einem schlammigen Tümpel, der, von dem letzten Hochwasser zurückgeblieben, eine Vertiefung des trocken liegenden Flußbettes füllte. Dort traf Bauschan sie – ich beobachtete die Szene vom oberen Wege aus. Er sprang in die Pfütze, sprang mit Gebell und wilden Gebärden darin herum und jagte die Entenfamilie schrecklich durcheinander. Versteht sich, er tat keinem Mitgliede etwas Ernstliches an, aber er ängstigte sie über die Maßen, so daß die Küken, mit ihren Stummelflügeln schlagend, nach allen Seiten stoben, die Ente aber von jenem Mutterheroismus ergriffen wurde, der sich blind und tollkühn auch dem stärksten Feinde zur Deckung der Brut entgegenwirft und diesen oft durch einen rauschhaften, die natürlichen Grenzen scheinbar überschreitenden Mut zu verwirren und ins Bockshorn zu jagen weiß. Mit gesträubten Federn, den Schnabel gräßlich aufgerissen, flatterte sie in wiederholten Angriffen gegen Bauschans Gesicht, stieß heldisch aber- und abermals gegen ihn vor, wobei sie zischte, und wirklich erzielte sie durch den Anblick ihrer verzerrten Unbedingtheit ein verblüfftes Zurückweichen des Feindes, wenn auch, ohne ihn ernstlich und endgültig zum Abzug vermögen zu können, denn immer drang er Laut gebend aufs neue vor. Da wechselte die Ente ihr Verfahren und wählte die Klugheit, da der Heldenmut sich als unpraktisch erwiesen hatte. Wahrscheinlich kannte sie Bauschan, kannte von früher her seine Schwächen und kindischen Wünsche. Sie ließ ihre Kleinen im

Stich – sie tat es scheinbar, sie nahm ihre Zuflucht zur List, flog auf, flog über den Fluß, »verfolgt« von Bauschan, verfolgt, wie er meinte, den sie im Gegenteil führte, und zwar am Narrenseil seiner Passion, flog mit dem Strome, dann gegen ihn, weiter und weiter, während Bauschan im Wettrennen neben ihr her sprengte, so weit flußabwärts und vom Pfuhl mit den Küken weg, daß ich Ente und Hund im Weitergehen ganz aus den Augen verlor. Späterhin fand der Gimpel sich wieder zu mir, gänzlich verhetzt und um den Atem gebracht. Die bestürmte Pfütze aber war, wie wir wieder vorbeikamen, geräumt …

So machte es jene Mutter, und Bauschan wußte ihr noch Dank dafür. Aber er haßt die Enten, die sich in bürgerlicher Gemütsruhe weigern, ihm als Jagdwild zu dienen, die sich einfach, wenn er daherbraust, von den Ufersteinen auf das Wasser hinablassen und sich dort in schnöder Sicherheit vor seiner Nase schaukeln, unerschüttert durch seine machtvolle Stimme, nicht beirrt, wie die nervösen Möwen, durch seine mimischen Anläufe gegen die Flut. Da stehen wir auf den Steinen nebeneinander, Bauschan und ich, und zwei Schritte vor uns schwankt in frecher Sicherheit, den Schnabel in gezierter Würde gegen die Brust gedrückt, die Ente auf den Wellen, bestürmt von Bauschans wütender Stimme, doch gänzlich unangefochten davon in ihrer Vernunft und Nüchternheit. Sie rudert gegen den Strom, so daß sie ungefähr auf der

Stelle bleibt; aber ein wenig wird sie doch in seiner Richtung abwärts gezogen, und einen Meter seitlich von ihr ist eine Stromschnelle, einer der schönen, schäumenden Katarakte, dem sie den eitel emporstehenden Steiß zuwendet. Bauschan bellt, indem er die Vorderfüße gegen die Steine stemmt, und ich belle innerlich mit; denn einiger Teilnahme an seinen Haßempfindungen gegen die Ente und ihre freche Vernünftigkeit kann ich mich nicht erwehren und wünsche ihr Böses. »Gib wenigstens acht auf unser Gebell«, denke ich, »und nicht auf den Katarakt, damit du unversehens in den Strudel gezogen wirst und vor unsern Augen in eine schimpfliche und gefährliche Lage gerätst.« Aber auch diese zornige Hoffnung erfüllt sich nicht, denn knapp und genau in dem Augenblick ihrer Ankunft am Rande des Falles flattert die Ente ein wenig auf, fliegt ein paar Mannslängen gegen den Strom und setzt sich wieder, die Unverschämte.

Ich kann nicht denken an den Ärger, mit dem wir beide in solchen Fällen die Ente betrachten, ohne daß ein Abenteuer mir ins Gedächtnis kommt, von dem ich zum Schlusse Bericht erstatten will. Es war mit einer gewissen Genugtuung für mich und meinen Begleiter verbunden, hatte aber auch sein Peinliches, Störendes und Verwirrendes, ja führte eine vorübergehende Erkältung des Verhältnisses zwischen Bauschan und mir herbei, und wenn ich es hätte voraussehen können, würde ich den Ort, wo es unser wartete, lieber gemieden haben.

Es war weit draußen, flußabwärts, jenseits des Fährhauses, dort, wo schon die Uferwildnis nahe an den oberen Strandweg herantritt, auf dem wir uns hinbewegten, ich im Schritte und Bauschan, ein wenig vor mir, in schiefem und lässigem Bummeltrabe. Er hatte einen Hasen gehetzt, oder, wenn man so will, sich von ihm hetzen lassen, hatte drei, vier Fasanen aufgebracht und hielt sich nun eben ein wenig zu mir, um auch den Herrn nicht ganz zu vernachlässigen. Eine kleine Gruppe von Enten flog, die Hälse gestreckt und in keilförmiger Anordnung, über den Fluß, ziemlich hoch und näher gegen das andere Ufer hin, so daß sie als Jagdwild für uns auf keine Weise in Betracht kamen. Sie flogen mit uns, in unserer Richtung, ohne uns zu beachten oder auch nur zu bemerken, und auch von uns warf nur dann und wann der eine und andere einen absichtlich gleichgültigen Blick zu ihnen hinüber.

Da geschah's, daß am jenseitigen, gleich dem unsrigen ziemlich steilen Ufer ein Mann sich aus dem Gebüsche hervorschlug und, sobald er den Schauplatz betreten, in eine Pose fiel, die uns beide, Bauschan ebenso unmittelbar wie mich, bewog, unsre Schritte zu hemmen und betrachtend gegen ihn Front zu machen. Es war ein hinlänglich stattlicher Mann, etwas rauh seinem Äußeren nach, mit einem hängenden Schnurrbart und bekleidet mit Wickelgamaschen, einem Lodenhut, der ihm schief in der Stirne saß, bauschigen Hosen, die aus einer Sorte harten Sammets, sogenanntem Manchester bestehen mochten, und einem entsprechenden Wams, an dem man allerlei Gurt- und Lederwerk bemerkte, denn er trug einen Rucksack auf den Rücken geschnallt und eine Flinte am Riemen über der Schulter. Besser gesagt: er hatte sie so getragen; denn kaum war er auf dem Plan erschienen, als er die Waffe an sich zog und, die Wange schief gegen den Kolben gelehnt, ihren Lauf schräg aufwärts gegen den Himmel richtete. Ein Bein in der Wickelgamasche hatte er vorgestellt, in der Höhle seiner auswärts gedrehten Linken ruhte der Lauf, während er den Ellbogen einwärts unter denselben bog, den andern aber, den des rechten Armes, dessen Hand am Hahne lag, stark seitlich spreizte und sein visierendes Antlitz schief und kühn dem Himmelslicht darbot. Etwas entschieden Opernhaftes lag in des Mannes Erscheinung, wie sie dort über dem Ufergeröll, in dieser Freiluftszenerie von Buschwerk, Fluß und Himmel ragte. Unsre achtungsvolle und eindringliche Anschauung aber konnte nur einen Augenblick währen – da platzte drüben der flache Knall, auf den ich mit innerer Anspannung gewartet hatte, und der mich also zusammenfahren ließ; ein Lichtlein, blaß vor dem hellen Tag, blitzte gleichzeitig auf, ein Wölkchen dampfte ihm nach, und während der Mann sich einen Opernschritt vorwärts fallen ließ, Brust und Angesicht gen Himmel geworfen, die Flinte am Riemen in der rechten Faust, spielte sich dort oben, wohin er blickte und wohin auch wir blickten, ein Vorgang kurzer, stiebender Verwirrung ab: die Entengruppe fuhr auseinander, ein wildes Flattern entstand, wie wenn ein Stoßwind in losen Segeln knallt, der Versuch eines Gleitflugs folgte, und plötzlich zur Sache geworden, fiel der getroffene Körper, rasch wie ein Stein, in der Nähe des jenseitigen Ufers auf die Wasserfläche hinab.

Es war dies nur die erste Hälfte der Handlung. Doch muß ich mich hier in ihrer Ausmalung unterbrechen, um den lebendigen Blick meiner Erinnerung auf Bauschan zu richten. Geprägte Redensarten bieten sich an, um sein Verhalten zu kennzeichnen, Kurrentmünze, gangbar in großen Fällen, ich könnte sagen, er sei wie vom Donner gerührt gewesen. Allein das mißfällt mir, und ich mag es nicht. Die großen Worte, abgenutzt wie sie sind, eignen sich gar nicht sehr, das Außerordentliche auszudrücken; vielmehr geschieht dies am besten, indem man die kleinen in die Höhe treibt und auf den Gipfel ihrer Bedeutung bringt. Ich sage nichts weiter, als daß Bauschan beim Flintenknall, bei seinen Begleitumständen und Folgeerscheinungen s t u t z t e, und es war dasselbe Stutzen, das ihm überhaupt vor auffälligen Dingen eigentümlich und mir an ihm wohlbekannt ist, nur allerdings ins Grenzenlose gesteigert. Es war ein Stutzen, das seinen Körper nach hinten, nach links und nach rechts schleuderte, ein Stutzen, das ihm beim Zurückprallen den Kopf gegen die Brust riß und ihm beim Vorstoß denselben beinahe aus den Schultern jagte, ein Stutzen, das aus ihm zu schreien schien: »Was? Was? Was war das? Halt, in drei Teufels Namen! *Wie war das?!*« Er schaute und lauschte die Dinge mit einer Art von Entrüstung, wie das höchste Erstaunen sie auslöst, in sich hinein, und dort waren sie auch schon, dort waren sie, als was für ungeheuerliche Neuigkeiten sie sich auch darstellen mochten, schon immer irgendwie anwesend gewesen. Ja, wenn es ihn riß, so daß er sich satzweise nach rechts und links halb um sich selber drehte, so war es, als schaute er sich im Ruck nach sich selber um, fragend: »Was bin ich? Wer bin ich? Bin ich's?« In dem Augenblick, da der Entenleib auf das Wasser fiel, tat Bauschan einen Sprung nach vorn, gegen den Rand der Böschung hin, als wollte er in das Flußbett hinab und sich ins Wasser stürzen. Doch besann er sich auf die Strömung, stoppte seinen Impuls, schämte sich und verlegte sich wieder aufs Schauen.

Ich beobachtete ihn mit Unruhe. Als die Ente gefallen war, fand ich, daß wir genug gesehen hätten, und schlug vor, wir sollten weitergehen. Er aber hatte sich hingesetzt, auf seine Hinterpfoten, das Gesicht mit den hochgespannten Ohren gegen das jenseitige

Ufer gewandt, und als ich sagte: »Gehen wir, Bauschan?« wandte er nur äußerst kurz den Kopf nach meiner Seite, wie wenn jemand nicht ohne Barschheit sagt: »Bitte mich nicht zu stören!« – und schaute wieder. So beschied ich mich denn, kreuzte die Füße, stützte mich auf meinen Stock und sah ebenfalls zu, was weiter geschah.

Die Ente also, eine jener Enten, die sich oft in frecher Sicherheit vor unsrer Nase geschaukelt hatten, trieb auf dem Wasser, ein Wrack, man wußte nicht mehr, wo vorn und hinten war. Der Fluß ist ruhiger hier draußen, sein Gefälle nicht mehr so reißend, wie weiter aufwärts. Immerhin ward der Entenbalg sogleich von der Strömung ergriffen, um sich selbst gedreht und fortgezogen, und wenn es dem Manne nicht nur ums Treffen und Töten zu tun gewesen war, sondern wenn er mit seinem Tun einen praktischen Zweck verfolgt hatte, so mußte er sich sputen. Das tat er, ohne einen Augenblick zu verlieren, es spielte sich alles in größter Schnelle ab. Kaum war die Ente gestürzt, als er auch schon springend, stolpernd und beinahe fallend die Böschung hinunterstürmte. Er hielt die Flinte gestreckten Armes dabei von sich, und wieder mutete es höchst opernhaft und romantisch an, wie er, gleich einem Räuber und kühnen Schmuggler des Melodrams, über das dekorationsmäßig wirkende Steingerölle hinabsprang. Bezeichnenderweise hielt er sich ein wenig schräg links, da die treibende Ente vor ihm davonschwamm, und es für ihn darauf ankam, sie abzufangen. Und wirklich glückte es ihm, mit dem Flintenkolben, den er nach ihr ausstreckte, weit vorgebeugt und die Füße im Wasser, ihrem Zuge Einhalt zu tun und sie zu fassen: behutsam und unter Schwierigkeiten bugsierte er sie vor dem schiebenden Kolben gegen die Steine und zog sie an Land.

So war das Werk getan, und der Mann atmete auf. Er legte die Waffe neben sich an das Ufer, zog sein Felleisen von den Schultern, stopfte die Beute hinein, schnallte den Sack wieder auf und stieg, so angenehm beladen, gestützt auf seine Flinte wie auf einen Stock, in guter Ruhe über das Geröll und gegen die Büsche empor.

»Nun, der hat seinen Braten für morgen«, dachte ich mit Beifall und Mißgunst. »Komm, Bauschan, nun gehen wir, weiter geschieht nichts.« Aber Bauschan, nachdem er aufgestanden war und sich einmal um sich selbst gedreht hatte, setzte sich wieder und schaute dem Manne nach, auch als dieser vom Schauplatz schon abgetreten und zwischen den Sträuchern verschwunden war. Es fiel mir nicht ein, ihn zweimal zum Mitgehen aufzufordern. Er wußte, wo wir wohnten, und wenn er es vernünftig fand, mochte er noch längere Zeit hier sitzen und glotzen, nachdem die Sache sich abgespielt hatte und nichts mehr zu sehen war. Der Heimweg war lang, und ich für mein Teil machte mich daran, ihn zurückzulegen. Da folgte er denn.

Er hielt sich zu mir auf diesem ganzen peinlichen Heimwege, ohne zu jagen. Er lief nicht schräg vor mir, wie es sonst seine Gewohnheit, wenn er eben zum Stöbern und Spüren nicht aufgelegt ist, sondern ging etwas hinter mir, im Schritt, und zog eine Art von Maul, wie ich bemerken mußte, wenn ich mich zufällig einmal nach ihm umsah. Das hätte hingehen mögen, und viel fehlte, daß ich mich dadurch in Harnisch hätte jagen lassen; im Gegenteil war ich geneigt, zu lachen und die Achseln zu zucken. Aber alle dreißig bis fünfzig Schritte gähnte er, und das war es, was mich erbitterte. Es war das unverschämte, sperrangelweite, grob gelangweilte und von einem piepsenden Kehllaut begleitete Gähnen, das deutlich ausdrückt: »Ein schöner Herr! Kein rechter Herr! Ein lumpiger Herr!«, und wenn der beleidigende Laut mich niemals unempfindlich läßt, so war er diesmal vermögend, unsre Freundschaft bis in den Grund zu stören.

»Geh!« sagte ich. »Geh fort! Geh doch zu deinem Herrn mit der Donnerbüchse und schließ dich ihm an, er scheint ja nicht im Besitze eines Hundes, vielleicht kann er dich brauchen bei seinen Taten. Er ist zwar nur ein Mann in Manchester und kein Herr, aber in deinen Augen mag er ja einer sein, ein Herr für dich, und darum empfehle ich dir aufrichtig, zu ihm überzugehen, da er dir denn nun einmal einen Floh ins Ohr gesetzt hat, zu deinen übrigen.« (So weit ging ich.) »Ob er auch nur einen Jagdschein aufzuweisen hat, wollen wir ihn nicht fragen, es könnte sein, daß ihr in Ungelegenheiten kämet, wenn man euch eines Tages bei eurem sauberen Treiben ertappt, aber das ist eure Sache, und mein Rat ist, wie gesagt, der aufrichtigste. Über dich Jäger! Hast du mir je einen Hasen gebracht für meine Küche, von all denen, die ich dich hetzen ließ? Meine Schuld ist es nicht, wenn du keinen Haken zu schlagen verstehst und mit der Nase in den Kies fährst wie ein Narr, in dem Augenblick, wo es gälte, Gewandtheit zu zeigen! Oder einen Fasan, der doch nicht minder willkommen gewesen wäre in den schmalen Zeiten? Und jetzt gähnst du! Geh, sage ich. Geh zu deinem Herrn mit den Wickelgamaschen und sieh zu, ob er der Mann ist, dich an der Kehle zu krauen oder dich gar dahin zu bringen, daß du lachst – meinem Dafürhalten nach kann er selbst kaum lachen, höchstens sehr roh! Wenn du glaubst, daß er dich wissenschaftlicher Beobachtung übergeben wird, falls es dir einfällt, okkult zu bluten, oder daß du als sein Hund für nervös und anämisch erklärt werden wirst, so geh nur zu ihm, doch könnte es sein, daß du dich im Irrtum wiegtest in Hinsicht auf das Maß von Achtung, das diese Art Herr dir entgegenbringen würde! Es gibt Dinge und Unterschiede, für die solche bewaffneten Leute viel Sinn und Blick besitzen, natürliche Verdienste oder Nachteile, um meine Anspielung schon deutlicher zu machen, knifflige Fragen des Stammbaumes und der Ahnenprobe, daß ich mich ganz unmißverständlich ausdrücke, über die nicht jedermann mit zarter Humanität hinweggeht, und wenn er dir bei der ersten Meinungsverschiedenheit deinen Knebelbart vorhält, dein rüstiger Herr, und dich mit mißlautenden Namen belegt, dann denke an mich und diese meine gegenwärtigen Worte …«

So beißend sprach ich während des Heimweges zu dem hinter mir schleichenden Bauschan, und wenn ich auch nur innerlich redete und meine Worte nicht laut werden ließ, um nicht exaltiert zu erscheinen, so bin ich doch überzeugt, daß er genau verstand, wie ich es meinte, und jedenfalls der Hauptlinie meines Gedankenganges sehr wohl zu folgen vermochte. Kurz, das Zerwürfnis war tiefgreifend, und zu Hause angelangt, ließ ich absichtlich die Gartenpforte knapp hinter mir ins Schloß fallen, so daß er nicht mehr mit durchschlüpfen konnte und mit Ansprung hinüberklettern mußte. Ohne mich auch nur umzusehen, ging ich ins Haus und hörte noch, daß er quiekte, da er sich beim Klettern den Bauch gestoßen, worüber ich nur höhnisch die Achseln zuckte. –

Das aber ist nun schon lange her, mehr als ein halbes Jahr, und es ist damit gegangen wie mit dem klinischen Zwischenfall: Zeit und Vergessen haben es zugedeckt, und auf ihrem Schwemmgrunde, welcher der Grund allen Lebens ist, leben wir fort. Längst, obgleich er noch einige Tage nachdenklich schien, erfreut Bauschan sich wieder in voller Unbefangenheit der Jagd auf Mäuse, Fasanen, Hasen und Wasservögel, und bei unserer Heimkehr beginnt schon sein Warten aufs nächste Mal. Oben vor der Haustür wende ich mich dann wohl noch einmal nach ihm um, und das ist das Zeichen für ihn, in zwei großen Sätzen über die Stufen zu mir heraufzuspringen und mit den Vorderpfoten an der Haustür hinaufzugehen, sich hoch daran aufzurichten, damit ich ihm zum Abschied die Schulter klopfe. »Morgen wieder, Bauschan«, sage ich, »falls ich nicht in die Welt gehen muß.« Und dann spute ich mich, hineinzukommen und meine Nagelschuhe loszuwerden, denn die Suppe steht auf dem Tisch.

Gesang vom Kindchen
Idylle

»Hier sind wir denn vorerst ganz still
zu Haus,
Von Tür zu Türe sieht es lieblich aus;
Der Künstler froh die stillen Blicke hegt,
Wo Leben sich zum Leben freundlich regt,
Und wie wir auch durch fremde Lande ziehn,
Da kommt es her, da kehrt es wieder hin;
Wir wenden uns, wie auch die Welt entzücke,
Der Enge zu, die uns allein beglücke.«

Goethe, Campagne in Frankreich

Vorsatz

Bin ich ein Dichter? War ich's zuweilen?
Ich weiß nicht. In Frankreich
Hieße Poet ich nicht. Man scheidet
bequem und verständig
Dort den Reimschmied vom Manne
der gradausgehenden Rede.
Jener heißt Dichter, der andere Autor
etwa, Stiliste

Oder Schriftsteller; und wahrlich, man
schätzt sein Talent nicht geringer.
Nur eben Dichter nennt man ihn nicht:
er drechselt nicht Verse.
Mein Teil nun war immer die Prosa,
schon seit dem Knaben
Erste Liebesschmerzen verblüht und
frühe der Jüngling
Sich zum Werke nüchtern bereitet.
Ein edles Gewaffen
Schuf der Verletzliche sich in ihr,
die Welt zu bestehen,
Und er trug es mit Anmut: Gesteh' ich's,
manch schönes Gelingen
Krönte mein Mühen um deutsches Wort,
und ebengeboren
Dünkt' ich mich manchem Sänger an
Künstlerwürde und -wissen.
Denn Gewissen schien immer mir Sinn
und Sache der Prosa:
Das Gewissen des Herzens und das des
verfeinerten Ohres.
Ja, sie schien mir Moral und Musik,
– so übt' ich sie immer.
Dichter? Ich war es! Denn wo sich
ursprünglich die Liebe zur Sprache
Jeder Liebe gesellt und allem Erleben
sich mischet,

Da sei von Dichtertum kühnlich die Rede, –
das Wort ist am Platze. –
Dennoch, erinnere dich!
Gedenke verjährter Beschämung,
Heimlicher Niederlage, nie eingestandnen
Versagens:
Wie du in Tugend den Mangel verkehrt
und Staunen sogar noch
Endlich dafür geerntet, – doch Bitterkeit
blieb auf der Zunge.
Weißt du noch? Höherer Rausch,
ein außerordentlich Fühlen
Kam auch wohl über dich einmal
und warf dich darnieder,
Daß du lagst, die Stirn in den Händen.
Hymnisch erhob sich
Da deine Seele, es drängte der ringende
Geist zum Gesange
Unter Tränen sich hin. Doch leider
blieb alles beim alten.
Denn ein versachlichend Mühen begann da,
ein kältend Bemeistern, –
Siehe, es ward dir das trunkene Lied
zur sittlichen Fabel.
War es nicht so? Und warum? Es scheint,
du wagtest den Flug nicht?
Was dir ziemte, was nicht, du wußtest's
im innersten Herzen

Und beschiedest dich still; doch schmerzte
der tiefere Fehlschlag.
Nochmals, war es nicht so? Und sollt' es
dabei sein Bewenden
Immer behalten? Schriftsteller bliebst du
und Prosaerzähler?
Dürftest nie als Poet dich fühlen,
wie er im Buch steht?
So wär's vom Schicksal verbrieft und
besiegelt? – Laßt mich doch sehen!
Einen Silbenfall weiß ich, – es liebten
ihn Griechen und Deutsche, –
Mäßigen Sinnes ist er, betrachtsam,
heiter und rechtlich;
Zwischen Gesang und verständigem Wort
hält er wohlig die Mitte,
Festlich und nüchtern zugleich.
Die Leidenschaften zu malen,
Innere Dinge zu scheiden, spitzfindig,
taugt er nicht eben.
Aber die äußere Welt, die besonnte,
in sinnlicher Anmut
Abzuspiegeln in seinem Gekräusel,
ist recht er geschaffen.
Plauderhaft gibt er sich gern und
schweift zur Seite. Besonders
War es ihm immer gemäß, wenn es häuslich
zuging und herzlich.

Frühe fiel er ins Ohr mir, auf deutsch,
übertragener Weise,
Als der Knabe den Sinn sich erhöht
an den Kämpfen Kronions
Statt an Indianergeschichten.
Die Weise blieb mir geläufig
Immer seitdem; sie geht mir bequem
von der Lippe; und manchmal
– Ihr merktet's schwerlich – schlich sie
sich ein in meine Erzählung,
Wandelnd den ungebundenen Trott
zum Reigen der Verse. –
Gönne mir einmal, Muse, den heiter
gemessenen Gang denn
Offenkundig! Die Stunde ist da und
der trefflichste Anlaß!
Denn ich will sagen und singen vom
Kindchen, dem jüngsten der meinen,
Das mir erschien in härtester Zeit,
da ich nicht mehr jung war.
Und was kein Drang der Seele,
kein höher Befahrnis vermochte,
Das wirke Vatergefühl: es mach' mich
zum metrischen Dichter.

Letztgeborenes du und Erstgeborenes
  dennoch
Mir erst in Wahrheit!
  Denn bedeutende Lebensjahre
Waren mir hingegangen, dem
  reifenden Manne, seitdem ich
Vater geworden zuletzt; derweilen
  deine Geschwister
Wuchsen heran: Es sind vier kluge,
  gutartige Kinder,
Zwischen dreizehn und sieben,
  nicht weit voneinander im Alter.
Staunend sah sie der Jüngling-Vater
  zusammen sich finden
Binnen so kurzem, Jahr fast um Jahr,
  – der eben noch einzeln,
Und mit kindischem Stolz ob ihrer
  muntren Versammlung,
Wie ob aller Wirklichkeit, welche dem
  Träumer je zufiel.
(Denn den Menschen des Traums
  dünkt Wirklichkeit nun einmal immer
Träumerischer als jeder Traum und
  schmeichelt ihm tiefer.)
So denn wußt' er nicht wenig sich mit
  dem stattlichen Anhang

Und der bürgerlichen Befestigung.
Aber auch bänglich
Kam es nicht selten ihn an und er
wandte im Inneren hinweg sich,
Sorgend bedacht, seine Freiheit und
Einsamkeit vor dem Leben,
Das er doch redlich gesucht und sittlich
gewollt, zu bewahren.
Wohl liebt' ich sie, meiner Sehnsucht
und meines Schicksals Geschöpfe,
Die nun als Menschen wandelten,
bergend ihr eigenes Schicksal;
Liebte sie um der Mutter, der Märchenbraut
willen von einstmals,
Die sich der Jüngling erschaut und
erworben, – sie waren ihr Glück ja.
Und als der Älteste, der schöne,
besondere Knabe,
Auf den Tod lag, vielfach vom Messer
des Arztes geöffnet,
Untät'gen Eingeweides, nur noch
ein hölzernes Püppchen,
Der sonst Blühende, sinnlos, und im
Begriffe zu scheiden,
Wollte das Herz mir brechen ob ihrer
bitteren Schmerzen,
Und wir weinten innig zusammen.
Aber zu plötzlich

Hatte der Baum meines Menschtums,
der jüngst ein schmächtiger Jünglings-
Stamm noch, reich sich verzweigt und
seine Krone gebreitet,
Daß es mich nicht verwirren und
lächerlich fast mich bedünken
Hätte sollen. All die Wirklichkeit,
die mich umringte,
War sie aus Traum nicht eher entsprungen
denn aus dem Leben
(Wenn auch zur menschlichen
Unternehmung diesmal der Traum mir
Wunderlich ausgeschlagen): nämlich
aus Schönheit und Sehnsucht?
Und so erschien sie als krauses Abenteuer
dem Träumer,
Das er belustigt sich gefallen ließ,
aber in Abwehr
Auch, nicht willens, sich dran zu verlieren,
neugierige Kühle
Wahrend und oft gereizt, wenn es störend
zudrang und lärmte.

So schritt die Zeit, und in ihr schritt ich
des eigenen Weges,
Um mich die kleine Gemeinschaft,
die traulichste unter den Menschen,

Die mir erwachsen aus Traum und
lebensgutwilliger Bravheit.
Vierzehn Jahre waren verlebt,
seitdem ich die Braut mir
Heimgeführt; in sieben waren die viere
gekommen;
Andere sieben vergingen, und unsere
Zahl schien vollendet.
Ja, nur Entfaltung noch gab es,
nicht Nachkunft mehr, und geschlossen
Beieinander wuchsen sie auf,
zwei Männlein, zwei Fräulein.
Fortschreitend löste sich das Leben
von seinem Ursprung,
Und kein neu aufsprießender Anwuchs
knüpfte das Band mehr
Zwischen Sein und Werden. –
Aber mich unterdessen
Lehrten Zeit und Gewöhnung herzhaft
lieben, was mein war.
Denn des Jünglings Sache ist Sehnsucht,
aber des Mannes
Ist die Liebe. Sehnsucht trachtet nach dem,
was nicht unser;
Dorthin schlägt sie immer die farbige
Brücke und heißet
Das Uneigene schön. Aber herzlich zu hegen

Und mit Schönheit zu segnen, was unser,
dieses ist Liebe.
So erfuhr ich's: Ehren lernt' ich das
Menschlich-Meine.
Wunderlich schien es mir, das Geschlecht,
und unter den andern
Ganz besonders; Ausdruck meines
eigensten Lebens,
Werk meines Traums, wie nur irgendein
andres, und Geist meines Geistes.
War nicht Leben und Werk mir immer
eines gewesen?
Nicht Erfindung war Kunst mir:
nur ein gewissenhaft Leben;
Aber Leben auch Werk, – ich wußt' es
niemals zu scheiden.
Also faßt' ich ein Herz mir zu dem,
was einst mich verwirrte.
Heiter bejaht' ich's und beruhigt
und hielt es als das
Meine wert, nicht länger davon beschwert
und belästigt.

Da denn nun, da innerlich alles also
bestellt war,
Keimtest du und wardst mir geboren,
teuerstes Leben,

Liebes Kindchen! Und wie anders war
mein Gemüt nun
Vorbereitet für solchen Empfang auf
mancherlei Weise!
Eines Abenteuers leibliche Bilder
und Zeichen
Waren mir die anderen gewesen;
du erst, mein Liebling,
Warest Frucht der männlichen Liebe,
treuen Gefühles,
Langer Gemeinschaft in Glück und Leid.
– Orkanische Zeiten
Brachen herein, der Boden wankte,
es stürzte ein Weltbau.
Groß war die Not des ernstlich lebenden
Menschen, sie hatte
Weicher und fester zugleich mich gemacht
und streng mich gehalten,
Mit Bewußtsein einzunehmen den Platz,
der mir zukam,
Ehrenvoll oder nicht, doch wo ich
entschieden nun fußte,
Wird doch die Kraft zur Liebe erst wahrhaft
frei und vertrauend,
Wenn wir das eigene Schicksal erkennen
gelernt, und erkennend
Seiner mächtig geworden, klar als ein Mann
es beherrschen.

Dankbarkeit lernen wir dann auch für Liebe,
die wir erfahren,
Während das Trachten des Jünglings
undankbar darüber hinschweift,
Sie gereizt verschmäht und verwirft.
Es stellt sich der Stolz ein
Auf den verdienten Freund und seine
Leistung, die unsre
Erst ergänzt und verstärkt. Wie waren wir
ehemals doch so
Unbedingt! Am eigenen Wert verzagten
wir lieber,
Eh' wir den sicheren Wert des Freundes,
welcher uns anhing,
Freudig nahmen zur Bürgschaft.
– Das alles ändert sich nunmehr.
Aufsprang das Tor des fünften Jahrzehnts,
wir schritten hindurch schon,
Von den Horen geführt, – was hülfe es,
wollten wir zaudern!
(Aber es schreitet willig der Mensch
und seltsam gelassen
Vorwärts ja in der Zeit: er weiß,
es birgt ihn das Leben.)
Silbricht glänzt uns die Schläfe:
Da stellt sich anders die Welt denn
Nun dem Wandernden dar, und anders lebt
sich's als vordem.

Nur des Geistigen achtet der spröde
Jüngling, sein Blick ist
Ins Gewirr der inneren Dinge grübelnd
verloren,
Und den Sinnen mißtraut er.
Aber kommt nur die Zeit erst,
Freundlicher redet Natur dann zu
einem schlichteren Herzen.
Ehemals rührte uns nicht der wieder
keimende Frühling
So und sein lieblicher Anhauch;
wir kannten die dankbare Inbrunst
Jugendlich nicht, mit der wir heute
dem zauberischen
Duft der Sommerrose uns neigen,
noch grüßte das Auge
Zärtlich schon, wie heut', das Bild
der weißstämmigen Birke,
Welche so zierlich jungfräulich das Gelock
ihres Laubes
Hangen läßt am goldenen Nachmittag.
– Seltsame Rührung,
Was bedeutest du doch und was dies
liebende Anschaun?
Will Natur mit sanfter Verlockung
das Herz uns gemahnen,
Daß wir ihr gehören und in sie kehren
in Bälde?

Zieht sie schon leise uns hin,
zur Süße die Sinne uns reifend? –
Töchterchen, sieh, so war ich im Herzen
gestimmt und bereitet,
Dich zu empfangen aus dem Schoß
des organischen Dunkels,
Das dich treulich gehegt und genauestens
fertig gebildet
Nach den Gesetzen der Art. Nicht wußt' ich
schon, daß ich dich liebte.
Doch als das schwere, heitere,
heilige Wunder geschehen;
Als du erschienen warst und dem Lichte
gehörtest, wonach du
Lange schon, lebhaft, in Stößen,
die ich belauschte, gedränget;
Als ich zuerst die nichtige Last
auf ängstlichen Armen
Mir gespürt und mit stillem Entzücken
gesehn, wie dein Auge
Widerstrahlte das Himmelslicht;
dann dich – oh, wie behutsam,
Niedergelassen an deiner Mutter Brust:
da füllte
Ganz mit Gefühl sich auf einmal mein Herz,
mit segnender Liebe.

In der Frühe

Wann ich mit erdkaltem Wasser die Augen
geklärt mir am Morgen,
Froh der erneuerten Frühe und ihrer
Reinheit und Tugend,
Kindchen, so ist mein erster Gang zu dir,
in dein kleines
Reich, wo eben das Bad dir die zarten
Glieder umspület
In der Zwergenwanne auf dem Gestelle,
worin es
Dir die Pflegerin mischte. Du aber lachst
mir entgegen,
Schon von weitem, wendest nach mir
die lustigen Augen
Mit dem Lächeln der Freude und des
vertrauten Erkennens,
Das mich so glücklich machte,
als ich es erstmals sich regen
Sah und erwachen in deinen Zügen
bei meinem Anblick, –
Glücklich fast, ich gesteh's, wie den
Liebenden das der Geliebten.
Naß bespritzt ist des Zimmers Bodenbelag
in der Runde,
Denn du regst dich lustig im Bade,
ziehest und streckest

Keck die Beinchen, stoßweis', und schlägst
mit den kleinen Armen
In die behagliche Flut mit
unternehmender Miene,
Dich zu zeigen stolz, in der nassen
Wange ein Grübchen, –
Über den Wannenrand springen die Tropfen
und nässen den Rock mir.
Nicht bedeckt das Wasser dich ganz,
da die Wärterin sorglich
Dir mit der Linken das Köpfchen
unterstützt; denn das Wasser,
Das deinem kleinen Leibe dient und
schmeichelt, und dem du
Sorglos vertraust, es ist dein Element
doch nicht länger,
Seit du im Dunklen die Stufe der Kiemen
hinter dich legtest,
Und das Falsche erstickte dich,
wenn man dich ihm überließe.
Unbespült ist dein Brüstchen,
und so nehm' ich den kleinen
Goldgelben Schwamm, der im Wasser
schwimmt, und drücke ihn langsam
Über dir aus und abermals, wieder und
wieder, so daß der
Laue, kristallene Strahl sanft niedergeht
auf deine Glieder

Und sich abfließend darüber verteilt.
Es freut dich das Treiben,
Und du achtest lächelnd der angenehmen
Empfindung.
Dann so hebt die Pflegerin dich mit
sorglichen Händen
Aus dem Bad, von dem dein Körperchen
trieft, und sie legt dich
Auf den gepolsterten Tisch, in das
flockige Tuch, das bereit liegt,
Am elektrischen Ofen gewärmt,
und worein sie dich hüllet
Über und über, um dich zu trocknen.
Ich aber verweile
Gern noch etwas und habe acht
der weiteren Pflege,
Deines kleinen Putzes und Anzugs:
wie man dreieckig
Dir das Höschen faltet und die
wärmenden Stücke
Eins nach dem andern dir anlegt;
denn Wärme ist dir vonnöten
Vor allen Dingen: Du bist sie gewöhnt
vom gefriedeten, dunklen
Aufenthalt her, den du erst kürzlich
verließest, und noch bist
Du ein Neuling auf dieser kühlen Welt
und ein Fremdling.

Wohlgewickelt denn nun und walzenförmig
zu schauen
Unterwärts bis an die Brust, so stellst
du dich vor; doch darüber
Stehen die Ärmchen in weißem Pikee dir,
gleichwie zwei Flügel,
Beiderseits waagerecht ab, und oben
auf deinem Haupte,
Gerade über der Stirn, ragt spitz ein
wunderlich Schöpfchen
Deines lichtblonden Haars, das die Muhme
mit samtenem Bürstchen
Dir geglättet: Ganz dünn ist's am
hinteren Kopfe vom Liegen,
Aber oben legt sich's und stehet in
launischen Wirbeln
Dir um das kleine Haupt; und vorne
bäumt sich das Schöpfchen.
So begrüße ich dich, ganz fertig,
in meinen Armen,
Rückwärts geneigt, dein Augenpaar dicht
vor dem meinen; und kühnlich
Greifst du mit deinen warmen Händchen
in das Gesicht mir,
Packest Lippen und Nase und lachst,
wenn mit Brummen und Schnappen
Ich gefährlich mich stelle. – Sodann erhältst
du dein Frühstück,

Ziehest, im Arm der Wärterin liegend,
mit Ernst aus der Flasche
Warme Milch, versetzt mit Haferschleim
und mit Zucker.
Gerne schluckst du den Trank;
doch wie sich der Magen dir füllet,
Nach der Bewegung, den Reizen des Bades,
schläfert's dich wieder.
Viel schon hast du gelebt; man legt dich
zurück in dein Bettchen,
Und da kaum getan, womit wir
anderen Großen
Uns nur erst rüstig machen zum Tage –
entschlummerst du wieder.

Das Mal

Mich aber nimmt der Tag der Erwachsenen
hin, es wechseln
Die geordneten Stunden, und jede bringet
das ihre.
Ernst des Alleinseins, leichterer Austausch
und einige Ruhe,
Diese wechseln. Und nur von weitem noch
blicke ich meistens
Auf dein gesondertes Dasein,
dies vorläufige Leben, –

Dämmernd streicht es dahin dir hinter
dem Gittergeländer
Deines tiefen Bettchens, darin du
beinahe verschwindest,
Da es doch selbst nur so klein:
rings um dich her ist die Leere,
Oben und unten und beiderseits,
– winzig liegst du in der Mitte.
Oder es bietet der sommerlich blühende
Garten den Raum dir,
Zu verträumen die flüchtige Frühzeit
in deinem Wagen:
(Hochrädrig ist er, gut federnd,
mit Gummireifen versehen
Und mit grünen Gardinen aus Seide,
zum Schutz vor der Sonne.)
Darin liegst du inmitten des Rasenplatzes
gen Süden,
Schlafend zumeist. Denn wie im Mutterleibe,
wo mählich
Während des Werdens Schlaf und Wachen
sich schieden, so ist noch
Tag dir wie Nacht, und reichlicher Schlummer
verteilt sich auf beide.
Doch wenn du wachst, mit offenen
Augensternen, so spielen
Deine Händchen wohl mit dem Zipfel
der grünen Gardine,

Oder du handhabst leichthin das
anmutige Spielzeug,
Das ein Freund des Hauses verstohlen
dir in den Wagen
Legte: einen beinernen Ring,
woran ein Glöckchen
Hängt, in Form eines Apfels, fein getrieben,
aus Silber
Und von dem reinsten Klang,
so daß dein Aufenthalt lieblich
Sich von weitem verkündet.
Dieses betrachtest und hörst du
Gerne, deinem zarten Sinne einprägend
die feine
Unschuldig heitre Gestalt,
den reinen Laut dieses Dinges,
Das dein eigen als Erstes. Oder du weinst
auch, verdrießlich,
Da du Reiz und Schmerz verspürst
des drängenden Zahnbeins,
Das im Begriffe, das zarte Kieferfleisch
zu durchbrechen.
Hör' ich dich so, so lasse ich wohl mein
Geschäft und trete
Zu dir hinaus durch die Glastür,
hinab die steinernen Stufen
Und auf den Rasen: Es setzt mein Knie
dein federndes Lager

Leise in seitliches Schwingen, und leise
sprech ich dir zu dann,
Mit Vertrauen zu füllen und stille zu machen
dein Seelchen
Durch den gleichmäßigen Tonfall
ruhiger Liebe. Doch weiß ich:
Vorsichtig muß man zu dir treten
und schonend; denn ob du
Weinst oder heiter ruhst, dein zarter Aufbau
erträgt nicht
Die unverhoffte Erscheinung,
die jäh antönende Stimme.
Sie entsetzen dich, du zuckst zusammen,
die Ärmchen
Fahren dir über den Kopf, die Augen
erweitern sich schreckhaft,
Und ein verwirrtes Leuchten bricht
aus ihren Sternen. Gelinde
Also muß man dir nahen und so anheben
den Zuspruch.
Denn noch ist schwach und schwankend
im Gleichgewichte dein Wesen,
Und du wurdest empfangen,
wurdest ausgebildet
In ungeheuren Zeiten. Qualvoll wälzte
die Welt sich
Um, es strömte Blut, jede Brust war bedrängt,
den Gedanken

Hetzte die Not. Du freilich warst noch
vorm Tage geborgen,
Kindchen, tiefere Stufen durchlaufend
in stiller Entfaltung.
Aber es brandete schütternd die Zeit
an deine Gefriedung;
In dein Werden pulste der Krampf hinein
eines Erdteils;
Mütterlich hegte ratloser Gram dich,
was aus der Welt denn
Und aus dem Vaterland möchte,
dem schuldlos-schuldigen, werden.
Dürftig nährte der Deutsche sich,
da feindliche Kriegsmacht
Ihm die Zufuhr sperrte; es fehlte an Fett
und an Eiweiß.
Rüstiges Alter verfiel, das lang noch
sonst sich des Lebens
Mochte erfreuen, und sank ins Grab
vorzeitig. Dem Manne
Höhlte die Wange und spitzte das Kinn sich.
Keimhafte Krankheit
Fand nur zu günstigen Boden im Lande,
den Mangel bereitet,
Und im Mutterschoß darbte das
stoffbegierige Leben.
Siehe, so kamst du zur Welt: nicht kränklich,
aber doch reizbar, –

Blüte unserer Sorgen! Ja, es hat die Natur dich
Ausgemerkt vor deinen Geschwistern
als Kind dieser Zeiten
Durch ein feurig Mal: links zwischen
Schläfe und Stirne
Steht es dir, erbsengroß, zum Zeichen
deiner Entstehung.
Jedenfalls deuten wir's so: es scheint uns
ein Stigma des Krieges.

Schwesterchen

Und sie ehrt und schont dich denn auch,
die muntre Gemeine:
Streit und Tumult verstummen,
bist du im Kreise zugegen,
Heilig und neu auf Erden, stumm
in der geschwätzigen Mitte,
Unkundig noch der Muttersprache,
nur schauend und lauschend,
Tief unter uns, die lang schon eingebürgert,
am Tische,
Über dem Boden gleich, auf deinem
winzigen Armstuhl,
Dessen Rückenlehne uns Großen nur
bis zum Knie reicht:

Darin sitzest du, schräg in den Winkel
gelehnt; und es dämpfen
Ihre Stimmen zärtlich die Großen und
Wachsenden, wenn sie
Zu dir sich neigen und zu dir sprechen,
so daß du aufblickst,
Herzlich lächelnd, ohne Verständnis,
aber der Liebe
Zutraulich lauschend und in der Miene,
von Anfang bekannt dir,
Klug zu lesen bemüht. Es scheint dein
gebrechliches Wesen
Ganz das des hohen Alters: Der zahnlose
Mund und der mühsam
Suchende Blick, das wackelnde Häuptchen,
nicht fest im Genick noch,
Und die Schwäche des Rückgrats,
– alles gemahnt an sein menschlich
Widerspiel am Ende des Lebens;
doch ist es lieblich
Anfangs und weckt, nebst Rührung,
Entzücken; während das späte
Unvermögen, welches wir gleichfalls
ehren und schonen,
Hauch der Krypte umweht, so daß es
kühl uns durchschauert. –
Heiliges Kindchen! So nenn' ich dich
oftmals nicht ohne Andacht,

Deine süße Würde menschlich im Herzen
empfindend.
Rein und unschuldsvoll ist deine Nahrung;
den lieblich geschürzten,
Bogenförmigen Mund, wie Maler ihn Engeln
verliehen,
Niemals entweihte ihn noch das Wort,
das da füget zum Wort sich,
Und worin Lüge schläft und schlimme
Vernunft und der Zweifel.
Und ich denke der Stunde, letzthin,
an meinem Geburtstag,
Als ich stand und sie dich mir brachten,
im Scherze, damit du
Auch gratuliertest. Sie hatten dich
festlich geputzt aus dem Anlaß,
Und da ich sonst dich nur in Windeln
gekannt und im Kissen,
Trugest du erstmals ein Kleid, aus weißer
Seide, das lang dir
Über die Füße hing, ein Ornat,
und der kürzlich gestärkte
Hals- und Brustlatz umgab dir das Kinn
mit spanischer Strenge:
Überaus würdig erschienst du mir da
und beinahe geistlich. –
»Schwesterchen« heißt du im Hause,
und wunderlich lautet der Name.

»Schwestern« hießen dereinst in der
giebligen Heimat die grauen
Bräute des Heilands mit Haube und
Rosenkranz, die beieinander
Irgendwo wohnten im Winkligen,
einer Ob'rin gehorsam,
Wo sie der Knabe besuchte, zu sehen
die goldne Kapelle,
Und von denen die Sanfteste pflegte
den Vater zu Tode,
Auch uns Kinder oftmals versah,
wenn wir fiebrig erkrankten:
Stille kam sie, die Angenehme,
stellte die kleine
Reisetasche beiseite, tat dann von sich
das graue
Umschlagetuch und die graue Haube,
die sie im Freien
Über der weißen, gefältelten trug,
und so ging sie auf weichen
Schuhen umher, Kompressen bereitend
und die Verordnung
Reichend, indes der hölzerne Rosenkranz
an ihrem Gürtel
Leise klapperte. An dem Bette des
Fiebernden saß sie
Stundenlang und las ihm Geschichten,
las uns die Sagen

Vor, die wir liebten, die schauerlichen;
doch tat sie's nicht gerne.
Denn der Böse kam öfters drin vor,
und sie scheut', ihn zu nennen.
Darum sagte sie »Teubel«, »Toixel« oder
auch »Deuker«,
Wenn es denn sein mußt', den Namen
umschreibend. Wir liebten sie alle.
Sie war nicht Magd und nicht Dame,
nicht Volk und nicht obere Klasse,
War keine Ehefrau, doch schämig spähendes
Mädchen
Auch wieder nicht. Sie stand ganz außer
aller Gesellschaft
Und bewegte sich still doch in ihr,
half leiden und sterben.
Unbeteiligt am Menschlichen, übte sie
gleichwohl in linder
Menschlichkeit sich beständig.
Ihr Lächeln zeigte die schönsten
Zähne, von reinem Schmelz, und freundlich
angestrengt schien es,
Da eine Ader, oder war es ein
länglicher Muskel,
Auf ihrer Stirn, wenn sie lächelte,
unter der Haubenrüsche
Mit unbeschreiblich gütevollem Ausdruck
hervortrat.

Niemals sah ich ihr Haar. Sie war nicht
weiblichen Wesens,
Und doch von männlichem ganz und
gar nicht: Alles in allem
Schien sie ein Engel. »Schwester«,
riefen wir sie, wenn uns dürstet', –
Mit diesem Namen, der spröde lautet
und zärtlich auf einmal,
Kühl und fromm zugleich, vertraulich
und heilig gefriedet.
»Schwesterchen«, so heißest du denn,
oder so hießest du doch, eh'
Du auf einen Christennamen ehrsam
getauft warst,
Und noch anders als »Schwester« mutet
der Laut an, er klingt mir
Heiter versteckt und weither, vorchristlich
beinahe und mythisch.
Wunderlich herzliche Kraft besitzt die
verkleinernde Form doch
In unsrer Sprache, das ungeschlechtliche
Diminutivum, –
Wie in dem Worte »Märchen« selbst,
so durchaus; und besonders
In den heimlichen Namen, womit man
ehmals das kleine
Volk benannte der Querge und sein
koboldisches Mitglied,

Das im Hause trieb sein neckend-dienendes
Wesen;
Hausschrättlein, Heinzlein, Wichtlein,
Hütchen hießen die Vordern
Zag-vertraulich das fremde, schwer
begreifliche Freundchen …
»Schwesterchen!« Will doch der Laut mir
heiter- und zärtlich-dämonisch
In das Ohr gehn, mit dem wir dich nennen,
wenn du vom Stühlchen,
Unter dem Tische mehr als an ihm,
wackelnd heraufblickst,
Freundlich stumm, noch unzugehörig
und eines von uns doch,
In den Kreis der oberen redekundigen
Menschen.

Die Unterhaltung

Aber bist du ein Kindchen, ein Märchen,
ein Heinzlein, so tut doch
Schon dein Geschlecht sich hervor:
Man kennt es an deiner Gewecktheit.
Weibchen bist du und neubegierig,
inständig beflissen,
Das Anschauliche aufzunehmen und
dankbar dem Führer,

Der es dir weiset: Da zeigst du dich frühauf,
vordrängenden Geistes,
Ungleich dem Knaben, der alles verschiebt
in schläfriger Saumsal.
Kleines Mädchen! Ich unterhalte dich gern,
denn es lohnt sich.
Wie du lachst, wenn ich, neben dir kauernd
am fahrbaren Tischchen,
Beuge den dicken Mann, der nur ein Kopf
und ein Bauch ist,
Und dem das Bleigewicht unten liegt,
dem Stehauf, so daß er
Taumelnd emporschnellt und schwankt
und sich vor Lachen den Bauch hält.
Oder wenn ich am Kopf ihn nehme und
kreiseln lasse,
Daß er im Torkeltanze sich schwingt
wie ein flämischer Bauer!
Das ergötzt dich; doch ist's nur tägliche Kost,
und du weißt dir
Ungleich Besseres: Wenn ich aus Tisch
und Stühlchen dich ziehe
Und dich trage, zu eröffnen die
weitere Welt dir:
Über den Vorplatz, die Treppe hinab
mit den spanischen Bildern,
Über die Diele sodann, wo Kamin und Lüster
zu sehn sind,

In mein Bücherzimmer. Du schaust,
das Köpfchen im Nacken,
Offenen Mundes staunend der fremderen
Wände und Räume.
Nun bist bei mir du, in meinem Eigen,
wo du mein Gast bist.
Aufrecht halte ich dich auf meinem Arme,
doch lehnst du
Meistens das Häuptchen dabei, das schwanke,
an meine Schläfe,
Warm und lieblich; es lacht mir in Rührung
das Herz. Und ich weise
Dir die Dinge der Welt und nenne dir
schon ihre Namen, –
Schauend und lauschend nimmst du sie auf,
die Sinne erprobend,
Und es verschmilzt dir das Bild mit dem
Laute, den schon du zuweilen
Lallend nachzubilden versuchst mit
der tastenden Zunge:
Ein rotes Buch ist's, die blendende Schale,
worinnen das Licht sich
Spiegelt, das eiserne Menschenhaupt auf
dem Gestell und der Erdball,
Aber das Liebste und Wunderbarste,
wonach du zurückstrebst
Immer mit Kopf und Hand, indes
um den Raum ich dich führe,

Ist die lebendige Uhr in der Ecke:
Dort auf dem Schränkchen
Aus Palisander, eingebaut zwischen
Bücherregalen,
Ragt sie hundertjährig und von Gestalt
fast ein Tempel.
Ebenholz und leicht geschwellt sind
die tragenden Säulen,
Vier an der Zahl, mit bronzenen Kapitälen
und Basen;
Ebenholz Sockel und Gesims,
mit heitren Beschlägen.
Aber hinter dem bronzenen Zifferblatte
hervor und
Zwischen den Säulen hangt und schwingt
der wuchtende Pendel,
Leierartig zuoberst, doch endend
in schwerer Rosette, –
Geht und tickt. Wir sehen uns an und
wieder auf ihn dann,
Lachend. Aber dann greife ich nach
dem farbigen Schnürchen,
Das am Zifferblatt seitlich herabhängt,
und ziehe behutsam
Dran: Da regt es sich geheimnisvoll
im Gehäuse,
Und es berichtet gehorsam das Werk uns,
wie weit die Stunde

Eben vorgeschritten, – halbweges oder
zum Viertel
Oder ganz, in schönen, metallischen
Schlägen. Aufschreckst du
Freudig, du hebst die Händchen,
ihre Flächen nach außen,
Wie zur Verehrung; kleine Rufe,
begeistert und wild fast
»Ah!« und »Da!« so lauten sie, stößest du aus,
und mit Blicken
Dringlichster Art befragst du das
Wunderding und den Führer,
Ungern nur und rückwärts gewandt
von der Stelle dich trennend.

Die Krankheit

Ja, es freut mich wohl, dir Sinn und Seelchen
zu wecken.
Mit der bunten Welt der Dinge sie
zu verbinden
Und sie zu reizen mit anschaulichen Bildern.
Doch ist mir's
Lieber fast noch und beglückender,
Frieden zu bringen der Seele,
Unrast zu stillen, Mittler und Werber zu sein
um den süßen

Segen des Schlummers für dich, wenn du
unbewußt danach trachtest,
Ihn zuinnerst begehrst und doch mit
Wehren und Weinen,
Hin und her dich werfend, ihn von dir
weisest. Gelingt mir's,
Dich zu befrieden alsdann, wenn sonst
alle Mittel vergebens,
Weiß ich mit solcher Kunst mir nicht wenig.
So warest du neulich
Krank; es hatte die Seuche des Kriegs,
die peinliche Grippe,
Dich erfaßt, die neuestens gern die Kleinsten
und Schwächsten
Auch befällt, damit kein menschliches Wesen,
und sei es
Das unschuldigste auch, mit dem heilig
gerechtesten Anspruch
Auf unbetroffene Freiheit, entgehe
dem Leiden der Zeit ganz.
Hitzig erglühte dein kleiner Körper,
es lief dir der Schnupfen,
Und schon erfuhrst du die schnöde Marter
des Schmerzes: Wir merkten's
An deinem Wehegeschrei mit Zorn und
Erbarmen und kannten
Doch ihren Ort nicht. Aber das Ohr war es:
Vorsichtig tastend

Machte der kundige Arzt es gewiß,
 – wie solltest du's sagen.
Fluß des Mittelohrs, also lautet' betrüblich
 sein Wahrspruch.
Da galt es pfleglich vorzugehen und nach
 der Verordnung:
Wasserstoffsuperoxyd, das dumpf und
 brodelnd im Ohr braust,
Einzulassen, so daß du betäubt die Augen
 verdrehtest,
Linderndes Öl, nicht zu kühl, doch um Gott
 auch wieder zu heiß nicht,
In den winzigen Hörgang zu träufeln,
 wo reißend die Qual dir
Nistete, und mit wärmender Watte
 den Eingang zu schließen.
Und es schlang noch ein wollenes Tuch
 um Wänglein und Kinn dir
Sorgend die Pflegerin und knotet' es über
 dem Kopfe,
Daß mit dem leidensalten, erschöpften
 Gesichtchen du allen
Als ein kümmerlich Spittelweiblein
 erschienest. Es mischte
Lachen kläglich in unsrer Brust sich
 mit dem Erbarmen.
Wie du schriest! Sichtlich kränkte dich jede
 Berührung,

Noch so behutsam; aber daß den Schlaf
du erlangtest
Aus dir selber, in deinem Bette,
war nicht zu denken.
Siehe, da trug ich dich durch das Zimmer
bei Nacht, auf und nieder,
Immer dieselbe kurze Strecke,
wohl eine Stunde
Oder länger, einlullend die bohrende Pein
durch das Gleichmaß
Meines Schrittes, das Hin-und-her,
den stillenden Zuspruch.
Peinlich schmerzte der Arm mir,
worin du lagst, und von unten
Stützt' ich ihn mit dem andern.
Aber welch Glück dann, zu sehen,
Wie die streckende Folter sich löste,
den Gliedern Entspannung
Endlich zuteil ward, und schwerer in den
Arm mir einsinkend
Du dich dem Schlaf begütigt vertrautest!
Doch nicht vorzeitig
Durft' ich dich von mir tun, damit nicht
der plötzliche Wechsel
Von Bewegung und Ruhe, die Störung
des Taktes noch einmal
Dir den gütigen Nebel verscheuche.
Es mußte die Ruhe

Hinlänglich erst sich vertiefen und festigen,
    eh' ich es wagen
Konnte, in dein Bette, gebeugt,
    dich niederzulassen,
Unter dir fortzuziehen behutsam endlich
    die Hände
Und mit den Lippen leise, wie leise
    die noch zu gewölbte
Stirn dir im Kuß zu berühren zum Abschied.
    Süßer dem eignen
Haupte und Herzen erschien nun
    der Schlummer, da ich die Unschuld
Wußte gefriedet, für die ich beharrlich
    um ihn geworben.

Vom Morgenlande

Praktisch lassen Vaterschwäche sich
    fruchten die Frauen:
Sind sie beschäftiget sonst im Hausstand
    oder beim Einkauf,
Geben sie gern dich in meine Hut.
    Sie wissen, ich schlag' es
Ihnen nicht ab. Denn wahrlich,
    Lieberes weiß ich mir gar nicht
(Dies ihre Rechnung), als so ein Stündchen
    dich bei mir zu haben

Ungestört, in der Sphäre meines stillsten
Betreibens,
Zwischen der Arbeit den Sinn zu teilen
und zärtlicher Aufsicht.
An meinem Tische sitze ich dann wohl,
aber aufs Ruhbett
Mit dem Teppich zu meiner Rechten
hat man das heitre
Moses-Körbchen gestellt, worin du liegst.
Ein Verdeck hat's,
Welches, aufgerichtet, mit seidenem Bande
am Fußend'
Zu befestigen ist, und feine, leichte Gardinen.
Diese schlag' ich zurück, damit ich,
wenn ich von Büchern
Und Papieren aufblicke, dein Antlitz sehe,
das schlummert
Oder wachend mich anlacht. Und tiefer
forsche ich dann wohl
In deinen Zügen, zurückgelehnt,
und ihre besondre
Bildung prüf ich und menschliche Mischung;
du wandelst noch einmal
Ganz einmalig das Grundbild ab,
das zusammen ihr darstellt.
Heimat und phantastische Ferne treffen
sich in dir,

Kindchen; Nord im West und östlich
tieferer Süden,
Nieder- und Morgenland. Von gelber Wüste
erzählet
Mir das zierlich vorgebaute Untergesichtchen
Und das arabische Näschen. Lächelt mir
freundlich dein Auge?
Blau zwar strahlt es wie nordisch Eis,
doch zuweilen, kaum faßbar
Meinem prüfenden Sinn, aus seiner Tiefe
erdunkelt's
Irgendwie süß und exotisch, in fremder
Schwermut, – indes doch
Blond die Braue dir steht, ganz wie
den hansischen Vätern
(Lächeln muß ich fürwahr, so wohl
erkenn' ich das Merkmal),
Welche mit nüchternem Sinn und würdig
schritten zum Rathaus
Und im Sitzungssaale die Dose boten
dem Nachbarn, –
Kaufherrn zumal, rundbärtig, und Reeder
fernreisender Schiffe …
Wisse, du bist im Osten gezeugt.
Es zeugte im Märchen
Nordisches Seefahrerblut dich,
nach Abenteuern begierig.

Doppelt ist deine Heimat, niederdeutsch
und exotisch,
Wie meinem Sinn die Vaterstadt zwiefach
stehet: am Hafen
Einmal der Ostsee, gotisch und grau,
doch als Wunder des Aufgangs
Noch einmal, entrückt, die Spitzbögen
maurisch verzaubert,
In der Lagune, – vertrautestes Kindheitserbe
und dennoch
Fabelfremd, ein ausschweifender Traum.
– O Erschrecken des Jünglings,
Als ihn die ernste Gondel zuerst, der ruhend
hinschwebte,
Trug den großen Kanal entlang,
vorbei der Paläste
Unvergleichlicher Flucht, als zum ersten
Male sein scheuer
Fuß betrat jenes Prachthofs Fliesen,
welchen der Traumbau
Abschließt, golden-bunt, der byzantinische
Tempel,
Reich an sich spitzenden Bögen und Pfeilern
und Türmchen und Kuppeln,
Unter dem seidenen Gezelt von
meerwinddurchatmeter Bläue!
Fand er nicht, heimischen Wasserruch
witternd, die Rathaus-Arkaden,

Wo sie Börse hielten, die wichtigen Bürger
der Freistadt,
Wieder am Dogenpalast, mit seiner
gedrungenen Bogen-
Halle, worüber die leichtere schwebet
in zierlichen Lauben?
Nein, nicht leugne man mir geheimnisvolle
Beziehung
Zwischen den Handelshäfen, den adligen
Stadtrepubliken,
Zwischen der Heimat nicht und dem
Märchen, dem östlichen Traume!
Naschte nicht weihnachtlich der Knabe
die wonnige Speise,
Weit berühmt durch das Land, die
die heimischen Zuckerbäcker
Formten in Tortengestalt, aufprägend
des türmigen Stadttors
Bild der Masse, indes sie gewiß doch,
die klebrige Manna,
Aus dem Orient stammt,
ein Haremsnaschwerk aus Mandeln,
Rosenwasser und Zucker, und, getauft
auf Sankt Markus,
Über Venedig kam in die Heimat?
Mazapan heißt sie
Spanisch, massepain französisch,
– wär' es hebräisch das mazzoth

Gar, der Osterfladen des
wüstendurchwandernden Volkes,
Des zerstreuten, des Mittlervolks zwischen
Abend und Morgen? –
Wie in Venedig zuerst, in Traumgenügen
und Wonne,
So noch einmal wallte das Herz mir,
zehn Jahre später:
Als ich im goldenen Saal des Mädchenbildes
gewahr ward,
Ihrer, die nun dein Mütterchen,
schlicht vertraut durch die Zeit mir
Längst, doch damals Prinzessin des Ostens.
Es fiel ihr das schwarze
Golden gekränzte Haar auf die
elfenbeinernen Schultern,
Welche kindlich gebildet und anders als die
unsrer Frauen,
Schultern von Flötenspielerinnen,
Schultern des Niltals,
Und auf das rote Gewand. Das fremde,
ernste Gesichtchen
Zeigt die Blässe der Perlen, und dunkle,
fließende Sprache
Führte darin ein Augenpaar, vorherrschend
an Größe …
Märchenosten! Traum vom Morgenland!
Damals, mein Schützling,

Als ich, jugendlich willig zum Rausch,
auf der süßen Gestalt ließ
Ruhen mein Auge, da fiel dir das Los,
es rief dich die Stimme
In die Zeit; denn wie ein Mann um die
festlich Erschaute
Warb ich, um die Geliebte, fußend auf
tüchtiger Leistung,
Und im Wirklichen führte ich heim sie,
wie ich es wünschte. –
Also sinn' ich von Heimat zu Heimat
in deiner Betrachtung,
Liebling mit der Väterbraue, dem
maurischen Näschen.
Tiefste Heimat ist ja der Osten,
Heimat der Seele,
Heimat des Menschen, Heimat ältester,
mildester Weisheit.
Zeugte denn nicht auch ein Geist,
ein hansischer, einstmals im Osten
Jenes gewaltige Buch, das, welterklärend,
vom Willen
Und von der Vorstellung handelt, einend
germanische Denkkraft
Mit dem Geheimnis der Upanishaden?
Und so umschließt denn
Auf einmal mein träumend Gefühl
das Liebste auf Erden

Menschlich mir: mein Kindchen, dich,
und das geistigste Gut noch,
Das ich erwarb und bewahre, im Leben
Trost und im Tode,
Sitz' ich beim Korbe des Nils, wachthabend,
und halte dein Händchen,
Dein Gesichtchen betrachtend und seine
besondere Bildung.

Die Taufe

Nun will ich dir von deiner Taufe erzählen
für künftig,
Und wie schön sie sich zutrug, damit du
es liest, wenn du groß bist.
Sorgfältig war bedacht und bereitet das Fest
schon von langer
Hand; es hatte der Vater die Sache ans Herz
sich genommen
Ganz persönlich und alles geordnet
vordenkenden Geistes,
Auch den Pastor erwählt und die zween
beistehenden Paten
In bedeutendem Sinn: Um jeden stand
es besonders.
Da galt es Schritte zu tun und Briefe
zu schreiben

Dahin und dorthin und Interessenkonflikte
zu schlichten
In betreff des Termins; nicht leichtlich
wollte sich's fügen.
Denn einen Paten lud ich von auswärts,
sowie den Pastor,
Welcher im Sächsischen wirkt,
ein gar junges Blut und Vikar erst,
Aber der Weltweisheit Doktor obendrein
und der Dichtkunst
Innig dankbar verbunden. Wir hatten Briefe
gewechselt
Vielfach schon, und der gediegenen Schrift,
die den Hut ihm
Rühmlich erwirkt, hatte meinen Namen
zu freundlicher Ehrung
Er vorangesetzt. – Den hatt' ich erwählt
dir zum Täufer.
Denn wer weiß, was einem die Lutherkirche
ins Haus schickt,
Wenn man es ihr überläßt; wohl gar einen
öligen Tölpel,
Welcher mir alles ins Komische zöge.
Das wollt' ich vermeiden.
Soviel für jetzt nur von jenem:
Der Paten gedenk' ich sogleich dann. –
Als nun der Tag gekommen, der Herbsttag,
welcher bestimmt war,

Regten die Eltern sich froh, die Zimmer
zu schmücken mit Blumen
Wie sie die Jahreszeit bot: Chrysanthemen
in reichlicher Anzahl
Brachte der Vater heran; er hatte sie selber
erstanden
Käuflich im städt'schen Basar,
so weiße wie prunkend Gefärbte
(Denn das Gärtchen gewährte uns nichts
mehr, als einiges Beiwerk,
Efeu und anderes Grün). Wir füllten Gläser
und Schalen,
Auf drei Zimmer verteilend den Flor;
besonders der Tauftisch
In deiner Mutter Gemach erhielt ein
reiches Gebinde:
Vor das Fenster rückten wir ihn,
den heiteren Altar,
Schön gedeckt mit dem feinsten
Linnen-Damast, der zur Hand nur,
Schimmernd von Silbergerät, Kruzifix und
Kanne und Leuchtern,
Welche die Kirche gestellt.
Das Becken aber gehöret
Zu meinem Hause seit alters. Schon vier
Geschlechter zur Taufe
Hielt man darüber; und du bist vom vierten.
Schön ist die Schale,

Einfach, von edler Gestalt, aus glattem, gediegenem Silber,
Ruhend auf rundlichem Fuß und innen vergoldet; doch blich schon
Hin das Gold von der Zeit bis zum gelblichen Schimmer. Ein Fries läuft
Um den oberen Rand aus Rosen und zackigen Blättern.
Von dem strengen Geschmack der Frühzeit des letzten Jahrhunderts
Ist sie geformt; doch der silberne Teller, worauf wir sie stellen,
Ist bedeutend älter: Sechzehnhundertundfünfzig
Kündet die Jahresziffer, umrahmt von krauser Gravierung
In der »modernen Manier« von damals, Wappen und Zierat,
Schwülstig-willkürlich, und Arabesken, die Stern halb, halb Blume.
Doch auf der Rückseite sind im Kreis, in verschiedener Schriftart
Einpunktiert die Namen der Häupter, welche des Stückes
Inhaber waren im Gange der Zeit: Es sind deine Ahnen,
Kindchen, von meiner Seite; die Braue hast du von ihnen. –

Dieses Becken denn stellten wir in die Mitte
des Tisches,
Blank geputzt vom Anlauf; das Kruzifix
ragte dahinter.
Aber davor das Gewicht der
altertümlichen Bibel
Legten wir nieder: Auch ein Erbstück,
so alt wie der Teller,
Durch die Geschlechterkette gereicht
von einem zum andern
Und gedruckt zu Wittenberg mit
sächsisch-churfürstlich
Gnädigster Befreyung. Spannbreit ist wohl
ihr Rücken,
Und es gleißt des Buchwerks
unverwüstlicher Goldschnitt.

Schicklich war der Tisch denn bestellt,
und es hatte der Vater
Vorderhand das Seine schon alles getan.
Doch der Hausfrau
Lag noch vieles ob, zu bereiten der Gäste
Bewirtung:
Nachmittags um fünf, es dunkelte
schon der verkürzte
Herbsttag, trafen sie ein in gemessen
festlicher Kleidung

Nach und nach und fanden zusammen
sich händereichend,
Uns und untereinander, in gemäßigtem
Plaudern
Stehend in Diele und Zimmer,
untermischt mit den Kindern,
Deinen Geschwistern, sie trugen
die besten Wämser und Kleider,
Lebhaft erhöhet die Wangen; denn
nach dem Außergewohnten
Steht den Geweckten der Sinn, sie
durchleben's erpicht bis ins Kleinste. –
Auch der geistliche Jüngling war da,
ein Gast unter Gästen
Vorderhand noch. Schon gestern hatte er
förmlich Visite
Abgelegt in gar knappem Leibrock;
aber zur Stunde
Trug er den Gehrock, den später verhüllen
sollte die Amtstracht,
Welche der Küster oben bereit hielt.
Es glänzt' vor den braunen,
Sanften Augen des Jünglings,
den buchgelehrten, der Zwicker. –
Hin und wider ging damals der Vater und
sah nach dem Rechten,
Still in der Seele erregt: Denn sein Tag war
heute und deiner,

Und er kam auf für das Ganze,
verantwortlich fiebernd. So eilt' er
Von den Gästen über die Treppe zu dir,
in dein Zimmer,
Wo man dir eben mit nestelnden Händen
anlegte das Taufkleid;
Dann zu dem Pastor, der, vor dem
Spiegelschrank stehend,
Sich die Beffchen befestigte, – etwas gerötet
die Wangen,
Zitterten leicht seine Finger;
des herzensruhigen Küsters
Beistand ließ er sich gern gefallen.
Dann mit dem Küster,
Dem halbgeistlichen Mann im
schwarzen Rocke und Vollbart,
Ging's in die Küche hinab, die Kirchenkanne
zu füllen
Mit warmem Wasser, zur Handlung
denn kaltes hätte erschreckt dich –,
Aber hinan dann wieder, ins Gästezimmer,
damit ich
Nicht deinen Eintritt versäumte:
es hätte mich ewig gedauert.
Und er vollzog sich nunmehr.
Auf ging die mittlere Türe,
Und aller Blicke wandten sich dorthin,
wo auf dem Arme

Deiner Wärterin du erschienest,
ergreifende Unschuld.
Nicht ließ das Taufkleid dir,
das unvermeidliche Erbstück,
Eben zum besten: kurzärmelig ist es und
recht aus der Mode,
Ganz aus gestärktem Spitzenwerk,
und unnachgiebig
Stand es um deine kleine Person.
Doch das Köpfchen darüber,
Überaus lieblich erschien es, das lichte,
ein weniges wackelnd,
Mit der strahlenden Bläue der schreckhaft
sich weitenden Augen,
Dem geschürzten, bogenförmigen Mund
und dem kleinen
Flammenden Zeichen zur Seite der Schläfe
sowie dem Blondhaar,
Wunderlich stehend und liegend um allerlei
Wirbel. Die Ärmchen
Hieltst du gebreitet, wie es von Anbeginn
deine Gewohnheit,
Aus dem Gelenke erhoben die rosigen
Händchen, die Flächen
Auswärts gewandt, wie auf frommen
Gemälden das allen geborne
Höchste Kindchen man abgebildet sieht,
da es segnet

Völker und Erdkreis. Also brachte man
dich in die Runde
Der erwachsenen, sorgenden, sündigen
Menschen: Es klangen
Leise Rufe entgegen dir freudiger Rührung
und Andacht.
Ähnliches wohl empfand mit der
tausendköpfigen Menge
Selbst der Ketzer, wenn auf schwankender
Höhe des Tragstuhls
Weiß, in heiliger Schwäche, der Greis,
der Vater und König,
Schwebt in den ungeheueren Saal,
das sühnende Zeichen
Unermüdlich beschreibend und mit
wächserner Hand in den Lüften,
Während die Häupter sich, bis zum
Erdenstaube die Knie
Beugten und manchem Aug' unaufhaltsame
Tränen entstürzten.
Da man mit kosendem Wort nun dich
zur Begrüßung umdrängte,
Schriest du nicht, obgleich dich ängstet'
der Schwall, wie man wohl sah.
Denn die Zartheit ist tapfer, und wo
vierschrötige Derbheit
Simpel sich ausläßt, schließt jene die Lippen
und nimmt sich zusammen.

Aber indes sie dir huldigten,
enteilte der Vater,
Abzuholen den Diener am Wort,
der droben noch zögert':
An dem Fenster des Schlafzimmers stand er,
seit langem wohl fertig,
Blickt' in das Gärtchen still, das Abenteuer
bedenkend.
Diesen nun bat ich hinab, da alles bereit,
und den Vortritt
Gab ich ihm, wie es sich ziemt, in die
wohlgesinnte Versammlung;
Unter sie trat er würdig befangen;
lang bis zu den Stiefeln
Floß der Talar ihm hinab, und unter dem
jugendlich magern
Kinn, das von jedem Härchen gereinigt,
saßen die frischen
Beffchen ihm nun vortrefflich.
Er hielt die schwarze Agende
Mit dem Goldkreuz darauf an die Schulter
gelehnt mit der Linken,
Ganz nach der Übung. Es folgt' uns
der ministrierende Kirchner. –
Niemand fehlte und nichts. So zogen wir
denn miteinander
In das anstoßende Zimmer. Es waren
die Fenster verhängt dort,

Und schon künstliches Licht entzündet.
Zum Altartische
Trat der Prediger seitlich hin;
es stellt' sich der Küster
Hinter ihn; auf der andern Seite hielt
dich die Muhme
Auf dem Arm; die Mutter saß nahe;
im tieferen Zimmer
Faßten wir anderen Platz auf
herangezogenen Sesseln,
Oder auch stehend, wie es sich traf.
Und in freundlicher Stille
Hub denn zu reden an mit spröder
Bewegung der Jüngling.

Siehe, da waren deine beiden Gevattern,
mein Liebling,
Sorglich gewählt von mir zu ihrer Freude
und meiner:
Männer beide, doch jung noch,
wie auch der Pastor, – der ältere
Erst Anfang Dreißig; doch hat bedeutenden
Klang schon sein Name
In der gebildeten Welt; es steigen respektvoll
die Brauen,
Wird er genannt. Denn verdient schon
im Geiste weiß man den Träger

Durch ein vortreffliches Werk. Dort lehnte
er lauschend am Flügel,
Der anhängliche Freund, im
wohlgeschnittenen Gehrock,
Bürgerlich vornehm, ein wenig altfränkisch,
der deutsche Gelehrte
Und Poet, voll kindlich artigen Frohmuts,
jedoch dem
Leiden vertraut, dem Geiste enger verbunden
durch Krankheit,
Die ihm fürs Leben vermählt und periodisch
ihn martert.
Liebend erkühnt' seine Ehrfurcht sich,
Legende und Mythos
Aufzuzeichnen des letzten Ikariden
und seines
Tödlichen Loses, welcher, ein Sohn des Faust
und Helenens
Wahrhaft auch er, von Wittenberg geprägt
und Eleusis,
Stürmte hinan die Schwindelstufen
in edelstem Frevel,
Hegend des Todes Gebot in gefährlich
doppelter Seele,
Die in furchtbarem Gleichgewicht schwebt
zwischen allem, was ungleich,
Zwischen Gestern und Morgen, Musik und
zielweisendem Willen,

Zwischen Geheimnis und Wort, Deutschtum
und französischer Logik, –
Stürzte (Jammer genug!) in äußerste Nacht:
Doch zum Himmel
Auf schwebt' die Aureole, den Menschen
ein heiligstes Schaubild.
Jener schrieb's. Er handelt' es ab in zwanzig
Kapiteln, –
Wandelt' es ab, so sage ich besser,
denn Variationen
Sind es über das Thema der tödlich
gleichstehenden Waage, –
Adelnd mit tiefem Gefühl das philologische
Handwerk
Und in jeden der Teile pressend des
Gegenstands ganzen
Unaussprechlichen Reiz. Wie kein neueres
liebe das Buch ich.
Von jungauf vertraut ist mir seine vielfache
Landschaft,
Teil hat's an mir, wie ich an ihm,
und ich lächele heimlich,
Hör' ich von Teilnehmenden verständig
es loben. –

Soviel von diesem denn. Nicht stand der
andere aufrecht

Während der Handlung; er saß im Sessel,
die blutleeren Hände
Über der Krücke gekreuzt des Stabs,
dessen Gummizwinge
Stand auf dem Teppich,
– das fünfundzwanzigjährige Antlitz
Bleich und schon allzu ernst, so saß er
und steifte den Rücken
Gleich einem Greis, der sich hält,
um männliche Ehre zu wahren.
Er trug das grüngraue Kleid; vier Jahre lang
lag er zu Felde,
Der ein Student vormals und Poet,
und kämpfte für Deutschland,
Bis das glühende, zackichte Eisen das Bein
ihm zerschmettert'
Gräßlich, in die unförmliche Wunde
reißend der Tasche
Sämtlichen Inhalt: Münzen, Schlüssel,
Papier und was sonst noch.
Im Lazarett lag er lange; mit Mühe
erhielt man das Bein ihm.
Fremd war der Jüngling mir, doch ein
Briefwechsel, welcher sich anspann,
Schon bevor das schmetternde Unglück
ihn traf, lehrte schätzen
Mich von Herzen das reine, tapfere Wesen
des jungen

Feldoffiziers; und nun, da es galt,
dir die Bürgen zu stellen,
Dachte ich seiner mit Sinn: Es schien mir
von schöner Bedeutung,
Dir, dem Kinde dieser zerrütteten Zeit,
ihren Kämpfer
An die Seite zu geben, den jungen;
ich wußte, es freut' ihn.
Unvollständig genesen, nahm er sich auf
(man bedachte
Sich, ihn zu entlassen) und reiste herzu,
noch von Kräften,
Wie er war, um mit Freude und Andacht
das Jawort zu sprechen,
Das gelobende, wie so gern die Jugend
es ausspricht
Und der gute, gläubige Mensch,
und wie selbst er vor Jahren
Es in seiner Seele gesprochen, als er,
ein Knabe
Fast noch, dem Vaterlande sich angelobt,
Blutsbürgschaft
Ihm zu leisten und seinem Recht,
das ihn heilig bedünkte.
Trog ihn der Glaube? Da ja das dunkel
waltende Schicksal
Gegen Liebe und Glauben entschied und
zerbrochenen Rechtes

Deutschland liegt, wehrlos, und die Brust
sich schlägt in zerknirschter
Selbstanklage, – während die Übermacht
schelmischer Tugend
Sich berät, wie weit die Strafe wohl klüglich
zu treiben,
Ohne daß sie gegen den Nutzen der Sieger
sich kehre.
Armer Jüngling! Du bürgtest also für das
Verworfne,
Das gezeichnet war mit dem Male der
Schande schon damals,
Als es sich um dich erhob, in unsäglicher
Wallung, und in dir,
Grenzenloser Tapferkeit voll, die Wut
zu bestehen
Einer umringenden Welt, im Herzen heilig
versichert,
Daß sein Mut nicht Übermut sei vor dem
Auge des Richters?
Scheinbar ehrwürdiger Mut, als unseliger
Übermut dennoch
Kläglich nun erwiesen! Denn den Feinden
zugunsten
Lautete ehern der Richterspruch,
der ohne Berufung
Ist und über Recht und Unrecht
gültig entscheidet.

Waren sie besser, da seine Hand das
geschichtliche Schicksal
Über sie hielt und dein Volk in Nacht
stieß? – Fragen wir also
Nicht! Sie seien dieses Siegs nun
wert oder unwert.
Denn es hilft der Weltgeist auch Gleisnern
wohl einmal zum Siege,
Gilt es, durch weckenden Fall die wichtigste
Seele zu retten.
Waren sie besser nicht, so war Deutschland
doch schlecht, das ist sicher;
Denn die Zeit war gemein, und zu treu nur
diente dein Volk ihr.
Armer Jüngling, jasagender Bürge,
du meintest es anders!
Dir stand im gläubigen Herzen ein anderes
Deutschland: Das wahre.
Für das tiefsinnige Vaterland zeugtest du,
welches den Fremden
Zwar ein Fremdes war und ein hohes
Ärgernis immer,
Aber auch Ziel ihrer Ehrfurcht und ihrer
heimlichsten Hoffnung; –
Nicht für das selbstvergessne, das,
strotzenden Leibes, sich aufhob,
Sich zum Meister zu machen des
gegenwärtigen Weltstands,

Und nun so bitter büßt den
unzukömmlichen Vorsatz.
Aber der Ausgang, und scheine er noch
so klar und entscheidend,
Täuschen mag er. Denn Sieg und Niederlage,
wo sind sie?
Sind auch die Namen am Platz?
Und ist dieser Ausgang der letzte?
Obzusiegen im Streit um die Herrschaft über
das Alte,
Welches dahinsinkt und stirbt, verurteilt,
ist das ein Sieg auch?
Denn ein Zeitalter endigt; es will sich das
menschliche Neue
Nicht dem fragwürdigen Sieg: dem ehrlos
äußersten Elend
Will sich's entbinden. Schauen wir still denn,
anständiger Hoffnung,
Ohne Spott, noch voreiligen Jubel,
wie sich's erfülle.
Weiß denn ein Volk auch wohl, zu welchem
Ende es aufsteht,
Wie dein Deutschland tat, und wozu es also
ergriffen?
Nur daß Gott es ergriff, das fühlt es mit
Recht in der Seele.
Denn wir alle sind Werkzeug. Sei'n wir's
in Demut und Treue

Und besorgen wir still das Unsere,
welches uns obliegt:
Daß es zum Bessern den Menschen gedeihe,
mögen wir glauben.
Denn gesellig ist die Kunst und
menschenverbindend
Unbedingt, sie gebe sich auch
noch so gesondert.
Sittigend ist ihr Wesen, befreiend und
reinigend. Niemals
Kann sie entgegen sein dem Streben
des Menschen zum Bessern;
Und wer um das Vollkommene wirbt,
der fördert das Gute.

Fließend redete der verordnete Jüngling,
es ging ihm
Eben vom kindlichen Mund der
evangelische Wortstrom;
Wußt' er nicht weiter, so sagte er gar nichts
und redete dennoch,
Wort erzeugend aus Wort, wie es
Predigerübung und -kunst ist.
Aber zu sagen hatte er manches und Bestes,
sein Thema
Lag ihm am Herzen. Denn Liebe hieß es:
er hätte die Wahl nicht

Können glücklicher treffen; wir lauschten
ihm alle mit Beifall,
Wie er beweglichen Mundes, der geistlich
empfindende Jüngling,
Pries jene zweite der Gaben, die größte.
Er wußte die Worte
Gar nicht übel zu setzen und seinen Vorteil
zu wahren:
Hold anschauliche Gegenwart hilfloser
Menschenkindschaft
Nutzte er klug, der platonische Schwarzrock,
die Herzen der Hörer
Seinem Gegenstand zu gewinnen und
sanfte Gefühle
Sich entzünden zu lassen an dem
ergreifenden Bilde.
Aber empfänglich ohnedies waren die Hörer;
es machte
Wund und weich sie die Härte der Zeit.
Und so wurdest du, Kindchen,
Damals zum Sinnbild, dargestellt dem
Gefühle der Menschen,
Das sich dran klammerte, dankbar, aus
Angst und wüster Verwirrung,
Froh, das Rührendst-Bleibende anzuschaun
und zu finden
Sich aus bösem Tumult auf eine
wohltätige Weile.

Und es erhob seine Stimme der Täufling
in die Versammlung
Und in die Rede hinein. Der dauernde
Gleichlaut mochte
Ihn beängsten und reizen. Weinend warf
sich das Kleine
Und mit Protest; man trug es
beschwichtigend etwas beiseite.
Aber unbeirrt durch den unverständigen
Einspruch
Sagte der Geistliche aus, was zu sagen
ihm anlag, die Stimme
Gleichmütig hebend gegen das Greinen,
soweit es ihm gut schien.
Und so kam er zu fragen kraft seines Amtes
die Paten
Feierlich und auf ihr Wort, ob sie beide
gelobten, dem neuen
Christenmenschlein treulich zur Seite
zu stehn und in Liebe
Seine Seele vor Schaden zu schützen,
wie sie's vermöchten.
Und wie aus einem Munde sprachen sie
»Ja«, die Erwählten,
Ernst und schicklich gedämpft, die geistliche
Würde des jungen
Fragers ehrend sowie die förmliche Stunde,
mit Stimmen,

Etwas belegt vom langen Schweigen und
Lauschen, der eine
Stehend, der andre im Stuhl, gebückt auf
die Krücke des Stockes.
Und im Besitz ihres Worts schritt der
geistliche Jüngling zur Handlung,
Taufte mit Wasser das wieder
herbeigetragene Kindchen:
Still war es nun, und willig ließ es vollziehen
den uralt
Heiligen Brauch. Die Mutter hatte zuletzt
dich getragen,
Aber nun gab sie dich ab an den älteren
Paten, den Meister
Jenes Buchs, – er nahm dich verkehrt,
der Dichter und Denker,
Links in den Arm nahm er dich,
kaum weniger hilflos er selber
Als seine Bürde; doch hielt er dich wacker
und ließ dich nicht fallen,
Bot dich der Taufe dar, die der Jüngling
mit Sprüchen und Formeln
Spendete aus der hohlen Hand,
worein ihm der Küster
Warmes Wasser goß aus dem stattlichen
Kirchengefäße:
Über dein Schöpfchen rann es in die
vergoldete Schale,

Wie es über mein Haupt und meiner und
deiner Geschwister
Dort hinein geflossen. Und feierlich
zur Begrüßung
Wardst du bei Namen gerufen erstmals,
wie es zum letzten
Male einst geschieht zur Entlassung
über der Grube.
Aber Elisabeth nannten wir dich:
Ich hatt' es beschlossen
Nach genauem Bedacht; denn häufig
war immer der reine
Name in meinem Geschlecht;
es hießen Mütter und Muhmen
So. Und so war mir's ums Herz,
dich einzureihen ausdrücklich
In den wallenden Zug; denn tief
gemahnte die Zeit mich
An meiner Menschlichkeit Wurzeln und
Herkunft: ich fühlte mich Enkel. –
Nicht gemein, nicht bösen Willens nenn' ich
den Mann mir,
Der, wenn vieles versinkt und grell die
Fanfare der Zukunft
Schmettert, auf sie nicht nur lauscht,
nicht ganz ausschließlich auf sie nur;
Der auch dem Abgelebten, dem Tode und
der Geschichte

Einige Treue immer bewahrt und still
auf der Dinge
Steten Zusammenhang fortpflegenden
Sinnes bedacht bleibt. –
Und so war es getan, das Schlußgebet
dankend gesprochen.
In des Mütterchens Arme legte
der Pate das neue
Christenmenschlein zurück, so stolz wie
erleichtert; es drängten
Sich um das ewige Sinnbild die Gäste und
wünschten der Mutter,
Wünschten dem Kinde Glück, und Wünsche
empfing auch der Vater.
Froh des vollbrachten Werkes entzog sich
der Priester dem Schwarme,
Abzulegen das Amtsgewand und wieder
im Gehrock
Sich gesellig zu zeigen. Es hub die ganze
Versammlung,
Kinder und Große, sich auf,
ins Speisezimmer hinüber,
Wo auf festlichen Tischen die
Vespermahlzeit bereitstand,
Klug bestellt von der sorgenden Wirtin
zur Ehre des Hauses,
Wie die Blockade es zuließ der kalt
gebietenden Angeln.

Tristan und Isolde

Herr Tristan am Hofe Markes von Kornwall, Neffe des Königs, Sohn seiner verstorbenen Schwester Blancheflur, und Isolde, Prinzessin von Irland, Tochter des Königs Gurmun und der Königin Isot, sind Berühmtheiten ihrer Zeit und Welt, haben längst gerüchtweise viel voneinander vernommen.

Tristan ist für Isolde, ohne daß sie ihn je gesehen, das Ideal des Mannes, sie für ihn die Verkörperung seiner Träume von weiblicher Holdheit und Hoheit. Tristans Ruhm gründet sich auf seine Tapferkeit, Klugheit und hohe Gesittung, die ein Erbe seines bretonischen Blutes ist (– sein Vater Rimalin von Parmenien kam von dort an den Hof Markes in Tintajol; die Geschichte seiner Liebe zu Blancheflur nahm tragischen Verlauf). Er ist nicht nur der schönste und anmutigste Jüngling weit und breit, ein verschlagener Heerführer, der seinem Oheim zahlreiche und große kriegerische Dienste geleistet, ein glänzender Ritter, dessen Heldenschaft sich in vielen Waffengängen und Abenteuern bewährt hat, sondern auch der kultivierteste Mann seiner Zeit, bewandert in Sprachen und Gesängen und allen Künsten des Friedens, und ein politischer Kopf, kein bloßer Haudegen. Von dem Liebreiz der blonden Isolde, der ebenfalls mit außerordentlichen geistigen Vorzügen verbunden ist (sie hat von ihrer Mutter Geheimnisse der Heilkunde übernommen), wissen die Reisenden, die Irland und seine Hauptstadt Dewelin gesehen, ebenfalls nicht genug Rühmens zu machen. – So trägt also einer des anderen Bild im Herzen, und über die Weite begegnen sich die Gedanken. (Anfangsbilder!)

Daß sie aber je zueinander finden könnten, ist höchst unwahrscheinlich, denn zwischen Irland und Kornwall herrscht alter Zwist. Wiederholte Kriege haben mit wechselndem Ausgang zwischen ihnen gespielt, Ströme Bluts sind geflossen, und der Haß, gegenseitig, besonders aber irischerseits, ist so groß, daß nach irischem Gesetz jeder Mann aus Kornwall, der aber versuchen sollte, dort zu landen, getötet wird.

Auf Tintajol, Markes Burg, ist die Situation die, daß Marke seinen Neffen innig liebt und ihn zu seinem Erben bestimmt hat, sich daher nicht vermählen will. Tristan aber hat am Hofe unter den Großen des Landes, den Baronen, viele Neider, die gegen ihn konspirieren und beständig in Marke dringen, dem Lande eine Königin zu geben und einen unmittelbaren Erben der Krone. Tristan seinerseits, durchaus unegoistisch, ist Marke in unbedingter Mannentreue ergeben, einem Gefühl, das mit seiner Teilnahme für die hochberühmte Prinzessin Isolde zu dem Gedanken verschmilzt, diese seinem Herrn als Gattin zu gewinnen. Der Plan gewinnt Größe durch seine politische Bedeutung: Tristan will Frieden stiften zwischen den beiden Ländern, die einander durch Haß und Krieg so viel geschadet haben. Der Gedanke ist kühn und scheint unausführbar, auch dem König, als Tristan ihn im Rate vorträgt. Schließlich aber greift Marke die Idee gerade deswegen auf, um dem Zudringen der Barone ein Ende zu machen. Er erklärt, sich mit Isolde vermählen zu wollen und mit keiner andern. Wenn sie nicht zu gewinnen sei, so werde er sich nicht vermählen, und Tristan sei Kronerbe.

Die Barone wollen nun Tristan das gefährliche Abenteuer aufbürden und den König bestimmen, ihn allein nach Irland zu schicken (in der Hoffnung, daß er dabei umkomme). Der König lehnt das zornig ab und will, daß sie ohne seinen Neffen fahren. Aber Tristan nimmt die Fahrt als höchste Ehre für sich in Anspruch und verlangt nur, daß eine Anzahl Barone ihn begleitet. Ungern und sorgenvoll verstehen sie sich dazu.

Sie fahren. In die Nähe der irischen Küste gelangt, begibt Tristan sich in dem ärmlichsten Gewand, das aufzutreiben ist, aus der Barke in ein Boot, mit seiner Harfe. Er befiehlt den anderen, nach Hause zurückzukehren und läßt sagen, er kehre mit Isolde oder überhaupt nicht zurück. Dann läßt er sich in seinem Kahn auf den Wellen schweben, gegen das Ufer.

Von Dewelin aus erblickt man den führerlosen Kahn und sendet nach ihm aus. Dem sich nähernden Landgesinde tönt Gesang und Harfenspiel entgegen, so bezaubernd süß, daß sie regungslos lauschen und Ruder und Steuer vergessen. Dann greifen sie das fremde Fahrzeug und finden Tristan darin, der ihnen eine Lügengeschichte erzählt. Ein höfischer Spielmann aus Spanien, habe er sich auf Handelsgeschäfte geworfen und sei mit einem reichen Genossen und wertvoller Fracht gen Britannien ausgefahren, auf offenem Meer aber von Seeräubern überfallen worden; und während sein Kaufgenosse und die ganze Mannschaft erschlagen worden seien, hätten die Räuber ihn allein, seines schönen Gesanges wegen, aus Gnade in diesem Kahn mit etwas Speisen auf dem Meer ausgesetzt. –

Die irischen Leute bringen ihn an Land, wo eben Isolde mit Brangäne und ihren anderen Frauen vom Bade kommend vorübergeht. Viel Volk läuft herzu, man macht der Prinzessin Meldung, diese läßt Tristan, der sich Tantris nennt und sich todesmatt stellt, vor sich tragen und befiehlt ihm, zu singen und zu spielen. Er tut es und macht größten Eindruck, auch durch Worte und Wesen. Sie befiehlt, den Schiffbrüchigen auf die Königsburg zu schaffen und ihn dort in einem Kämmerlein unterzubringen, damit er sich erhole.

So kommt Tristan an den Hof und weiß dort

durch seine Talente und seine Persönlichkeit alles für sich einzunehmen. Er ist durch Geist, Gesittung, Wissenschaft allen überlegen. Mit Isolde treibt er Musik und Sprachen, gibt ihr auch Unterricht in der »Moralität«, der Kunst der schönen Sitten, und sie verlieben sich ineinander. Aber für Tristan tritt dies Gefühl durchaus hinter das Bewußtsein seiner Idee und Sendung, seiner Pflicht gegen Marke zurück, und wenn er bemerkt, daß Isolde ihn liebt, so freut ihn das unter dem Gesichtspunkt, daß sie ihm desto lieber nach Kornwall folgen wird, obgleich es ihn persönlich nur zu sehr beglückt. Sie ihrerseits lebt in der Vorstellung, daß ihre Gefühle niemals irgendwelche Folgen haben können, da sie dem armen, namenlosen, wenn auch erstaunlich herrenmäßigen Spiel- und Handelsmann gelten. –

Endlich erklärt Tristan sich ihr. Es ist ein Auftritt voll der verworrensten Gefühle. Sie erfährt, daß er, den sie liebt, Tristan ist, der Traum ihrer Mädchenschaft, und daß er listigerweise gekommen ist, um sie zu erwerben, nicht für sich, sondern für Marke. Sie soll ihm folgen, aber in die Arme seines Oheims. Er wirbt mit der Leidenschaft eigenen Gefühls im Namen Markes und im Namen seiner politischen Idee und erhält schließlich ihr Ja. Vor den königlichen Eltern wird alles bekanntgemacht, es gibt Überraschung, Zorn, Heiterkeit, Überlegung, Einverständnis, und Tristan führt Isolde nach Kornwall.

Unterwegs auf dem Schiff spinnt ihr seltsames Verhältnis sich fort. Isolde schwankt zwischen ihrer Liebe und ihrem Haß wegen des Betruges, Tristan zwischen seiner Leidenschaft und Mannentreue. Den Ausschlag gibt folgendes:

Die Königin Isot, heil- und zauberkundig, hat einen Liebestrank gebraut, den sie, in einem gläsernen Gefäß, der Brangäne in Verwahrung gegeben hat. Isolde soll ihn in der Brautnacht Marken zu trinken geben, damit dieser für immer in Liebe zu ihr entbrennt. Da nun die Frauen seekrank sind, läuft man unterwegs in einen Hafen ein, und die Mehrzahl der Reisenden geht an Land, auch Brangäne. Das Liebespaar bleibt mit einiger untergeordneter Bedienung zurück, wird durstig, verlangt nach Wein, und eine kleine Magd, die nichts anderes findet als den Liebestrank, der wie Wein aussieht, bringt diesen, sie trinken. Brangäne kommt hinzu, ist entsetzt, erklärt ihnen das Unglück – und ist nun ihre Mitschuldige, die kein Recht mehr hat und es auch für nutzlos hält, die Reinheit Isoldens zu bewachen. Sie ist fortan Dienerin ihrer Liebe, die durch den Trank frei wird (denn gegen sie vermag die Ehre nichts) und sich hemmungslos gehen läßt. Die beiden vereinigen sich und leben als Liebespaar während des Restes der Meerfahrt, deren Ende ihnen undenkbar und furchtbar ist.

Marke holt sie in Kornwall mit großem Gepränge ein, die Hochzeit wird gefeiert, und zur Nacht läßt sich die schuldige Brangäne von den beiden bestimmen, dem König an Stelle Isoldens ihre Magdschaft zu opfern. Danach, als Tristan den üblichen Wein bringt, wird Isolde wieder untergeschoben, und Marke verbringt die weitere Nacht mit ihr.

Marke wird von den beiden, da Tristan freien Zutritt zu Isolde hat, nun dauernd betrogen und würde von selbst nie Verdacht schöpfen. Dagegen wird ihr unseliges Glück von einem Mann erspäht, der Isolde ebenfalls leidenschaftlich verehrt, dem Truchseß des Königs, Marjodo. Er schläft mit Tristan, der aus ihrer gemeinsamen Kammer nachts zur Kemenate schleicht. Unterdessen hat Marjodo den Traum vom Eber, geht Tristan nach, folgt seiner Spur im Schnee und belauscht, obgleich Brangäne das Licht mit einem Schachbrett verstellt hat, Tristan und die Königin im Bette. Schmerz und Wut! Er sagt dem König jedoch nicht, daß er sie belauscht hat, sondern warnt ihn nur vor Gerüchten, macht ihn unruhig und hält selbst scharfe Wacht.

Marke fällt in Zweifel und Qual, da es sich um seine scheinbar so reine »Frau« und um den nächsten Freund seines Herzens handelt. Von ihm und Marjodo, den sein Argwohn nie zur Ruhe kommen läßt, wird der aquitanische Zwerg Melot unter Versprechungen als Späher angestellt. Herrn Tristan wird die Kemenate verboten.

Die Liebenden sind getrennt und härmen sich,

was Marken nicht entgeht. Er sagt ein großes Jagen auf zwanzig Tage an. Tristan schließt sich krankheitshalber davon aus. Brangäne gibt dem Liebespaar nun den Rat mit den Spänen vom Ölbaum. Sie befolgen ihn und treffen sich im Garten unter dem Baum, wo der Zwerg sie belauscht, ohne aber die Königin mit Sicherheit zu erkennen. Er stellt Tristan durch falsche Botschaft von Isolde auf die Probe und läuft übel an.

Darauf reitet Melot zum König und führt ihn zum Ölbaum am Brunnen. Szene, wo sie auf dem Baum sitzen, Tristan und Isolde ihre Schatten bemerken und Unschuld spielen, so daß Marke an sie glaubt und Melot in den Bach wirft. Das Paar hat nun wieder freien Verkehr miteinander.

Aber Marjodo und Melot bleiben auf der Hut, beleben Markes Mißtrauen aufs neue, und Gerüchte wollen nicht verstummen. Marke quält sich fort und verfällt endlich auf das Mittel des Gottesgerichtes (das von Isolde auf einem einberufenen Concilium selbst vorgeschlagen wird im Vertrauen auf Gottes Courtoisie). Sie bestellt Tristan als Pilger nach Karlium, die Stätte des Gottesgerichtes, arrangiert mit ihm die Szene (Sturz mit ihr im Arm), auf die sich ihr doppelzüngiger Eid bezieht. Sie trägt unverletzt das glühende Eisen.

Triumph! Das Paar ist wieder ungestört. Aber Marke liest in ihren Mienen, die sich oft nicht verstellen können. Trotz Gottes Spruch, an dem er irre wird, windet er sich bald wieder in Zweifels- und Eifersuchtsqualen, hält es nicht mehr aus und verstößt die beiden, deren Glück er nicht länger ehrlos teilen will, miteinander vom Hofe.

Sie ziehen in die Wildnis und leben in der von Riesen vor Zeiten erbauten Felsengrotte, während Marke in Sehnsucht nach Isolde vergeht und seine Ehrenstrenge verflucht, die ihn hinderte, nicht lieber doch mit Tristan zu teilen. Gewarnt, werden sie entdeckt; Marke erblickt sie durchs Kuppelfenster mit dem Schwert zwischen sich und belügt sich selbst aufs neue. Nach Ratschlag mit seinen Großen wird das Paar zurückgerufen, Marke bittet sie selbst kniefällig, bösen Schein zu meiden, und darf Isolden wieder genießen. Er weiß und will doch nicht wissen, lebt ehrlos mit Isolde, der man Betrug gar nicht mehr vorwerfen kann. Es folgt nun die sommerliche Lager-Szene im Garten, wo Tristan und Isolde nach genossener Lust einschlafen und Marke sie belauscht. Flucht Tristans, nachdem er von Isolde den Ring erhalten. Als Marke mit seinen Räten zurückkehrt, findet er nur noch die Königin, und die Barone machen ihm Vorwürfe wegen seiner Selbstquälerei und Gespensterseherei. Er unternimmt nichts gegen Isolde.

Tristan irrt abenteuernd in der Welt umher und kommt endlich in das Herzogtum Arundel zwischen Bretonen- und England. Dort regiert Herzog Jowelin mit seiner Herzogin Karsie und seinen Kindern Kaëdin und Isot as blanche mans (Isolde Weißhand). Die Burg, in der sie wohnen, heißt Karke, und Tristan wird dort ehrenvoll aufgenommen. Man freut sich des berühmten Gastes, schließt Freundschaft mit ihm. Kaëdin verehrt ihn knabenhaft, zu Isolde Weißhand, deren Namen von vornherein Eindruck auf ihn macht und deren sanfter Liebreiz ihn einnimmt, hat er bald zarte Beziehungen, die von Kaëdin begünstigt werden. Innere Kämpfe Tristans wegen seiner Treue zur irischen Isolde. Gefühlsblendwerk durch den Namen. Treulosigkeit in der Treue. Entschuldigung seiner Gefühle durch die Vorstellung, daß Isolde in Markes Armen liegt (Phantasiebild). Isolde Weißhand liebt ihn; schon aus Höflichkeit kommt er ihr entgegen. Erzählt ihr Mären, singt, schreibt und liest mit ihr. Dichtet Canzonen, in denen immer der Name Isolde vorkommt, so daß alle glauben, er meint Weißhand. Endlich umfängt er sie küssend und geht bei den Eltern werben, die sie ihm freudig zusagen.

Die Hochzeit findet statt unter Gelagen und Turnieren. Man bringt Isolde Weißhand im Brautgemach zu Bette. Auch Tristan wird entkleidet, und als man ihm das Seidenkleid abstreift, fällt der irischen Isolde Ring von seiner Hand. Er betrachtet ihn lange, kämpft mit sich selbst. Er darf die blonde Isolde nicht hintergehen, aber auch seine Gattenpflicht nicht verletzen. Nur Herzensverwirrung hat ihn in diese Lage gebracht und sich selbst belügt er mehr als die Frauen, die er eine mit der anderen betrügt. Er begibt sich endlich zu Isolde, bittet die Zärtliche aber um Geduld, da ein Zauber ihm das Herz bedrücke, von dem er später zu genesen hoffe. Sie ergibt sich liebend darein. Sie leben also nicht anders als Bruder und Schwester.

Nach Jahr und Tag wird Herzog Jowelin von starken Nachbarn mit Krieg überzogen, und seine Truppen geraten in große Bedrängnis. Tristan, der tief unglücklich ist, ergreift froh die Gelegenheit, sich in den Kampf und womöglich in den Tod zu stürzen. Zusammen mit Kaëdin zieht er aus, und seine Klugheit und Tapferkeit tragen den Sieg davon: die Feinde werden zerstreut, aber Tristan bringt man von einem giftigen Pfeil verwundet nach Karke zurück, wo er unheilbar daniederliegt. Kein Mittel verfängt. Da vertraut er seinem ergebenen jungen Freund Kaëdin den Ring Isoldens an und bittet ihn, damit nach Kornwall zu reisen und Isolde zur Fahrt nach Arundel zu bestimmen. Nur sie könne ihm helfen, und sie werde sicher kommen, denn sie liebe Tristan. Als Kaufmann in Seidenwaren solle Kaëdin reisen und der Königin heimlich den Ring weisen, ihr auch schwören, daß Tristan nie eine andere geliebt und berührt, und sie erinnern an Lust und Leid, die sie in alter Zeit zusammen getragen. Kaëdins Schwester sei Magd verblieben, um dieser Liebe willen. Er bittet ihn, gegen sie Stillschweigen zu halten und ihr zu sagen, es handle sich um eine fremde Ärztin. Er solle Tristans Schiff nehmen, darin liegen ein weißes und ein schwarzes Segel. Bringe er Isolde, so solle er das weiße Segel aufziehen; komme er ohne sie, das schwarze. Kaëdin verspricht liebe- und verständnisvoll alles.

Isolde Weißhand aber hat das Gespräch belauscht, an der Wand horchend, an der Tristans Bett steht, während dieser sie und alle hinausgeschickt. Sie weiß nun, warum ihr Leben ohne alle Freude war, und die sanfte Kleine wird zur fauchenden Katze und schwört Rache, heuchelt aber vor Tristan weiter Liebe und Ergebenheit.

Kaëdin steuert nach Kornwall, landet beim Königshaus und hält seine Waren, Tuche, Habichte, Goldgerät, feil. Geht mit schönen Dingen auf die Burg, verkauft etwas dem König und zeigt dann der Königin unter anderem ihren Ring. Isolde wird bleich, nimmt ihn beiseite, und er eröffnet ihr alles. Sie ist tief bewegt, bespricht sich mit Brangäne, die dafür sorgt, daß nachts eine Pforte unbewacht bleibt, und Isolde geht mit Kaëdin zu Schiff. Guter Wind fördert sie, und er zieht das weiße Segel auf.

Unterdessen vergeht Tristan vor Sehnsucht und schickt stündlich Boten, nach dem Schiff zu spähen, läßt sich auch selbst zum Meere hinuntertragen, aber aus Furcht, das schwarze Segel zu erblicken, kehrt er in seine Kammer zurück, um die Kunde lieber aus fremdem Munde zu erfahren. Da tritt Isolde Weißhand zu ihm und meldet ihm tückisch, ein schwarzes Segel nahe. Verzweifelt stirbt er.

Die allgemeine Klage ist groß. Von Herren und Dienern wird die Leiche prächtig aufgebahrt. Unterdessen landet Isolde und hört in allen Gassen Wehruf und Weinen und Totenglocken von Münstern und Kapellen. Sie fragt –, und ein alter Mann sagt ihr, Tristan ist tot. Erstarrt, tränenlos, allen ihren Begleitern voran, schreitet sie zum Palast, in ihrem Schmerz und ihrer Schönheit von allen bestaunt. Tristan liegt im Kerzenschein. Sie umfängt und küßt ihn und sinkt an der Bahre gebrochenen Herzens tot nieder.

Unordnung und frühes Leid

Als Hauptgericht hat es nur Gemüse gegeben, Wirsing-Koteletts; darum folgt noch ein Flammeri, hergestellt aus einem der nach Mandeln und Seife schmeckenden Puddingpulver, die man jetzt kauft, und während Xaver, der jugendliche Hausdiener, in einer gestreiften Jacke, welcher er entwachsen ist, weißwollenen Handschuhen und gelben Sandalen, ihn auftischt, erinnern die Großen ihren Vater auf schonende Art daran, daß sie heute Gesellschaft haben.

Die Großen, das sind die achtzehnjährige und braunäugige Ingrid, ein sehr reizvolles Mädchen, das zwar vor dem Abiturium steht und es wahrscheinlich auch ablegen wird, wenn auch nur, weil sie den Lehrern und namentlich dem Direktor die Köpfe bis zu absoluter Nachsicht zu verdrehen gewußt hat, von ihrem Berechtigungsschein aber keinen Gebrauch zu machen gedenkt, sondern auf Grund ihres angenehmen Lächelns, ihrer ebenfalls wohltuenden Stimme und eines ausgesprochenen und sehr amüsanten parodistischen Talentes zum Theater drängt – und Bert, blond und siebzehnjährig, der die Schule um keinen

Preis zu beenden, sondern sich so bald wie möglich ins Leben zu werfen wünscht und entweder Tänzer oder Kabarett-Rezitator oder aber Kellner werden will: dies letztere unbedingt »in Kairo« – zu welchem Ziel er schon einmal, morgens um fünf, einen knapp vereitelten Fluchtversuch unternommen hat. Er zeigt entschiedene Ähnlichkeit mit Xaver Kleinsgütl, dem gleichaltrigen Hausdiener: nicht weil er gewöhnlich aussähe – er gleicht in den Zügen sogar auffallend seinem Vater, Professor Cornelius –, sondern eher kraft einer Annäherung von der anderen Seite her, oder allenfalls vermöge einer wechselseitigen Anpassung der Typen, bei der ein weitgehender Ausgleich der Kleidung und allgemeinen Haltung die Hauptrolle spielt. Beide tragen ihr dichtes Haar auf dem Kopfe sehr lang, flüchtig in der Mitte gescheitelt, und haben folglich die gleiche Kopfbewegung, um es aus der Stirn zurückzuwerfen. Wenn einer von ihnen durch die Gartenpforte das Haus verläßt, barhaupt bei jedem Wetter, in einer Windjacke, die aus bloßer Koketterie mit einem Lederriemen gegürtet ist, und mit etwas vorgeneigtem Oberkörper, dazu noch den Kopf auf der Schulter, davonschiebt oder sich aufs Rad setzt – Xaver benutzt willkürlich die Räder seiner Herrschaft, auch die weiblichen und in besonders sorgloser Laune sogar das des Professors –, so kann Doktor Cornelius von seinem Schlafzimmerfenster aus beim besten Willen nicht unterscheiden, wen er vor sich hat, den Burschen oder seinen Sohn. Wie junge Mushiks, findet er, sehen sie aus, einer wie der andere, und beide sind sie leidenschaftliche Zigarettenraucher, wenn auch Bert nicht über die Mittel verfügt, so viele zu rauchen wie Xaver, der es auf dreißig Stück pro Tag gebracht hat, und zwar von einer Marke, die den Namen einer in Flor stehenden Kino-Diva trägt.

Die Großen nennen ihre Eltern »die Greise« – nicht hinter ihrem Rücken, sondern anredeweise und in aller Anhänglichkeit, obgleich Cornelius erst siebenundvierzig und seine Frau noch acht Jahre jünger ist. »Geschätzter Greis!« sagen sie, »treuherzige Greisin!«, und die Eltern des Professors, die in seiner Heimat das bestürzte und verschüchterte Leben alter Leute führen, heißen in ihrem Munde »die Urgreise«. Was die »Kleinen« betrifft, Lorchen und Beißer, die mit der »blauen Anna«, so genannt nach der Bläue ihrer Backen, auf der oberen Diele essen, so reden sie nach dem Beispiel der Mutter den Vater mit Vornamen an, sagen also Abel. Es klingt unbeschreiblich drollig in seiner extravaganten Zutraulichkeit, wenn sie ihn so rufen und nennen, besonders in dem süßen Stimmklang der fünfjährigen Eleonore, die genau aussieht wie Frau Cornelius auf ihren Kinderbildern und die der Professor über alles liebt.

»Greislein«, sagt Ingrid angenehm, indem sie ihre große, aber schöne Hand auf die des Vaters legt, der nach bürgerlichem und nicht unnatürlichem Herkommen dem Familientisch vorsitzt und zu dessen Linken sie, der Mutter gegenüber, ihren Platz hat – »guter Vorfahr, laß dich nun sanft gemahnen, denn sicher hast du's verdrängt. Es war also heute nachmittag, daß wir unsere kleine Lustbarkeit haben sollten, unser Gänsehüpfen mit Heringssalat – da heißt es für deine Person denn Fassung bewahren und nicht verzagen, um neun Uhr ist alles vorüber.«

»Ach?« sagt Cornelius mit verlängerter Miene – »Gut, gut«, sagt er und schüttelt den Kopf, um sich in Harmonie mit dem Notwendigen zu zeigen. »Ich dachte nur – ist das schon fällig? Donnerstag, ja. Wie die Zeit verfliegt. Wann kommen sie denn?«

Um halb fünf, antwortet Ingrid, der ihr Bruder im Verkehr mit dem Vater den Vortritt läßt, würden die Gäste wohl einlaufen. Im Oberstock, solange er ruhe, höre er fast nichts, und von sieben bis acht halte er seinen Spaziergang. Wenn er wolle, könne er sogar über die Terrasse entweichen.

»Oh –« macht Cornelius im Sinne von »Du übertreibst«. Aber Bert sagt nun doch:

»Es ist der einzige Abend der Woche, an dem Wanja nicht spielen muß. Um halb sieben müßte er gehen an jedem andern. Das wäre doch schmerzlich für alle Beteiligten.«

»Wanja«, das ist Iwan Herzl, der gefeierte jugendliche Liebhaber des Staatstheaters, sehr befreundet mit Bert und Ingrid, die häufig bei ihm Tee trinken und ihn in seiner Garderobe besuchen. Er ist ein Künstler der neueren Schule, der in sonderbaren und, wie es dem Professor scheint, äußerst gezierten und unnatürlichen Tänzerposen auf der Bühne steht und leidvoll schreit. Einen Professor der Geschichte kann das unmöglich ansprechen, aber Bert hat sich stark unter Herzls Einfluß begeben, schwärzt sich den Rand der unteren Augenlider, worüber es zu einigen schweren, aber fruchtlosen Szenen mit dem Vater gekommen ist, und erklärt mit jugendlicher Gefühllosigkeit für die Herzenspein der Altvorderen, daß er sich Herzl nicht nur zum Vorbild nehmen wolle, falls er sich für den Tänzerberuf entscheide, sondern sich auch als Kellner in Kairo genau so zu bewegen gedenke wie er.

Cornelius verbeugt sich leicht gegen seinen Sohn, die Augenbrauen etwas hochgezogen, jene loyale Bescheidung und Selbstbeherrschung andeutend, die seiner Generation gebührt. Die Pantomime ist frei von nachweisbarer Ironie und allgemeingültig. Bert mag sie sowohl auf sich, wie auf das Ausdruckstalent seines Freundes beziehen.

Wer sonst noch komme, erkundigt sich der Hausherr. Man nennt ihm einige Namen, ihm mehr oder weniger bekannt, Namen aus der Villenkolonie, aus der Stadt, Namen von Kolleginnen Ingrids aus der Oberklasse des Mädchengymnasiums … Man müsse noch telephonieren, heißt es. Man müsse zum Beispiel mit Max telephonieren, Max Hergesell, stud. ing., dessen Namen Ingrid sofort in der gedehnten und näselnden Weise vorbringt, die nach ihrer Angabe die Privat-Sprechmanier aller Hergesells sein soll, und die sie auf äußerst drollige und lebenswahrscheinliche Weise zu parodieren fortfährt, so daß die Eltern vor Lachen in Gefahr kommen, sich mit dem schlechten Flammeri zu verschlucken. Denn auch in diesen Zeiten muß man lachen, wenn etwas komisch ist.

Zwischendurch ruft das Telephon im Arbeitszimmer des Professors, und die Großen laufen hinüber, denn sie wissen, daß es sie angeht. Viele Leute haben das Telephon bei der letzten Verteuerung aufgeben müssen, aber die Cornelius' haben es gerade noch halten können, wie sie die vor dem Kriege gebaute Villa bis jetzt noch haben halten können, kraft des leidlich den Umständen angepaßten Millionengehalts, das der Professor als Ordinarius für Geschichte bezieht. Das Vorstadthaus ist elegant und bequem, wenn auch etwas verwahrlost, weil Reparaturen aus Materialmangel unmöglich sind, und entstellt von eisernen Öfen mit langen Rohren. Aber es ist der Lebensrahmen des höheren Mittelstandes von ehemals, worin man nun lebt, wie es nicht mehr dazu paßt, das heißt ärmlich und schwierig, in abgetragenen und gewendeten Kleidern. Die Kinder wissen nichts anderes, für sie ist es Norm und Ordnung, es sind geborene Villenproletarier. Die Kleiderfrage kümmert sie wenig. Dies Geschlecht hat sich ein zeitgemäßes Kostüm erfunden, ein Produkt aus Armut und Pfadfindergeschmack, das im Sommer beinahe nur aus einem gegürteten Leinenkittel und Sandalen besteht. Die bürgerlich Alten haben es schwerer.

Die Großen reden nebenan mit den Freunden, während ihre Servietten über den Stuhllehnen hängen. Es sind Eingeladene, die anrufen. Sie wollen zusagen oder absagen oder über irgend etwas verhandeln, und die Großen verhandeln mit ihnen im Jargon des Kreises, einem Rotwelsch voller Redensartlichkeit und Übermut, von dem die »Greise« selten ein Wort verstehen. Auch diese beraten unterdessen: über die Verpflegung, die man den Gästen bieten wird. Der Professor zeigt bürgerlichen Ehrgeiz. Er möchte, daß es zum Abendessen, nach dem italienischen Salat und dem belegten Schwarzbrot eine Torte gebe, etwas Tortenähnliches; aber Frau Cornelius erklärt, daß das zu weit führen würde – die jungen Leute erwarten es gar nicht, meint sie, und die Kinder stimmen ihr zu, als sie sich noch einmal zum Flammeri setzen.

Die Hausfrau, von der die höher gewachsene Ingrid den Typus hat, ist mürbe und matt von den verrückten Schwierigkeiten der Wirtschaft. Sie müßte ein Bad aufsuchen, aber das Schwanken des Bodens unter den Füßen, das Drüber und Drunter aller Dinge machen das vorläufig untunlich. Sie denkt an die Eier, die heute unbedingt eingekauft werden müssen, und spricht davon: von den Sechstausend-Mark-Eiern, die nur an diesem Wochentage von einem bestimmten Geschäft, eine Viertelstunde von hier, in bestimmter Anzahl abgegeben werden, und zu deren Entgegennahme sich die Kinder unmittelbar nach Tische vor allem anderen aufmachen müssen. Danny, der Nachbarssohn, wird kommen, sie abzuholen, und Xaver wird sich in Zivilkleidung den jungen Herrschaften ebenfalls anschließen. Denn das Geschäft gibt nur fünf Eier pro Woche an einen und denselben Hausstand ab, und darum werden die jungen Leute einzeln, nacheinander und unter verschiedenen angenommenen Namen den Laden betreten, um zwanzig Eier im ganzen für die Villa Cornelius zu erringen: ein wöchentlicher Hauptspaß für alle Beteiligten, den Mushik Kleinsgütl nicht ausgenommen, namentlich aber für Ingrid und Bert, die außerordentlich zur Mystifikation und Irreführung ihrer Mitmenschen neigen und dergleichen auf Schritt und Tritt um seiner selbst willen betreiben, auch wenn durchaus keine Eier dabei herauskommen. Sie lieben es, sich im Trambahnwagen indirekt und auf dem Wege der Darstellung für ganz andere junge Personen auszugeben, als sie in Wirklichkeit sind, indem sie miteinander im Landesdialekt, den sie sonst gar nicht sprechen, öffentlich lange, gefälschte Gespräche führen, so recht ordinäre Gespräche, wie die Leute sie führen: das allergewöhnlichste Zeug über Politik und Lebensmittelpreise und Menschen, die es nicht gibt, so daß der ganze Wagen mit Sympathie und doch mit dem dunklen Argwohn, daß hier irgend etwas nicht stimmt, ihrer grenzenlos gewöhnlichen Zungenfertigkeit lauscht. Dann werden sie immer frecher und fangen an, sich von den Menschen, die es nicht gibt, die abscheulichsten Geschichten zu erzählen. Ingrid ist imstande, mit hoher, schwankender, ordinär zwitschernder Stimme vorzugeben, daß sie ein Ladenfräulein ist, welches ein uneheliches Kind besitzt, einen Sohn, der sadistisch veranlagt ist und neulich auf dem Lande eine Kuh so unbeschreiblich gemartert hat, daß es für einen Christenmenschen kaum anzusehen gewesen ist. Über die Art, wie sie das Wort »gemartert« zwitschert, ist Bert dicht daran herauszuplatzen, legt aber eine schaurige Teilnahme an den Tag und tritt mit dem unglücklichen Ladenfräulein in ein langes und schauriges, zugleich verderbtes und dummes Gespräch über die Natur der krankhaften Grausamkeit ein, bis ein alter Herr, schräg gegenüber, der sein Billett zusammengefaltet zwischen Zeigefinger und Siegelring trägt, das Maß voll findet und sich öffentlich dagegen verwahrt, daß so junge Leute solche Themata (er gebraucht den griechischen Plural »Themata«)

in dieser Ausführlichkeit erörtern. Worauf Ingrid so tut, als ob sie in Tränen schwömme, und Bert sich den Anschein gibt, als ob er eine tödliche Wut auf den alten Herrn mit äußerster Anstrengung, aber kaum noch auf lange Zeit, unterdrücke und bändige: die Fäuste geballt, zähneknirschend und am ganzen Leibe zitternd, so daß der alte Herr, der es nur gut gemeint hat, an der nächsten Station schleunig den Wagen verläßt.

Solcherart sind die Unterhaltungen der »Großen«. Das Telephon spielt eine hervorragende Rolle dabei: sie klingeln an bei aller Welt, bei Opernsängern, Staatspersonen und Kirchenfürsten, melden sich als Ladenfräulein oder als Graf und Gräfin Mannsteufel und bequemen sich nur schwer zu der Einsicht, daß sie falsch verbunden sind. Einmal haben sie die Besuchskartenschale der Eltern ausgeleert und die Karten kreuz und quer, aber nicht ohne Sinn für das Verwirrend-Halbwahrscheinliche, in die Briefkästen des Viertels verteilt, woraus viel Unruhe erwuchs, da plötzlich Gott weiß wer bei der Himmel weiß wem Besuch abgelegt zu haben schien.

Xaver, jetzt ohne Servierhandschuhe, so daß man den gelben Kettenring sieht, den er an der Linken trägt, kommt haarwerfend herein, um abzudecken, und während der Professor sein Achttausend-Mark-Dünnbier austrinkt und sich eine Zigarette anzündet, hört man die »Kleinen« sich auf Treppe und

Diele tummeln. Sie kommen, wie üblich, die Eltern nach Tisch zu begrüßen, stürmen das Eßzimmer, im Kampf mit der Tür, an deren Klinke sie sich gemeinsam mit den Händchen hängen, und stapfen und stolpern mit ihren eiligen, ungeschickten Beinchen, in roten Filzhausschuhen, über denen die Söckchen faltig heruntergerutscht sind, rufend, berichtend und schwatzend über den Teppich, indem ein jedes nach seinem gewohnten Ziele steuert: Beißer zur Mutter, auf deren Schoß er mit den Knien klettert, um ihr zu sagen, wieviel er gegessen hat, und ihr zum Beweise seinen geschwollenen Bauch zu zeigen, und Lorchen zu ihrem »Abel«, – so sehr der Ihre, weil sie so sehr die Seine ist, weil sie die innige und wie alles tiefe Gefühl etwas melancholische Zärtlichkeit spürt und lächelnd genießt, mit der er ihre Klein-Mädchen-Person umfängt, die Liebe, mit der er sie anblickt und ihr fein gestaltetes Händchen oder ihre Schläfe küßt, auf der sich bläuliche Äderchen so zart und rührend abzeichnen.

Die Kinder zeigen die zugleich starke und unbestimmte, durch gleichmäßige Kleidung und Haartracht unterstützte Ähnlichkeit des Geschwisterpärchens, unterscheiden sich aber auch wieder auffallend voneinander, und zwar im Sinne des Männlichen und Weiblichen. Das ist ein kleiner Adam und eine kleine Eva, deutlich betont, – auf seiten Beißers, wie es scheint, sogar bewußt und vom Selbstgefühl her betont: von Figur schon ist er gedrungener, stämmiger, stärker, unterstreicht aber seine vierjährige Manneswürde noch in Haltung, Miene und Redeweise, indem er die Ärmchen athletisch, wie ein junger Amerikaner, von den etwas gehobenen Schultern hängen läßt, beim Sprechen den Mund hinunterzieht und seiner Stimme einen tiefen, biederen Klang zu geben sucht. Übrigens ist all diese Würde und Männlichkeit mehr angestrebt als wahrhaft in seiner Natur gesichert; denn, gehegt und geboren in wüsten, verstörten Zeiten, hat er ein recht labiles und reizbares Nervensystem mitbekommen, leidet schwer unter den Mißhelligkeiten des Lebens, neigt zu Jähzorn und Wutgetrampel, zu verzweifelten und erbitterten Tränenergüssen über jede Kleinigkeit und ist schon darum der besondere Pflegling der Mutter. Er hat kastanienbraune Kugelaugen, die leicht etwas schielen, weshalb er wohl bald eine korrigierende Brille wird tragen müssen, ein langes Näschen und einen kleinen Mund. Es sind die Nase und der Mund des Vaters, wie recht deutlich geworden, seitdem der Professor sich den Spitzbart hat abnehmen lassen und glatt rasiert geht. (Der Spitzbart war wirklich nicht länger zu halten; auch der historische Mensch bequemt sich schließlich zu solchen Zugeständnissen an die Sitten der Gegenwart.) Aber Cornelius hält sein Töchterchen auf den Knien, sein Eleonorchen, die kleine Eva – so viel graziler, im Ausdruck süßer als der Junge – und läßt sie, indem er die Zigarette weit von ihr weghält, mit ihren feinen Händchen an seiner Brille fingern, deren zum Lesen und Fernsehen abgeteilte Gläser täglich wieder ihre Neugier beschäftigen.

Im Grunde hat er ein Gefühl dafür, daß die Vorliebe seiner Frau wohl hochherziger gewählt hat als die seine und daß die schwierige Männlichkeit Beißers vielleicht mehr wiegt als der ausgeglichenere Liebreiz seines Kindchens. Aber dem Herzen, meint er, läßt sich nicht gebieten, und sein Herz gehört nun einmal der Kleinen, seitdem sie da ist, seitdem er sie zum erstenmal gesehen. Auch erinnert er sich fast immer, wenn er sie in den Armen hält, an dieses erste Mal: es war in einem hellen Zimmer der Frauenklinik, wo Lorchen zur Welt gekommen, in zwölfjährigem Abstand von ihren großen Geschwistern. Er trat herzu, und in dem Augenblick fast, wo er unter dem Lächeln der Mutter behutsam die Gardine von dem Puppenhimmelbettchen zog, das neben dem großen stand, und das kleine Wunder gewahrte, das da so wohlausgebildet und wie von der Klarheit süßen Ebenmaßes umflossen in den Kissen lag, mit Händchen, die schon damals, in noch viel winzigeren Maßen so schön waren, wie jetzt, mit offenen Augen, die damals himmelblau waren und den hellen Tag widerstrahlten – fast in derselben Sekunde fühlte er sich ergriffen und gebunden; es war Liebe auf den ersten

Blick und für immer, ein Gefühl, das ungekannt, unerwartet und unerhofft – soweit das Bewußtsein in Frage kam – von ihm Besitz ergriff und das er sofort mit Erstaunen und Freude als lebensendgültig verstand.

Übrigens weiß Doktor Cornelius, daß es mit der Unverhofftheit, der gänzlichen Ungeahntheit dieses Gefühls und selbst seiner völligen Unwillkürlichkeit, genau erforscht, nicht ganz richtig ist. Er versteht im Grunde, daß es ihn nicht so von ungefähr überkommen und sich mit seinem Leben verbunden hat, sondern daß er unbewußt dennoch darauf vorbereitet oder richtiger: dafür bereitet gewesen ist; daß etwas in ihm bereit war, es im gegebenen Augenblick aus sich zu erzeugen, und daß dies Etwas seine Eigenschaft als Professor der Geschichte gewesen ist – höchst sonderbar zu sagen. Aber Doktor Cornelius sagt es auch nicht, sondern weiß es eben nur manchmal, mit geheimem Lächeln. Er weiß, daß Professoren der Geschichte die Geschichte nicht lieben, sofern sie geschieht, sondern sofern sie geschehen ist; daß sie die gegenwärtige Umwälzung hassen, weil sie sie als gesetzlos, unzusammenhängend und frech, mit einem Worte, als »unhistorisch« empfinden, und daß ihr Herz der zusammenhängenden, frommen und historischen Vergangenheit angehört. Denn über dem Vergangenen, so gesteht sich der Universitätsgelehrte, wenn er vor dem Abendessen am

Flusse spazieren geht, liegt die Stimmung des Zeitlosen und Ewigen, und das ist eine Stimmung, die den Nerven eines Geschichtsprofessors weit mehr zusagt als die Frechheiten der Gegenwart. Das Vergangene ist verewigt, das heißt: es ist tot, und der Tod ist die Quelle aller Frömmigkeit und alles erhaltenden Sinnes. Der Doktor sieht das heimlich ein, wenn er allein im Dunkeln geht. Es ist sein erhaltender Instinkt, sein Sinn für das »Ewige« gewesen, der sich vor den Frechheiten der Zeit in die Liebe zu diesem Töchterchen gerettet hat. Denn Vaterliebe und ein Kindchen an der Mutterbrust, das ist zeitlos und ewig und darum sehr heilig und schön. Und doch versteht Cornelius im Dunkeln, daß etwas nicht ganz recht und gut ist in dieser seiner Liebe – er gesteht es sich theoretisch um der Wissenschaft willen ein. Sie hat ihrem Ursprunge nach etwas Tendenziöses, diese Liebe; es ist Feindseligkeit darin, Opposition gegen die geschehende Geschichte zugunsten der geschehenen, das heißt des Todes. Ja, sonderbar genug, aber wahr, gewissermaßen wahr. Seine Inbrunst für dies süße Stückchen Leben und Nachwuchs hat etwas mit dem Tode zu tun, sie hält zu ihm, gegen das Leben, und das ist in gewissem Sinne nicht ganz schön und gut – obgleich es natürlich die wahnsinnigste Askese wäre, sich wegen solcher gelegentlichen wissenschaftlichen Einsicht das liebste und reinste Gefühl aus dem Herzen zu reißen.

Er hält das Töchterchen auf dem Schoß, das seine dünnen, rosigen Beinchen von seinen Knien hängen läßt, spricht zu ihr, die Augenbrauen hochgezogen, im Ton einer zarten, spaßhaften Ehrerbietung und lauscht entzückt auf das süße, hohe Stimmchen, mit dem sie ihm antwortet und ihn »Abel« nennt. Er tauscht sprechende Blicke dabei mit der Mutter, die ihren Beißer betreut und ihn mit sanftem Vorwurf zu Vernunft und Fassung ermahnt, da er heute, gereizt durch das Leben, wieder einem Wutanfall unterlegen ist und sich wie ein heulender Derwisch benommen hat. Auch zu den »Großen« wirft Cornelius manchmal einen etwas argwöhnischen Blick hinüber, denn er hält es nicht für unmöglich, daß ihnen gewisse wissenschaftliche Einsichten seiner Abendspaziergänge auch nicht ganz fremd sind. Aber wenn dem so ist, so lassen sie es nicht merken. Hinter ihren Stühlen stehend, die Arme auf die Lehnen gestützt, sehen sie wohlwollend, wenn auch mit einiger Ironie, dem elterlichen Glücke zu.

Die Kinder tragen dicke, ziegelrote, modern bestickte Künstlerkleidchen, die seinerzeit schon Bert und Ingrid gehört haben, und die ganz gleich sind, mit dem einzigen Unterschied, daß bei Beißer kleine, kurze Hosen unter dem Kittel hervorkommen. Auch den gleichen Haarschnitt tragen sie, die Pagenfrisur. Beißers Haar ist unregelmäßig blond, noch in langsamem Nachdunkeln begriffen, ungeschickt angewachsen überall, struppig, und sieht aus wie eine kleine, komische, schlechtsitzende Perücke. Lorchens dagegen ist kastanienbraun, seidenfein, spiegelnd und so angenehm wie das ganze Persönchen. Es verdeckt ihre Ohren, die, wie man weiß, verschieden groß sind: das eine hat richtiges Verhältnis, das andere aber ist etwas ausgeartet, entschieden zu groß. Der Vater holt die Ohren zuweilen hervor, um sich in starken Akzenten darüber zu verwundern, als hätte er den kleinen Schaden noch nie bemerkt, was Lorchen zugleich beschämt und amüsiert. Ihre weit auseinander liegenden Augen sind goldig braun und haben einen süßen Schimmer, den klarsten und lieblichsten Blick. Die Brauen darüber sind blond. Ihre Nase ist noch ganz formlos, mit ziemlich dicken Nüstern, so daß die Löcher fast kreisrund sind, ihr Mündchen groß und ausdrucksvoll, mit schön geschwungener, beweglicher Oberlippe. Wenn sie lacht und ihre getrennt stehenden Perlzähne zeigt (erst einen hat sie verloren; sie hat sich das nach allen Seiten wackelnde Ding von ihrem Vater mit dem Taschentuch herausbiegen lassen, wobei sie sehr blaß geworden ist und gezittert hat), so bekommt sie Grübchen in die Wangen, die ihre charakteristische, bei aller kindlichen Weichheit etwas gehöhlte Form daher haben, daß ihr Untergesichtchen leicht vorgebaut ist. Auf der einen Wange, nahe gegen den schlichten Fall des Haares hin, hat sie einen Leberflecken mit Flaum darauf.

Im ganzen ist sie selbst von ihrem Äußeren wenig befriedigt – ein Zeichen, daß sie sich darum kümmert. Ihr Gesichtchen, urteilt sie traurig, sei leider nun einmal häßlich, dagegen »das Figürle« recht nett. Sie liebt kleine gewählte, gebildete Ausdrücke und reiht sie aneinander, wie »vielleicht, freilich, am End'«. Beißers selbstkritische Sorgen betreffen mehr das Moralische. Er neigt zur Zerknirschung, hält sich auf Grund seiner Wutanfälle für einen großen Sünder und ist überzeugt, daß er nicht in den Himmel kommen wird, sondern in die »Höhle«. Da hilft kein Zureden, daß Gott viel Einsicht besitze und fünf gern einmal gerade sein lasse: er schüttelt in verstockter Schwermut den Kopf mit der schlechtsitzenden Perücke und erklärt sein Eingehen in die Seligkeit für völlig unmöglich. Ist er erkältet, so scheint er ganz voll von Schleim; er rasselt und knarrt von oben bis unten, wenn man ihn nur anrührt, und hat sofort das höchste Fieber, so daß er nur so pustet. Kinds-Anna neigt denn auch zur Schwarzseherei, was seine Konstitution betrifft, und ist der Meinung, daß einen Knaben mit so »ungemein fettem Blut« jeden Augenblick der Schlag treffen könne. Einmal hat sie diesen furchtbaren Augenblick schon gekommen gewähnt: als man nämlich Beißer, zur Buße für einen berserkerhaften Wutanfall, das Gesicht zur Wand gekehrt, in die Ecke gestellt hatte – und dieses Gesicht bei zufälliger Prüfung sich als über und über blau angelaufen erwies, viel blauer als Kinds-Annas eigenes. Sie brachte das Haus auf die Beine, verkündend, daß des Jungen allzu fettes Blut sein letztes Stündlein nun herbeigeführt habe, und der böse Beißer fand sich zu seiner gerechten Verwunderung plötzlich in angstvolle Zärtlichkeit eingehüllt, bis sich herausstellte, daß die Bläue seiner Züge nicht vom Schlagfluß, sondern von der gestrichenen Wand des Kinderzimmers herrührte, die ihr Indigo an sein tränenüberschwemmtes Gesicht abgegeben hatte.

Kinds-Anna ist ebenfalls mit eingetreten und mit zusammengelegten Händen an der Tür stehen geblieben: in weißer Schürze, mit öliger Frisur, Gänseaugen und einer Miene, in der sich die strenge Würde der Beschränktheit malt. »Die Kinder«, erklärt sie, stolz auf ihre Pflege und Unterweisung, »entziffern sich wunderbar.« Siebzehn vereiterte Zahnstümpfe hat sie sich kürzlich entfernen und sich ein ebenmäßiges Kunstgebiß gelber Zähne mit dunkelrotem Kautschukgaumen dafür anmessen lassen, das nun ihr Bäuerinnengesicht verschönt. Ihr Geist ist von der eigentümlichen Vorstellung umfangen, daß ihr Gebiß den Gesprächsstoff weiter Kreise bildet, daß gleichsam die Spatzen diese Angelegenheit von den Dächern pfeifen. »Es hat viel unnützes Gerede gegeben«, sagt sie streng und mystisch, »weil ich mir bekanntlich Zähne habe setzen lassen.« Überhaupt neigt sie zu dunklen und undeutlichen, dem Verständnis anderer nicht angepaßten Reden, wie zum Beispiel von einem Doktor Bleifuß, den jedes Kind kenne, und »da wohnen mehr im Haus«, sagt sie, »die sich für ihn ausgeben«. Man kann nur nachgiebig darüber hinweggehen. Sie lehrt die Kinder schöne Gedichte, wie zum Beispiel:

»Eisenbahn, Eisenbahn,
Lokomotiv'.
Fahrt sie fort, bleibt sie da,
Tut sie einen Pfief.«

Oder jenen zeitgemäß entbehrungsreichen, dabei aber vergnügten Wochen-Küchenzettel, der lautet:

»Montag fängt die Woche an.
Dienstag sind wir übel dran.
Mittwoch sind wir mitten drin.
Donnerstag gibt's Kümmerling.
Freitag gibt's gebratnen Fisch.
Samstag tanzen wir um den Tisch.
Sonntag gibt es Schweinebrätle
Und dazu ein gut's Salätle.«

Oder auch einen gewissen Vierzeiler von unbegreiflicher und ungelöster Romantik:

»Macht auf das Tor, macht auf das Tor,
Es kommt ein großer Wagen.
Wer sitzt in diesem Wagen?
Ein Herr mit goldenen Haaren!«

Oder endlich die schrecklich aufgeräumte Ballade von Mariechen, die auf einem Stein, einem Stein, einem Stein saß und sich ihr gleichfalls goldnes Haar, goldnes Haar, goldnes Haar kämmte. Und von Rudolf, der ein Messer raus, Messer raus, Messer rauszog, und mit dem es denn auch ein fürchterliches Ende nahm.

Lorchen sagt und singt das alles ganz reizend mit ihrem beweglichen Mäulchen und ihrer süßen Stimme – viel besser als Beißer. Sie macht alles besser als er, und er bewundert sie denn auch ehrlich und ordnet sich ihr, von Anfällen der Auflehnung und des raufsüchtigen Kollers abgesehen, in allen Stükken unter. Oft unterrichtet sie ihn wissenschaftlich, erklärt ihm die Vögel im Bilderbuch, macht sie ihm namhaft: den Wolkenfresser, den Hagelfresser, den Rabenfresser. Das muß er nachsprechen. Auch medizinisch unterweist sie ihn, lehrt ihn Krankheiten, wie Brustentzündung, Blutentzündung und Luftentzündung. Wenn er nicht achtgibt und es nicht nachsprechen kann, stellt sie ihn in die Ecke. Einmal hat sie ihm noch dazu eine Ohrfeige gegeben, aber darüber hat sie sich so geschämt, daß sie sich selber auf längere Zeit in die Ecke gestellt hat. Ja, sie kommen gut miteinander aus, sind ein Herz und eine Seele. Alles erleben sie gemeinsam, alle Abenteuer. Sie kommen nach Hause und erzählen noch ganz erregt und wie aus einem Munde, daß sie auf der Landstraße »zwei Kuhli-Muhli und ein Kalbfleisch« gesehen haben. Mit den Dienstboten unten, mit Xaver und den Damen Hinterhöfer, zwei ehemals bürgerlichen Schwestern, die »au pair«, wie man sagt, das ist gegen Kost und Logis, die Ämter der Köchin und des Zimmermädchens versehen, leben sie auf vertrautem Fuß, empfinden wenigstens zeitweise eine gewisse Verwandtschaft des Verhältnisses dieser Unteren zu den Eltern mit dem ihren. Sind sie gescholten worden, so gehen sie in die Küche und sagen: »Unsere Herrschaften sind bös!« Dennoch aber ist es ein schöneres Spielen mit den Oberen und namentlich mit »Abel«, wenn er nicht lesen und schreiben muß. Ihm fallen wundervollere Dinge ein als Xaver und den Damen. Die Beiden spielen, daß sie »vier Herren« sind und spazieren gehen. Dann macht »Abel« ganz krumme Knie, so daß er ebenso klein ist wie sie, und geht so mit spazieren, Hand in Hand mit ihnen, wovon sie nicht genug haben können. Den ganzen Tag könnten sie, alles in allem fünf Herren, mit dem klein gewordenen »Abel« rund um das Eßzimmer spazieren gehn.

Ferner ist da das äußerst spannende Kissenspiel,

darin bestehend, daß eines der Kinder, aber meistens Lorchen, sich, scheinbar unbemerkt von Abel, auf seinen Stuhl am Eßtisch setzt und mäuschenstill sein Kommen erwartet. In der Luft herumblickend und unter Reden, die laut und stark dem Vertrauen auf die Bequemlichkeit seines Stuhles Ausdruck geben, nähert er sich und nimmt auf Lorchen Platz. »Wie?« sagt er. »Was?« Und rückt hin und her, ohne das versteckte Kichern zu hören, das hinter ihm laut wird. »Man hat mir ein Kissen auf meinen Stuhl gelegt? Was für ein hartes, unregelmäßiges, vertracktes Kissen ist das, auf dem ich so auffallend unbequem sitze?!« Und immer stärker rutscht er auf dem befremdenden Kissen hin und her und greift hinter sich in das entzückte Kichern und Quieken hinein, bis er sich endlich umwendet und eine große Entdeckungs- und Erkennungsszene das Drama beschließt. Auch dieses Spiel büßt durch hundertfache Wiederholung nichts von seinen Spannungsreizen ein.

Heut kommt es nicht zu solchen Vergnügungen. Die Unruhe des bevorstehenden Festes der »Großen« liegt in der Luft, dem noch der Einkauf mit verteilten Rollen vorangehen muß: Lorchen hat nur eben »Eisenbahn, Eisenbahn« rezitiert und Doktor Cornelius gerade zu ihrer Beschämung entdeckt, daß ja ihre Ohren ganz verschieden groß sind, als Danny, der Nachbarssohn, eintrifft, um Bert und Ingrid abzuholen; und auch Xaver hat schon seine gestreifte Livree mit der Ziviljacke vertauscht, die ihm sofort ein etwas strizzihaftes, wenn auch immer noch flottes und sympathisches Aussehen verleiht. So suchen denn die Kleinen mit Kinds-Anna ihr Reich im Obergeschoß wieder auf, während der Professor sich in sein Arbeitszimmer zurückzieht, um zu lesen, wie es nach Tische seine Gewohnheit ist, und seine Frau Gedanken und Tätigkeit auf die Anchovis-Brötchen und den italienischen Salat richtet, die für die Tanzgesellschaft vorzubereiten sind. Sie muß, bevor die Jugend eintrifft, auch noch zu Rade mit ihrer Einkaufstasche zur Stadt fahren, um eine Summe Geldes, die sie in Händen hat, und die sie nicht der Entwertung aussetzen darf, in Lebensmittel umzusetzen.

Cornelius liest, in seinen Stuhl zurückgelehnt. Die Zigarre zwischen Zeige- und Mittelfinger liest er im Macaulay etwas nach über die Entstehung der englischen Staatsschuld zu Ende des siebzehnten Jahrhunderts und danach bei einem französischen Autor etwas über die wachsende Verschuldung Spaniens gegen Ende des sechzehnten – beides für sein Kolleg von morgen vormittag. Denn er will Englands überraschende wirtschaftliche Prosperität von damals vergleichen mit den verhängnisvollen Wirkungen, die die Staatsverschuldung hundert Jahre früher in Spanien zeitigte, und die ethischen und psychologischen Ursachen dieses Unterschiedes analysieren.

Das gibt ihm nämlich Gelegenheit, von dem England Wilhelms III., um das es sich eigentlich gerade handelt, auf das Zeitalter Philipps II. und der Gegenreformation zu kommen, das sein Steckenpferd ist, und über das er selbst ein verdienstvolles Buch geschrieben hat – ein vielzitiertes Werk, dem er sein Ordinariat verdankt. Während seine Zigarre zu Ende geht und dabei etwas zu schwer wird, bewegt er bei sich ein paar leise melancholisch gefärbte Sätze, die er morgen vor seinen Studenten sprechen will, über den sachlich aussichtslosen Kampf des langsamen Philipp gegen das Neue, den Gang der Geschichte, die reichzersetzenden Kräfte des Individuums und der germanischen Freiheit, über diesen vom Leben verurteilten und also auch von Gott verworfenen Kampf beharrender Vornehmheit gegen die Mächte des Fortschritts und der Umgestaltung. Er findet die Sätze gut und feilt noch daran, während er die benutzten Bücher wieder einräumt und hinauf in sein Schlafzimmer geht, um seinem Tag die gewohnte Zäsur zu geben, diese Stunde bei geschlossenen Läden und mit geschlossenen Augen, die er braucht, und die heute, wie ihm nach der wissenschaftlichen Ablenkung wieder einfällt, im Zeichen häuslich-festlicher Unruhe stehen wird. Er lächelt über das schwache Herzklopfen, das diese Erinnerung ihm verursacht; in seinem Kopfe vermischen sich die Satzentwürfe über den in schwarzes Seidentuch gekleideten Philipp mit dem Gedanken an den Hausball der Kinder, und so schläft er auf fünf Minuten ein.

Wiederholt, während er liegt und ruht, hört er die Hausglocke gehen, die Gartenpforte zufallen, und jedesmal empfindet er einen kleinen Stich der Erregung, Erwartung und Beklemmung bei dem Gedanken, daß es die jungen Leute sind, die eintreffen und schon die Diele zu füllen beginnen. Jedesmal wieder lächelt er bei sich selbst über den Stich, aber auch dieses Lächeln noch ist ein Ausdruck einer Nervosität, die natürlich übrigens auch etwas Freude enthält; denn wer freute sich nicht auf ein Fest. Um halb fünf (es ist schon Abend) steht er auf und erfrischt sich am Waschtisch. Die Waschschüssel ist seit einem Jahre entzwei. Es ist eine Kippschüssel, die an einer Seite aus dem Gelenke gebrochen ist und nicht repariert werden kann, weil keine Handwerker kommen, und nicht erneuert, weil kein Geschäft in der Lage ist, eine zu liefern. So ist sie notdürftig über ihrem Ablauf an den Rändern der Marmorplatte aufgehängt und kann nur entleert werden, indem man sie mit beiden Händen hochhebt und ausgießt. Cornelius schüttelt, wie täglich mehrmals, den Kopf über die Schüssel, macht sich dann fertig – mit Sorgfalt übrigens; er putzt unter dem Deckenlicht seine Brille vollkommen blank und durchsichtig – und tritt den Gang hinunter ins Eßzimmer an.

Als er unterwegs die Stimmen hört, die drunten ineinander gehen, und das Grammophon, das schon in Bewegung gesetzt ist, nimmt seine Miene einen gesellschaftlich verbindlichen Ausdruck an. »Bitte, sich nicht stören zu lassen!« beschließt er zu sagen und geradeswegs ins Eßzimmer zum Tee zu gehen. Der Satz erscheint ihm als das gegebene Wort der Stunde: heiter-rücksichtsvoll nach außen, wie es ist, und eine gute Brustwehr für ihn selber.

Die Diele ist hell erleuchtet; alle elektrischen Kerzen des Kronleuchters brennen, bis auf eine ganz ausgebrannte. Auf einer unteren Stufe der Treppe bleibt Cornelius stehen und überblickt die Diele. Sie nimmt sich hübsch aus im Licht, mit der Marées-Kopie über dem Backsteinkamin, der Täfelung, die übrigens weiches Holz ist, und dem roten Teppich, darauf die Gäste umherstehen, plaudernd, in den Händen Teetassen und halbe Brotscheiben, die mit Anchovispaste bestrichen sind. Festatmosphäre, ein leichter Dunst von Kleidern, Haar und Atem webt über der Diele, charakteristisch und erinnerungsvoll. Die Tür zur Garderobe ist offen, denn noch kommen neue Geladene.

Gesellschaft blendet im ersten Augenblick; der Professor sieht nur das allgemeine Bild. Er hat nicht bemerkt, daß Ingrid, in dunklem Seidenkleid mit weißem plissierten Schulterüberfall und bloßen Armen, dicht vor ihm mit Freunden am Fuße der

Stufen steht. Sie nickt und lächelt mit ihren schönen Zähnen zu ihm herauf.

»Ausgeruht?« fragt sie leise, unter vier Augen. Und als er sie mit ungerechtfertigter Überraschung erkennt, macht sie ihn mit den Freunden bekannt.

»Darf ich dir Herrn Zuber vorstellen?« sagt sie. »Das ist Fräulein Plaichinger.«

Herr Zuber ist dürftigen Ansehens, die Plaichinger dagegen eine Germania, blond, üppig und locker gekleidet, mit Stumpfnase und der hohen Stimme beleibter Frauen, wie sich herausstellt, als sie dem Professor auf seine artige Begrüßung antwortet.

»Oh, herzlich willkommen«, sagt er. »Das ist ja schön, daß Sie uns die Ehre schenken. Coabiturientin wahrscheinlich?«

Herr Zuber ist Golfklub-Genosse Ingrids. Er steht im Wirtschaftsleben, ist in der Brauerei seines Onkels tätig, und der Professor scherzt einen Augenblick mit ihm über das dünne Bier, indem er tut, als ob er den Einfluß des jungen Zuber auf die Qualität des Bieres grenzenlos überschätze. »Aber wollen Sie sich doch ja nicht stören lassen!« sagt er dann und will ins Eßzimmer hinübergehen.

»Da kommt ja auch Max«, sagt Ingrid. »Nun, Max, du Schlot, was bummelst du so spät heran zu Spiel und Tanz!« Das duzt sich allgemein und geht miteinander um, wie es den Alten ganz fremd ist: von Züchtigkeit, Galanterie und Salon ist wenig zu spüren.

Ein junger Mensch mit weißer Hemdbrust und schmaler Smokingschleife kommt von der Garderobe her zur Treppe und grüßt – brünett, aber rosig, rasiert natürlich, aber mit einem kleinen Ansatz von Backenbart neben den Ohren, ein bildhübscher Junge, – nicht lächerlich und lodernd schön, wie ein Violin-Zigeuner, sondern hübsch auf eine sehr angenehme, gesittete und gewinnende Art, mit freundlichen, schwarzen Augen, und der Smoking sitzt ihm sogar noch etwas ungeschickt.

»Na, na, nicht schimpfen, Cornelia. Das blöde Kolleg«, sagt er; und Ingrid stellt ihn dem Vater vor als Herrn Hergesell.

So, das ist also Herr Hergesell. Wohlerzogen bedankt er sich beim Hausherrn, der ihm die Hand schüttelt, für die freundliche Einladung. »Ich zügele etwas nach«, sagt er und macht einen kleinen sprachlichen Scherz. »Ausgerechnet Bananen muß ich heute bis vier Uhr Kolleg haben; und dann sollte ich doch noch nach Hause, mich umziehen.« Hierauf spricht er von seinen Pumps, mit denen er eben in der Garderobe große Plage gehabt haben will.

»Ich habe sie im Beutel mitgebracht«, erzählt er. »Es geht doch nicht, daß wir Ihnen hier mit den Straßenschuhen den Teppich zertrampeln. Nun hatte ich aber verblendeterweise keinen Schuhlöffel eingesteckt und konnte bei Gott nicht hineinkommen, haha, stellen Sie sich vor, eine unglaubliche

Kiste! Mein Lebtag habe ich nicht so enge Pumps gehabt. Die Nummern fallen verschieden aus, es ist kein Verlaß darauf, und dann ist das Zeug auch hart heutzutage – schauen Sie, das ist kein Leder, das ist Gußeisen! Den ganzen Zeigefinger habe ich mir zerquetscht ...« Und er weist zutraulich seinen geröteten Zeigefinger vor, indem er das Ganze noch einmal als eine »Kiste« bezeichnet, und zwar als eine ekelhafte. Er spricht wirklich ganz so, wie Ingrid es nachgemacht hat: nasal und auf besondere Weise gedehnt, aber offenbar ohne jede Affektation, sondern eben nur, weil es so in der Art aller Hergesells liegt.

Doktor Cornelius rügt es, daß kein Schuhlöffel in der Garderobe ist, und erweist dem Zeigefinger alle Teilnahme. »Nun dürfen Sie sich aber absolut nicht stören lassen«, sagt er. »Auf Wiedersehen!« Und er geht über die Diele ins Eßzimmer.

Auch dort sind Gäste; der Familientisch ist lang ausgezogen, und es wird Tee daran getrunken. Aber der Professor geht geradeswegs in den mit Stickerei ausgeschlagenen und von einem eigenen kleinen Deckenkörper besonders beleuchteten Winkel, an dessen Rundtischchen er Tee zu trinken pflegt. Er findet dort seine Frau im Gespräch mit Bert und zwei anderen jungen Herren. Der eine ist Herzl; Cornelius kennt und begrüßt ihn. Der andere heißt Möller – ein Wandervogeltyp, der bürgerliche Festkleider offenbar weder besitzt noch besitzen will (im Grunde gibt es das gar nicht mehr), ein junger Mensch, der fern davon ist, den »Herrn« zu spielen (das gibt es im Grunde auch nicht mehr) – in gegürteter Bluse und kurzer Hose, mit einer dicken Haartolle, langem Hals und einer Hornbrille. Er ist im Bankfach tätig, wie der Professor erfährt, ist aber außerdem etwas wie ein künstlerischer Folklorist, ein Sammler und Sänger von Volksliedern aus allen Zonen und Zungen. Auch heute hat er auf Wunsch seine Gitarre mitgebracht. Sie hängt noch im Wachstuchsack in der Garderobe.

Schauspieler Herzl ist schmal und klein, hat aber einen mächtigen schwarzen Bartwuchs, wie man an der überpuderten Rasur erkennt. Seine Augen sind übergroß, glutvoll und tief schwermütig; dabei hat er jedoch außer dem vielen Rasierpuder offenbar auch etwas Rot aufgelegt – das matte Karmesin auf der Höhe seiner Wangen ist sichtlich kosmetischer Herkunft. Sonderbar, denkt der Professor. Man sollte meinen, entweder Schwermut oder Schminke. Zusammen bildet es doch einen seelischen Widerspruch. Wie mag ein Schwermütiger sich schminken? Aber da haben wir wohl eben die besondere, fremdartige seelische Form des Künstlers, die diesen Widerspruch möglich macht, vielleicht geradezu daraus besteht. Interessant und kein Grund, es an Zuvorkommenheit fehlen zu lassen. Es ist eine legitime

Form, eine Urform ... »Nehmen Sie etwas Zitrone, Herr Hofschauspieler!«

Hofschauspieler gibt es gar nicht mehr, aber Herzl hört den Titel gern, obgleich er ein revolutionärer Künstler ist. Das ist auch so ein Widerspruch, der zu seiner seelischen Form gehört. Mit Recht setzt der Professor sein Vorhandensein voraus und schmeichelt ihm, gewissermaßen zur Sühne für den geheimen Anstoß, den er an dem leichten Auftrag von Rouge auf Herzls Wangen genommen.

»Allerverbindlichsten Dank, verehrter Herr Professor!« sagt Herzl so überstürzt, daß nur seine hervorragende Sprechtechnik eine Entgleisung seiner Zunge verhütet. Überhaupt ist sein Verhalten gegen die Wirte und gegen den Hausherrn im besonderen von dem größten Respekt, ja von fast übertriebener und unterwürfiger Höflichkeit getragen. Es ist, als habe er ein schlechtes Gewissen wegen des Rouge, das aufzulegen er zwar innerlich gezwungen war, das er aber selbst aus der Seele des Professors heraus mißbilligt, und mit dem er durch größte Bescheidenheit gegen die nicht geschminkte Welt zu versöhnen sucht.

Man unterhält sich, während man Tee trinkt, von Möllers Volksliedern, von spanischen, baskischen Volksliedern, und von da kommt man auf die Neu-Einstudierung von Schillers »Don Carlos« im Staatstheater, eine Aufführung, in der Herzl die Titelrolle spielt. Er spricht von seinem Carlos. »Ich hoffe«, sagt er, »mein Carlos ist aus einem Guß.« Auch von der übrigen Besetzung ist kritisch die Rede, von den Werten der Inszenierung, dem Milieu, und schon sieht sich der Professor wieder in sein Fahrwasser bugsiert, auf das Spanien der Gegenreformation gebracht, was ihn fast peinlich dünkt. Er ist ganz unschuldig daran, hat gar nichts getan, dem Gespräch diese Wendung zu geben. Er fürchtet, daß es aussehen könnte, als habe er die Gelegenheit gesucht, zu dozieren, wundert sich und wird darüber schweigsam. Es ist ihm lieb, daß die Kleinen an den Tisch kommen, Lorchen und Beißer. Sie haben blaue Sammetkleidchen an, ihr Sonntagshabit, und wollen ebenfalls bis zur Schlafensstunde auf ihre Art an dem Feste der Großen teilnehmen. Schüchtern und mit großen Augen sagen sie den Fremden guten Tag, müssen ihre Namen und ihr Alter sagen. Herr Möller sieht sie nur ernsthaft an, aber Schauspieler Herzl zeigt sich völlig berückt, beglückt und entzückt von ihnen. Er segnet sie geradezu, hebt die Augen zum Himmel und faltet die Hände vor seinem Mund. Es kommt ihm gewiß von Herzen, aber die Gewöhnung an die Wirkungsbedingungen des Theaters macht seine Worte und Taten fürchterlich falsch, und außerdem scheint es, als solle auch seine Devotion vor den Kindern mit dem Rouge auf der Höhe seiner Wangen versöhnen.

Der Teetisch der Gäste hat sich schon geleert, auf

der Diele wird nun getanzt, die Kleinen laufen dorthin, und der Professor zieht sich zurück. »Recht viel Vergnügen!« sagt er, indem er den Herren Möller und Herzl, die aufgesprungen sind, die Hand schüttelt. Und er geht in sein Arbeitszimmer hinüber, sein gefriedetes Reich, wo er die Rolläden herunterläßt, die Schreibtischlampe andreht und sich zu seiner Arbeit setzt.

Es ist Arbeit, die sich bei unruhiger Umgebung zur Not erledigen läßt: ein paar Briefe, ein paar Exzerpte. Natürlich ist Cornelius zerstreut. Er hängt kleinen Eindrücken nach, den ungeschmeidigen Pumps des Herrn Hergesell, der hohen Stimme in dem dicken Körper der Plaichinger. Auch auf Möllers baskische Liedersammlung gehen seine Gedanken zurück, während er schreibt oder zurückgelehnt ins Leere blickt, auf Herzls Demut und Übertriebenheit, »seinen« Carlos und Philipps Hof. Mit Gesprächen, findet er, ist es geheimnisvoll. Sie sind gefügig, gehen ganz ungelenkt einem insgeheim dominierenden Interesse nach. Er meint das öfters beobachtet zu haben. Zwischendurch lauscht er auf die übrigens keineswegs lärmenden Geräusche des Hausballes draußen. Nur einiges Reden, nicht einmal Tanzgeschlürf ist zu hören. Sie schlürfen und kreisen ja nicht, sie gehen sonderbar auf dem Teppich herum, der sie nicht stört, ganz anders angefaßt, als es zu seiner Zeit geschah, zu den Klängen des Grammophons, denen er hauptsächlich nachhängt, diesen sonderbaren Weisen der neuen Welt, jazzartig instrumentiert, mit allerlei Schlagzeug, das der Apparat vorzüglich wiedergibt, und dem schnalzenden Geknack der Kastagnetten, die aber eben nur als Jazz-Instrument und durchaus nicht spanisch wirken. Nein, spanisch nicht. Und er ist wieder bei seinen Berufsgedanken.

Nach einer halben Stunde fällt ihm ein, daß es nicht mehr als freundlich von ihm wäre, mit einer Schachtel Zigaretten zu der Lustbarkeit beizutragen. Es geht nicht an, findet er, daß die jungen Leute ihre eigenen Zigaretten rauchen – obgleich sie selbst sich wohl nicht viel dabei denken würden. Und er geht ins leere Eßzimmer und nimmt aus dem Wandschränkchen eine Schachtel von seinem Vorrat, nicht gerade die besten, oder doch nicht gerade die, die er selber am liebsten raucht, ein etwas zu langes und dünnes Format, das er nicht ungern los wird bei dieser Gelegenheit, denn schließlich sind es ja junge Leute. Er geht damit auf die Diele, hebt lächelnd die Schachtel hoch und stellt sie offen auf die Kaminplatte, um sich sogleich und nur unter leichter Umschau wieder gegen sein Zimmer zu wenden.

Eben ist Tanzpause, der Musikapparat schweigt. Man steht und sitzt an den Rändern der Diele plaudernd umher, an dem Mappentisch vor den Fenstern, auf den Stühlen vor dem Kamin. Auch auf den Stufen der eingebauten Treppe, ihrem reichlich schadhaften

Plüschläufer sitzt junge Welt amphitheatralisch: Max Hergesell zum Beispiel sitzt dort mit der üppig-hochstimmigen Plaichinger, die ihm ins Gesicht blickt, während er halb liegend zu ihr spricht, den einen Ellbogen hinter sich auf die nächsthöhere Stufe gestützt und mit der anderen Hand zu seinen Reden gestikulierend. Die Hauptfläche des Raumes ist leer; nur in der Mitte, gerade unter dem Kronleuchter, sieht man die beiden Kleinen in ihren blauen Kleidchen, ungeschickt umschlungen, sich still, benommen und langsam um sich selber drehen. Cornelius beugt sich im Vorbeigehen zu ihnen nieder und streicht ihnen mit einem guten Wort über das Haar, ohne daß sie sich dadurch stören ließen in ihrem kleinen, ernsthaften Tun. Aber an seiner Türe sieht er noch, wie stud. ing. Hergesell, wahrscheinlich weil er den Professor bemerkt hat, sich mit dem Ellbogen von der Stufe abstößt, herunterkommt und Lorchen aus den Ärmchen ihres Bruders nimmt, um selber drollig und ohne Musik mit ihr zu tanzen. Beinahe wie Cornelius selbst macht er es, wenn dieser mit den »vier Herren« spazieren geht, beugt tief die Knie, indem er sie anzufassen sucht wie eine Große und macht einige Shimmy-Schritte mit dem verschämten Lorchen. Wer es bemerkt, amüsiert sich sehr. Es ist das Zeichen, das Grammophon wieder laufen zu lassen, den Tanz allgemein wieder aufzunehmen. Der Professor, den Türgriff in der Hand, sieht einen Augenblick nickend und mit den Schultern lachend zu und tritt in sein Zimmer. Noch einige Minuten lang halten seine Züge das Lächeln von draußen mechanisch fest.

Er blättert wieder bei seiner Schirmlampe und schreibt, erledigt ein paar anspruchslose Sachlichkeiten. Nach einer Weile beobachtet er, daß die Gesellschaft sich von der Diele in den Salon seiner Frau hinüberzieht, welcher sowohl mit der Diele wie mit seinem Zimmer Verbindung hat. Dort wird nun gesprochen, und Gitarrenklänge mischen sich versuchend darein. Herr Möller will also singen, und er singt auch schon. Zu tönenden Gitarrengriffen singt der junge Beamte mit kräftiger Baßstimme ein Lied in fremder Sprache – kann sein, daß es Schwedisch ist; mit voller Bestimmtheit vermag der Professor es bis zum Schluß, dem mit großem Beifall aufgenommenen Schluß, nicht zu erkennen. Eine Portière ist hinter der Tür zum Salon, sie dämpft den Schall. Als ein neues Lied beginnt, geht Cornelius vorsichtig hinüber.

Es ist halb dunkel im Salon. Nur die verhüllte Stehlampe brennt, und in ihrer Nähe sitzt Möller mit übergeschlagenem Bein auf dem Truhenpolster und greift mit dem Daumen in die Saiten. Die Anordnung des Publikums ist zwanglos, trägt das Gepräge lässigen Notbehelfs, da für so viele Zuhörer nicht Sitzplätze vorhanden sind. Einige stehen, aber viele, auch junge Damen, sitzen einfach am Boden, auf dem Teppich, die Knie mit den Armen umschlungen oder auch die Beine vor sich gestreckt. Hergesell zum Beispiel, wiewohl im Smoking, sitzt so an der Erde, zu Füßen des Flügels, und neben ihm die Plaichinger. Auch die »Kleinen« sind da: Frau Cornelius, in ihrem Lehnstuhl dem Sänger gegenüber, hält sie beide auf dem Schoß, und Beißer, der Barbar, fängt in den Gesang hinein laut zu reden an, so daß er durch Zischen und Fingerdrohen eingeschüchtert werden muß. Nie würde Lorchen sich so etwas zuschulden kommen lassen: sie hält sich zart und still auf dem Knie der Mutter. Der Professor sucht ihren Blick, um seinem Kindchen heimlich zuzuwinken; aber sie sieht ihn nicht, obgleich sie auch den Künstler nicht zu beachten scheint. Ihre Augen gehen tiefer.

Möller singt den »Joli tambour«:

»Sire, mon roi, donnez-moi votre fille –«

Alle sind entzückt. »Wie gut!« hört man Hergesell in der nasalen und besonderen, gleichsam verwöhnten Art aller Hergesells sagen. Es folgt dann etwas Deutsches, wozu Herr Möller selbst die Melodie komponiert hat und was stürmischen Beifall bei der Jugend findet, ein Bettlerlied:

»Bettelweibel will kirfarten gehn,
Jejucheh!

Bettelmandl will a mitgehn,
Tideldumteideh.«

Geradezu Jubel herrscht nach dem fröhlichen Bettlerlied. »Wie ausnehmend gut!« sagt Hergesell wieder auf seine Art. Noch etwas Ungarisches kommt, auch ein Schlager, in der wildfremden Originalsprache vorgetragen, und Möller hat starken Erfolg. Auch der Professor beteiligt sich ostentativ an dem Applaus. Dieser Einschlag von Bildung und historisierend-rückblickender Kunstübung in die Shimmy-Geselligkeit erwärmt ihn. Er tritt an Möller heran, gratuliert ihm und unterhält sich mit ihm über das Vorgetragene, über seine Quellen, ein Liederbuch mit Noten, das Möller ihm zur Einsichtnahme zu leihen verspricht. Cornelius ist um so liebenswürdiger gegen ihn, als er, nach Art aller Väter, die Gaben und Werte des fremden jungen Menschen sofort mit denen seines eigenen Sohnes vergleicht und Unruhe, Neid und Beschämung dabei empfindet. Da ist nun dieser Möller, denkt er, ein tüchtiger Bankbeamter. (Er weiß gar nicht, ob Möller in der Bank so sehr tüchtig ist.) Und dabei hat er noch dies spezielle Talent aufzuweisen, zu dessen Ausbildung natürlich Energie und Studium gehört haben. Dagegen mein armer Bert, der nichts weiß und nichts kann und nur daran denkt, den Hanswursten zu spielen, obgleich er gewiß nicht einmal dazu Talent hat! – Er möchte gerecht sein, sagt sich versuchsweise, daß Bert bei alledem ein feiner Junge ist, mit mehr Fonds vielleicht als der erfolgreiche Möller; daß möglicherweise ein Dichter in ihm steckt oder so etwas, und daß seine tänzerischen Kellnerpläne bloß knabenhaftes und zeitverstörtes Irrlichtelieren sind. Aber sein neidvoller Vaterpessimismus ist stärker. – Als Möller noch einmal zu singen beginnt, geht Doktor Cornelius wieder zu sich hinüber.

Es wird sieben, während er es bei geteilter Aufmerksamkeit treibt wie bisher; und da ihm noch ein kurzer, sachlicher Brief einfällt, den er ganz gut jetzt schreiben kann, wird es – denn Schreiben ist ein sehr starker Zeitvertreib – beinahe halb acht. Halb neun Uhr soll der italienische Salat eingenommen werden, und so heißt es denn nun ausgehen für den Professor, seine Post einwerfen und sich im Winterdunkel sein Quantum Luft und Bewegung verschaffen. Längst ist der Ball auf der Diele wieder eröffnet; er muß hindurch, um zu seinem Mantel und seinen Überschuhen zu gelangen, aber das hat weiter nichts Spannendes mehr: er ist ja ein wiederholt gesehener Hospitant bei der Jugendgeselligkeit und braucht nicht zu fürchten, daß er stört. Er tritt hinaus, nachdem er seine Papiere verwahrt und seine Briefe an sich genommen, und verweilt sich sogar etwas auf der Diele, da er seine Frau in einem Lehnstuhl neben der Tür seines Zimmers sitzend findet.

Sie sitzt dort und sieht zu, zuweilen besucht von den Großen und anderen jungen Leuten, und Cornelius stellt sich neben sie und blickt ebenfalls lächelnd in das Treiben, das nun offenbar auf den Höhepunkt seiner Lebhaftigkeit gekommen ist. Es sind noch mehr Zuschauer da: die blaue Anna, in strenger Beschränktheit, steht an der Treppe, weil die Kleinen der Festivität nicht satt werden und weil sie achtgeben muß, daß Beißer sich nicht zu heftig dreht und so sein allzu fettes Blut in gefährliche Wallung bringt. Aber auch die untere Welt will etwas vom Tanzvergnügen der Großen haben: sowohl die Damen Hinterhöfer wie auch Xaver stehen an der Tür zur Anrichte und unterhalten sich mit Zusehen. Fräulein Walburga, die ältere der deklassierten Schwestern und der kochende Teil (um sie nicht geradezu als Köchin zu bezeichnen, da sie es nicht gerne hört), schaut mit braunen Augen durch ihre dick geschliffene Rundbrille, deren Nasenbügel, damit er nicht drücke, mit einem Leinenläppchen umwunden ist – ein gutmütig-humoristischer Typ, während Fräulein Cäcilia, die jüngere, wenn auch nicht eben junge, wie stets eine äußerst süffisante Miene zur Schau trägt – in Wahrung ihrer Würde als ehemalige Angehörige des dritten Standes. Sehr bitter leidet Fräulein Cäcilia unter ihrem Sturz aus der kleinbürgerlichen Sphäre in die Dienstbotenregion. Sie lehnt es strikte ab, ein Mützchen oder sonst irgendein Abzeichen des Zimmermädchenberufs zu tragen, und ihre schwerste Stunde kommt regelmäßig am Mittwochabend, wenn Xaver Ausgang hat und sie servieren muß. Sie serviert mit abgewandtem Gesicht und gerümpfter Nase, eine gefallene Königin; es ist eine Qual und tiefe Bedrückung, ihre Erniedrigung mit anzusehen, und die »Kleinen«, als sie einmal zufällig am Abendessen teilnahmen, haben bei ihrem Anblick alle beide und genau gleichzeitig laut zu weinen begonnen.

Solche Leiden kennt Jung-Xaver nicht. Er serviert sogar recht gern, tut es mit einem gewissen sowohl natürlichen wie geübten Geschick, denn er war einmal Pikkolo. Sonst aber ist er wirklich ein ausgemachter Taugenichts und Windbeutel – mit positiven Eigenschaften, wie seine bescheidene Herrschaft jederzeit zuzugeben bereit ist, aber ein unmöglicher Windbeutel eben doch. Man muß ihn nehmen, wie er ist, und von dem Dornbusch nicht Feigen verlangen. Er ist ein Kind und Früchtchen der gelösten Zeit, ein rechtes Beispiel seiner Generation, ein Revolutionsdiener, ein sympathischer Bolschewist. Der Professor pflegt ihn als »Festordner« zu kennzeichnen, da er bei außerordentlichen, bei amüsanten Gelegenheiten durchaus seinen Mann steht, sich anstellig und gefällig erweist. Aber, völlig unbekannt mit der Vorstellung der Pflicht, ist er für die Erfüllung langweilig laufender, alltäglicher Obliegenheiten so wenig zu gewinnen, wie man gewisse Hunde dazu bringt, über den Stock zu springen. Offensichtlich wäre es gegen seine Natur, und das entwaffnet und stimmt zum Verzicht. Aus einem bestimmten, ungewöhnlichen und amüsanten Anlaß wäre er bereit, zu jeder beliebigen Nachtstunde das Bett zu verlassen. Alltäglich aber steht er nicht vor acht Uhr auf – er tut es nicht, er springt nicht über den Stock; aber den ganzen Tag schallen die Äußerungen seiner gelösten Existenz, sein Mundharmonikaspiel, sein rauher, aber gefühlvoller Gesang, sein fröhliches Pfeifen aus dem Küchen-Souterrain ins obere Haus empor, während der Rauch seiner Zigaretten die Anrichte füllt. Er steht und sieht den gefallenen Damen zu, die arbeiten. Des Morgens, wenn der Professor frühstückt, reißt er auf dessen Schreibtisch das Kalenderblatt ab – sonst legt er keine Hand an das Zimmer. Er soll das Kalenderblatt in Ruhe lassen, Doktor Cornelius hat es ihm oftmals anbefohlen, da dieser dazu neigt, auch das nächste noch abzureißen, und so Gefahr läuft, aus aller Ordnung zu geraten. Aber diese Arbeit des Blattabreißens gefällt dem jungen Xaver, und darum läßt er sie sich nicht nehmen.

Übrigens ist er ein Kinderfreund, das gehört zu seinen gewinnenden Seiten. Er spielt aufs treuherzigste mit den Kleinen im Garten, schnitzt und bastelt ihnen talentvoll dieses und jenes, ja liest ihnen sogar mit seinen dicken Lippen aus ihren Büchern vor, was wunderlich genug zu hören ist. Das Kino liebt er von ganzer Seele und neigt zu Schwermut, Sehnsucht und Selbstgesprächen, wenn er es besucht hat. Unbestimmte Hoffnungen, dieser Welt eines Tages persönlich anzugehören und darin sein Glück zu machen, bewegen ihn. Er begründet sie auf sein Schüttelhaar und seine körperliche Gewandtheit und Waghalsigkeit. Öfters besteigt er die Esche im Vorgarten, einen hohen, aber schwanken Baum, klettert von Zweig zu Zweig bis in den obersten Wipfel, so daß jedem angst und bange wird, der ihm zusieht. Oben zündet er sich eine Zigarette an, schwingt sich hin und her, daß der hohe Mast bis in seine Wurzeln schwankt, und hält Ausschau nach einem Kinodirektor, der des Weges kommen und ihn engagieren könnte.

Zöge er seine gestreifte Jacke aus und legte Zivil an, so könnte er einfach mittanzen; er würde nicht sonderlich aus dem Rahmen fallen. Die Freundschaft der Großen ist von gemischtem Äußeren; der bürgerliche Gesellschaftsanzug kommt wohl mehrmals vor unter den jungen Leuten, ist aber nicht herrschend: Typen von der Art des Lieder-Möller sind vielfach eingesprengt, und zwar sowohl weiblicherseits wie unter den jungen Herren. Dem Professor, der neben dem Sessel seiner Frau stehend ins Bild blickt, sind die sozialen Umstände dieses Nachwuchses beiläufig und vom Hörensagen bekannt. Es sind Gymnasiastinnen, Studentinnen und Kunstgewerblerinnen;

es sind im männlichen Teil manchmal rein abenteuerliche und von der Zeit ganz eigens erfundene Existenzen. Ein bleicher, lang aufgeschossener Jüngling mit Perlen im Hemd, Sohn eines Zahnarztes, ist nichts als Börsenspekulant und lebt nach allem, was der Professor hört, in dieser Eigenschaft wie Aladdin mit der Wunderlampe. Er hält sich ein Auto, gibt seinen Freunden Champagnersoupers und liebt es, bei jeder Gelegenheit Geschenke unter sie zu verteilen, kostbare kleine Andenken aus Gold und Perlmutter. Auch heute hat er den jungen Gastgebern Geschenke mitgebracht: einen goldenen Bleistift für Bert und für Ingrid ein Paar riesiger Ohrringe, wirkliche Ringe und von barbarischer Größe, die aber gottlob nicht im Ernst durchs Läppchen zu ziehen, sondern nur mit einer Zwicke darüber zu befestigen sind. Die »Großen« kommen und zeigen ihre Geschenke lachend den Eltern, und diese schütteln die Köpfe, indem sie sie bewundern, während Aladdin sich wiederholt aus der Ferne verbeugt.

Die Jugend tanzt eifrig, soweit man es Tanzen nennen kann, was sie da mit ruhiger Hingebung vollzieht. Das schiebt sich eigentümlich umfaßt und in neuartiger Haltung, den Unterleib vorgedrückt, die Schultern hochgezogen und mit einigem Wiegen der Hüften, nach undurchsichtiger Vorschrift schreitend, langsam auf dem Teppich umher, ohne zu ermüden, da man auf diese Weise gar nicht ermüden kann. Wogende Busen, erhöhte Wangen auch nur, sind nicht zu bemerken. Hie und da tanzen zwei junge Mädchen zusammen, zuweilen sogar zwei junge Männer; es ist ihnen alles einerlei. Sie gehen so zu den exotischen Klängen des Grammophons, das mit robusten Nadeln bedient wird, damit es laut klingt, und seine Shimmys, Foxtrotts und Onesteps erschallen läßt, diese Double Fox, Afrikanischen Shimmys, Java dances und Polka Creolas – wildes, parfümiertes Zeug, teils schmachtend, teils exerzierend, von fremdem Rhythmus, ein monotones, mit orchestralem Zierat, Schlagzeug, Geklimper und Schnalzen aufgeputztes Neger-Amüsement.

»Wie heißt die Platte?« erkundigt sich Cornelius bei der mit dem bleichen Spekulanten vorüberschiebenden Ingrid nach einem Stück, das nicht übel schmachtet und exerziert und ihn durch gewisse Einzelheiten der Erfindung vergleichsweise anmutet.

»Fürst von Pappenheim, Tröste dich, mein schönes Kind«, sagt sie und lächelt angenehm mit ihren weißen Zähnen.

Zigarettenrauch schwebt unter dem Kronleuchter. Der Geselligkeitsdunst hat sich verstärkt – dieser trocken-süßliche, verdickte, erregende, an Ingredienzien reiche Festbrodem, der für jeden Menschen, besonders aber für den, der eine allzu empfindliche Jugend überstand, so voll ist von Erinnerungen unreifer Herzenspein … Die »Kleinen« sind immer noch auf der Diele; bis acht dürfen sie mittun, da ihnen das Fest so große Freude macht. Die jungen Leute haben sich an ihre Teilnahme gewöhnt; sie gehören dazu auf ihre Art und gewissermaßen. Übrigens haben sie sich getrennt: Beißer dreht sich allein in seinem blausamtenen Kittelchen in der Mitte des Teppichs, während Lorchen drolligerweise hinter einem schiebenden Paar herläuft und den Tänzer an seinem Smoking festzuhalten sucht. Es ist Max Hergesell mit seiner Dame, der Plaichinger. Sie schieben gut, es ist ein Vergnügen, ihnen zuzusehen. Man muß einräumen, daß aus diesen Tänzen der wilden Neuzeit sehr wohl etwas Erfreuliches gemacht werden kann, wenn die rechten Leute sich ihrer annehmen. Der junge Hergesell führt vorzüglich, frei innerhalb der Regel, wie es scheint. Wie elegant er rückwärts auszuschreiten weiß, wenn Raum vorhanden ist! Aber auch auf dem Platz, im Gedränge versteht er sich mit Geschmack zu halten, unterstützt von der Schmiegsamkeit einer Partnerin, die die überraschende Grazie entwickelt, über welche volleibige Frauen manchmal verfügen. Sie plaudern Gesicht an Gesicht und scheinen das sie verfolgende Lorchen nicht zu beachten. Andere lachen über die Hartnäckigkeit der Kleinen, und Doktor Cornelius sucht, als die Gruppe an ihm vorüberkommt, sein Kindchen abzufangen und an sich zu ziehen. Aber Lorchen entwindet sich ihm fast gequält und will von Abel zur Zeit nichts wissen. Sie kennt ihn nicht, stemmt das Ärmchen gegen seine Brust und strebt, das liebe Gesichtchen abgewandt, nervös und belästigt von ihm fort, ihrer Caprice nach.

Der Professor kann nicht umhin, sich schmerzlich berührt zu fühlen. In diesem Augenblick haßt er das Fest, das mit seinen Ingredienzien das Herz seines Lieblings verwirrt und es ihm entfremdet. Seine Liebe, diese nicht ganz tendenzlose, an ihrer Wurzel nicht ganz einwandfreie Liebe ist empfindlich. Er lächelt mechanisch, aber seine Augen haben sich getrübt und sich irgendwo vor ihm auf dem Teppichmuster, zwischen den Füßen der Tanzenden »festgesehen«.

»Die Kleinen sollten zu Bette gehn«, sagt er zu seiner Frau. Aber sie bittet um noch eine Viertelstunde für die Kinder. Man habe sie ihnen zugesagt, da sie den Trubel so sehr genössen. Er lächelt wieder und schüttelt den Kopf, bleibt noch einen Augenblick an seinem Platz und geht dann in die Garderobe, die überfüllt ist von Mänteln, Tüchern, Hüten und Überschuhen.

Er hat Mühe, seine eigenen Sachen aus dem Wust hervorzukramen, und darüber kommt Max Hergesell in die Garderobe, indem er sich mit dem Taschentuch die Stirn wischt.

»Herr Professor«, sagt er im Tone aller Hergesells und dienert jugendlich, »... wollen Sie ausgehen? Das ist eine ganz blöde Kiste mit meinen Pumps, sie drücken wie Karl der Große. Das Zeug ist mir einfach zu klein, wie sich herausstellt, von der Härte ganz abgesehen. Es drückt mich hier auf den Nagel vom großen Zeh«, sagt er und steht auf einem Bein, während er den andern Fuß in beiden Händen hält, »daß es knapp in Worte zu fassen ist. Ich habe mich entschließen müssen, zu wechseln, die Straßenschuhe müssen nun doch dran glauben … Oh, darf ich Ihnen behilflich sein?«

»Aber danke!« sagt Cornelius. »Lassen Sie doch! Befreien Sie sich lieber von Ihrer Plage! Sehr liebenswürdig von Ihnen.« Denn Hergesell hat sich auf ein Knie niedergelassen und hakt ihm die Schließen seiner Überschuhe zu.

Der Professor bedankt sich, angenehm berührt von soviel respektvoll treuherziger Dienstfertigkeit. »Noch recht viel Vergnügen«, wünscht er, »wenn Sie gewechselt haben! Das geht natürlich nicht an, daß Sie in drückenden Schuhen tanzen. Unbedingt müssen Sie wechseln. Auf Wiedersehn, ich muß etwas Luft schöpfen.«

»Gleich tanze ich wieder mit Lorchen«, ruft Hergesell ihm noch nach. »Das wird mal eine prima Tänzerin, wenn sie in die Jahre kommt. Garantie!«

»Meinen Sie?« antwortet Cornelius vom Hausflur her. »Ja, Sie sind Fachmann und Champion. Daß Sie sich nur keine Rückgratverkrümmung zuziehen beim Bücken!«

Er winkt und geht. Netter Junge, denkt er, während er das Anwesen verläßt. Stud. ing., klare Direktion, alles in Ordnung. Dabei so gut aussehend und freundlich. – Und schon wieder faßt ihn der Vaterneid seines »armen Bert« wegen, diese Unruhe, die ihm die Existenz des fremden jungen Mannes im rosigsten Licht, die seines Sohnes aber im allertrübsten erscheinen läßt. So tritt er seinen Abendspaziergang an.

Er geht die Allee hinauf, über die Brücke und jenseits ein Stück flußaufwärts, die Uferpromenade entlang bis zur übernächsten Brücke. Es ist naßkalt und schneit zuweilen etwas. Er hat den Mantelkragen aufgestellt, hält den Stock im Rücken, die Krücke an den einen Oberarm gehakt und ventiliert dann und wann seine Lunge tief mit der winterlichen Abendluft. Wie gewöhnlich bei dieser Bewegung denkt er an seine wissenschaftlichen Angelegenheiten, sein Kolleg, die Sätze, die er morgen über Philipps Kampf gegen den germanischen Umsturz sprechen will und die getränkt sein sollen mit Gerechtigkeit und Melancholie. Namentlich mit Gerechtigkeit! denkt er. Sie ist der Geist der Wissenschaft, das Prinzip der Erkenntnis und das Licht, in dem man den jungen Leuten die Dinge zeigen muß, sowohl um der geistigen Zucht willen, wie auch aus menschlich-persönlichen Gründen: um nicht bei ihnen anzustoßen und sie nicht mittelbar in ihren politischen Gesinnungen zu verletzen, die heutzutage natürlich schrecklich zerklüftet und gegensätzlich sind, so daß viel Zündstoff vorhanden ist und man sich leicht das Gescharr der einen Seite zuziehen, womöglich Skandal erregen kann, wenn man historisch Partei nimmt. Aber Parteinahme, denkt er, ist eben auch unhistorisch; historisch allein ist die Gerechtigkeit. Nur allerdings, eben darum und wohlüberlegt ... Gerechtigkeit ist nicht Jugendhitze und frisch-fromm-fröhliche Entschlossenheit, sie ist Melancholie. Da sie jedoch von Natur Melancholie ist, so sympathisiert sie auch von Natur und insgeheim mit der melancholischen, der aussichtslosen Partei und Geschichtsmacht mehr als mit der frisch-fromm-fröhlichen. Am Ende besteht sie aus solcher Sympathie und wäre ohne sie gar nicht vorhanden? Am Ende gibt es also gar keine Gerechtigkeit? fragt sich der Professor und ist in diesen Gedanken so vertieft, daß er seine Briefe ganz unbewußt in den Kasten bei der übernächsten Brükke wirft und anfängt zurückzugehen. Es ist ein die Wissenschaft störender Gedanke, dem er da nachhängt, aber er ist selber Wissenschaft, Gewissensangelegenheit, Psychologie und muß pflichtgemäß vorurteilslos aufgenommen werden, ob er nun stört oder nicht ... Unter solchen Träumereien kehrt Doktor Cornelius nach Hause zurück.

Im Torbogen der Haustür steht Xaver und scheint nach ihm auszuschauen.

»Herr Professor«, sagt Xaver mit seinen dicken Lippen und wirft das Haar zurü, »gehen S' nur glei nauf zum Lorchen. Die hat's.«

»Was gibt es?« fragt Cornelius erschrocken. »Ist sie krank?«

»Ne, krank grad net«, antwortet Xaver. »Bloß erwischt hat sie's und recht weinen tut s' alleweil recht heftik. Es is zwegn den Herrn, der wo mit ihr tanzt hat, den Frackjacketen, Herrn Hergesell. Net weg hat s' mögn von der Diele um kein Preis net und weint ganze Bäch. Recht erwischt hat sie's halt bereits recht heftik.«

»Unsinn«, sagt der Professor, der eingetreten ist und seine Sachen in die Garderobe wirft. Er sagt nichts weiter, öffnet die verkleidete Glastür zur Diele und gönnt der Tanzgesellschaft keinen Blick, während er rechtshin zur Treppe geht. Er nimmt die Treppe, indem er jede zweite Stufe überschlägt, und begibt sich über die obere Diele und noch einen kleinen Flur direkt ins Kinderzimmer, gefolgt von Xaver, der an der Tür stehen bleibt.

Im Kinderzimmer ist noch helles Licht. Ein bunter Bilderfries aus Papier läuft rings um die Wände, ein großes Regal ist da, das wirr mit Spielzeug gefüllt ist, ein Schaukelpferd mit rotlackierten Nüstern stemmt die Hufe auf seine geschwungenen Wiegebalken, und weiteres Spielzeug – eine kleine Trompete, Bauklötze, Eisenbahnwaggons – liegt noch auf dem

Linoleum des Fußbodens umher. Die weißen Geländerbettchen stehen nicht weit voneinander: das Lorchens ganz in der Ecke am Fenster und Beißers einen Schritt davon, frei ins Zimmer hinein.

Beißer schläft. Er hat wie gewöhnlich, unter Blau-Annas Assistenz, mit schallender Stimme gebetet und ist dann sofort in Schlaf gefallen, in seinen stürmischen, rot glühenden, ungeheuer festen Schlaf, in dem auch ein neben seinem Lager abgefeuerter Kanonenschuß ihn nicht stören würde: seine geballten Fäuste, aufs Kissen zurückgeworfen, liegen zu beiden Seiten des Kopfes, neben der von vehementem Schlaf zerzausten, verklebten, schlecht sitzenden kleinen Perücke.

Lorchens Bett ist von Frauen umgeben: außer der blauen Anna stehen auch die Damen Hinterhöfer an seinem Geländer und besprechen sich mit jener sowohl wie untereinander. Sie treten zur Seite, als der Professor sich nähert, und da sieht man denn Lorchen in ihren kleinen Kissen sitzen, bleich und so bitterlich weinend und schluchzend, wie Doktor Cornelius sich nicht erinnert, sie je gesehn zu haben. Ihre schönen kleinen Hände liegen vor ihr auf der Decke, das mit einer schmalen Spitzenkante versehene Nachthemdchen ist ihr von einer ihrer spatzenhaft mageren Schultern geglitten, und den Kopf, dies süße Köpfchen, das Cornelius so liebt, weil es mit seinem vorgebauten Untergesichtchen so ungewöhnlich blütenhaft auf dem dünnen Stengel des Hälschens sitzt, hat sie schräg in den Nacken gelegt, so daß ihre weinenden Augen hinauf in den Winkel von Decke und Wand gerichtet sind, und dorthin scheint sie ihrem eigenen großen Herzeleid beständig zuzunicken; denn, sei es willkürlich und ausdrucksweise, sei es durch die Erschütterung des Schluchzens – ihr Köpfchen nickt und wackelt immerfort, ihr beweglicher Mund aber, mit der bogenförmig geschnittenen Oberlippe, ist halb geöffnet, wie bei einer kleinen mater dolorosa, und während die Tränen ihren Augen entstürzen, stößt sie monotone Klagelaute aus, die nichts mit dem ärgerlichen und überflüssigen Geschrei unartiger Kinder zu tun haben, sondern aus wirklicher Herzensnot kommen und dem Professor, der Lorchen überhaupt nicht weinen sehen kann, sie aber so noch nie gesehen hat, ein unerträgliches Mitleid zufügen. Dies Mitleid äußert sich vor allem in schärfster Nervosität gegen die beistehenden Damen Hinterhöfer.

»Mit dem Abendessen«, sagt er bewegt, »gibt es sicher eine Menge zu tun. Wie es scheint, überläßt man es der gnädigen Frau allein, sich darum zu kümmern?«

Das genügt für die Feinhörigkeit ehemaliger Mittelstandspersonen. In echter Gekränktheit entfernen sie sich, an der Tür auch noch mimisch verhöhnt von Xaver Kleinsgütl, der frischweg und von vornherein gleich niedrig geboren ist und dem die Gesunkenheit der Damen allezeit den größten Spaß macht.

»Kindchen, Kindchen«, sagt Cornelius gepreßt und schließt das leidende Lorchen in seine Arme, indem er sich auf den Stuhl am Gitterbettchen niederläßt. »Was ist denn mit meinem Kindchen?«

Sie benäßt sein Gesicht mit ihren Tränen.

»Abel ... Abel ...« stammelt sie schluchzend, »warum ... ist ... Max ... nicht mein Bruder? Max ... soll ... mein Bruder sein ...«

Was für ein Unglück, was für ein peinliches Unglück! Was hat die Tanzgeselligkeit da angerichtet mit ihren Ingredienzien! denkt Cornelius und blickt in voller Ratlosigkeit zur blauen Kinds-Anna auf, welche, die Hände auf der Schürze zusammengelegt, in würdiger Beschränktheit am Fußende des Bettchens steht. »Es verhält sich an dem«, sagt sie streng und weise, mit angezogener Unterlippe, »daß bei dem Kind die weiblichen Triebe ganz uhngemein lepphaft in Vorschein treten.«

»Halten Sie doch den Mund«, antwortet Cornelius gequält. Er muß noch froh sein, daß Lorchen sich ihm wenigstens nicht entzieht, ihn nicht von sich weist, wie vorhin auf der Diele, sondern sich hilfesuchend an ihn schmiegt, während sie ihren törichten, verworrenen Wunsch wiederholt, daß Max doch ihr Bruder sein möchte, und aufjammernd verlangt, zu ihm, auf die Diele, zurückzukehren, damit er wieder mit ihr tanze. Aber Max tanzt ja auf der Diele mit Fräulein Plaichinger, die ein ausgewachsener Koloß ist und alle Rechte auf ihn hat – während Lorchen dem von Mitleid zerrissenen Professor noch nie so winzig und spatzenhaft vorgekommen ist wie jetzt, da sie sich hilflos, von Schluchzen gestoßen, an ihn schmiegt und nicht weiß, wie ihrem armen Seelchen geschieht. Sie weiß es nicht. Es ist ihr nicht deutlich, daß sie um der dicken, ausgewachsenen, vollberechtigten Plaichinger willen leidet, die auf der Diele mit Max Hergesell tanzen darf, während Lorchen es nur spaßeshalber einmal durfte, nur im Scherz, obgleich sie die unvergleichlich Lieblichere ist. Daraus aber dem jungen Hergesell einen Vorwurf zu machen, ist durchaus unmöglich, da es eine wahnsinnige Zumutung an ihn enthalten würde. Lorchens Kummer ist recht- und heillos und müßte sich also verbergen. Da er aber ohne Verstand ist, ist er auch ohne Hemmung, und das erzeugt eine große Peinlichkeit. Blau-Anna und Xaver machen sich gar nichts aus dieser Peinlichkeit, zeigen sich unempfindlich für sie, sei es aus Dummheit, sei es aus trockenem Natursinn. Aber des Professors Vaterherz ist ganz zerrissen von ihr und von den beschämenden Schrecken der recht- und heillosen Leidenschaft.

Es hilft nichts, daß er dem armen Lorchen vorhält, wie sie ja doch einen ausgezeichneten kleinen Bruder habe, in der Person des heftig schlafenden Beißer nebenan. Sie wirft nur durch ihre Tränen einen verächtlichen Schmerzensblick hinüber zum andern Bettchen und verlangt nach Max. Es hilft auch nichts, daß er ihr für morgen einen ausgedehnten Fünf-Herren-Spaziergang ums Eßzimmer verspricht und ihr zu schildern versucht, in welcher glänzenden Ausführlichkeit sie das Kissenspiel vor Tische vollziehen wollen. Sie will von alldem nichts wissen, auch nicht davon, sich niederzulegen und einzuschlafen. Sie will nicht schlafen, sie will aufrecht sitzen und leiden … Aber da horchen beide, Abel und Lorchen, auf etwas Wunderbares, was nun geschieht, was sich schrittweise, in zwei Paar Schritten, dem Kinderzimmer nähert und überwältigend in Erscheinung tritt …

Es ist Xavers Werk – sofort wird das klar. Xaver Kleinsgütl ist nicht die ganze Zeit an der Tür gestanden, wo er die ausgewiesenen Damen verhöhnte. Er hat sich geregt, etwas unternommen und seine Anstalten getroffen. Er ist auf die Diele hinuntergestiegen, hat Herrn Hergesell am Ärmel gezogen, ihm mit seinen dicken Lippen etwas gesagt und eine Bitte an ihn gerichtet. Da sind sie nun beide. Xaver bleibt wiederum an der Tür zurück, nachdem er das Seine getan; aber Max Hergesell kommt durch das Zimmer auf Lorchens Gitterbett zu, in seinem Smoking, mit seinem kleinen dunklen Backenbart-Anflug neben den Ohren und seinen hübschen schwarzen Augen – kommt daher im sichtlichen Vollgefühl seiner Rolle als Glückbringer, Märchenprinz und Schwanenritter, wie einer, der sagt: Nun denn, da bin ich, alle Not hat nun restlos ein Ende!

Cornelius ist fast ebenso überwältigt wie Lorchen. »Sieh einmal«, sagt er schwach, »wer da kommt. Das ist aber außerordentlich freundlich von Herrn Hergesell.«

»Das ist gar nicht besonders freundlich von ihm!« sagt Hergesell. »Das ist ganz selbstverständlich, daß er noch mal nach seiner Tänzerin sieht und ihr gute Nacht sagt.«

Und er tritt an das Gitter, hinter dem das verstummte Lorchen sitzt. Sie lächelt selig durch ihre Tränen. Ein kleiner, hoher Laut, ein halbes Seufzen des Glücks kommt noch aus ihrem Mund, und dann blickt sie schweigend zum Schwanenritter auf, mit ihren goldnen Augen, die, obgleich nun verquollen und rot, so unvergleichlich viel lieblicher sind als die der vollbeleibten Plaichinger. Sie hebt nicht die Ärmchen, ihn zu umhalsen. Ihr Glück, wie ihr Schmerz, ist ohne Verstand, aber sie tut das nicht. Ihre schönen, kleinen Hände bleiben still auf der Decke, während Max Hergesell sich mit den Armen auf das Gitter stützt wie auf eine Balkonbrüstung.

»Damit sie nicht«, sagt er, »auf ihrem Bette weinend sitzt die kummervollen Nächte!« Und er äugelt nach dem Professor, um Beifall einzuheimsen für seine Bildung. »Ha, ha, ha, in den Jahren! ›Tröste dich, mein schönes Kind!‹ Du bist gut. Aus dir kann was werden. Du brauchst bloß so zu bleiben. Ha, ha, ha, in den Jahren! Wirst du nun schlafen und nicht mehr weinen, Loreleyerl, wo ich gekommen bin?«

Verklärt blickt Lorchen ihn an. Ihr Spatzenschulterchen ist bloß; der Professor zieht ihr die schmale Klöppelborte darüber. Er muß an eine sentimentale Geschichte denken von dem sterbenden Kind, dem man einen Clown bestellt, den es im Zirkus mit unauslöschlichem Entzücken gesehen. Er kam im Kostüm zu dem Kind in dessen letzter Stunde, vorn und hinten mit silbernen Schmetterlingen bestickt, und es starb in Seligkeit. Max Hergesell ist nicht bestickt, und Lorchen soll gottlob nicht sterben, sondern es hat sie nur »recht heftik erwischt«; aber sonst ist es wirklich eine verwandte Geschichte, und die Empfindungen, die den Professor gegen den jungen Hergesell beseelen, der da lehnt und gar dämlich schwatzt – mehr für den Vater als für das Kind, was Lorchen aber nicht merkt –, sind ganz eigentümlich aus Dankbarkeit, Verlegenheit, Haß und Bewunderung zusammengequirlt.

»Gute Nacht, Loreleyerl!« sagt Hergesell und gibt ihr über das Gitter die Hand. Ihr kleines, schönes, weißes Händchen verschwindet in seiner großen, kräftigen, rötlichen. »Schlafe gut«, sagt er. »Träume süß! Aber nicht von mir! Um Gottes willen! In den Jahren! Ha, ha, ha, ha!« Und er beendet seinen märchenhaften Clownsbesuch, von Cornelius zur Tür geleitet.

»Aber nichts zu danken! Aber absolut kein Wort zu verlieren!« wehrt er höflich-hochherzig ab, während sie zusammen dorthin gehen; und Xaver schließt sich ihm an, um drunten den italienischen Salat zu servieren.

Aber Doktor Cornelius kehrt zu Lorchen zurück, die sich nun niedergelassen, die Wange auf ihr flaches kleines Kopfkissen gelegt hat.

»Das war aber schön«, sagt er, während er zart die Decke über ihr ordnet, und sie nickt mit einem nachschluchzenden Atemzug. Wohl noch eine Viertelstunde sitzt er am Gitter und sieht sie entschlummern, dem Brüderchen nach, das den guten Weg schon soviel früher gefunden. Ihr seidiges braunes Haar gewinnt den schönen, geringelten Fall, den es im Schlafe zu zeigen pflegt; tief liegen die langen Wimpern über den Augen, aus denen sich soviel Leid ergossen; der engelhafte Mund mit der gewölbten, geschwungenen Oberlippe steht in süßer Befriedigung offen, und nur noch manchmal zittert in ihrem langsamen Atem ein verspätetes Schluchzen nach.

Und ihre Händchen, die weiß-rosig blütenhaften Händchen, wie sie da ruhen, das eine auf dem Blau der Steppdecke, das andere vor ihrem Gesicht auf dem Kissen! Doktor Cornelius' Herz füllt sich mit Zärtlichkeit wie mit Wein.

Welch ein Glück, denkt er, daß Lethe mit jedem Atemzug dieses Schlummers in ihre kleine Seele strömt; daß so eine Kindernacht zwischen Tag und Tag einen tiefen und breiten Abgrund bildet! Morgen, das ist gewiß, wird der junge Hergesell nur noch ein blasser Schatten sein, unkräftig, ihrem Herzen irgendwelche Verstörung zuzufügen, und in gedächtnisloser Lust wird sie mit Abel und Beißer dem Fünf-Herren-Spaziergang, dem spannenden Kissenspiel obliegen.

Dem Himmel sei Dank dafür!

Mario und der Zauberer
Ein tragisches Reiseerlebnis

Die Erinnerung an Torre di Venere ist atmosphärisch unangenehm. Ärger, Gereiztheit, Überspannung lagen von Anfang an in der Luft, und zum Schluß kam dann der Choc mit diesem schrecklichen Cipolla, in dessen Person sich das eigentümlich Bösartige der Stimmung auf verhängnishafte und übrigens menschlich sehr eindrucksvolle Weise zu verkörpern und bedrohlich zusammenzudrängen schien. Daß bei dem Ende mit Schrecken (einem, wie uns nachträglich schien, vorgezeichneten und im Wesen der Dinge liegenden Ende) auch noch die Kinder anwesend sein mußten, war eine traurige und auf Mißverständnis beruhende Ungehörigkeit für sich, verschuldet durch die falschen Vorspiegelungen des merkwürdigen Mannes. Gottlob haben sie nicht verstanden, wo das Spektakel aufhörte und die Katastrophe begann, und man hat sie in dem glücklichen Wahn gelassen, daß alles Theater gewesen sei.

Torre liegt etwa fünfzehn Kilometer von Portoclemente, einer der beliebtesten Sommerfrischen am Tyrrhenischen Meer, städtisch-elegant und monatelang überfüllt, mit bunter Hotel- und Basarstraße am

Meere hin, breitem, von Capannen, bewimpelten Burgen und brauner Menschheit bedecktem Strande und einem geräuschvollen Unterhaltungsbetrieb. Da der Strand, begleitet von Piniengehölz, auf das aus geringer Entfernung die Berge herniederblicken, diese ganze Küste entlang seine wohnlich-feinsandige Geräumigkeit behält, ist es kein Wunder, daß etwas weiterhin stillere Konkurrenz sich schon zeitig aufgetan hat: Torre di Venere, wo man sich übrigens nach dem Turm, dem es seinen Namen verdankt, längst vergebens umsieht, ist als Fremdenort ein Ableger des benachbarten Großbades und war während einiger Jahre ein Idyll für wenige, Zuflucht für Freunde des unverweltlichten Elementes. Wie es aber mit solchen Plätzen zu gehen pflegt, so hat sich der Friede längst eine Strecke weiter begeben müssen, der Küste entlang, nach Marina Petriera und Gott weiß wohin; die Welt, man kennt das, sucht ihn und vertreibt ihn, indem sie sich in lächerlicher Sehnsucht auf ihn stürzt, wähnend, sie könne sich mit ihm vermählen, und wo sie ist, da könne er sein; ja, wenn sie an seiner Stelle schon ihren Jahrmarkt aufgeschlagen hat, ist sie imstande zu glauben, er sei noch da. So ist Torre, wenn auch immer noch beschaulicher und bescheidener als Portoclemente, bei Italienern und Fremden stark in Aufnahme gekommen. Man geht nicht mehr in das Weltbad, wenn auch nur in dem Maße nicht mehr, daß dieses trotzdem ein lärmend ausverkauftes Weltbad bleibt; man geht nebenan, nach Torre, es ist sogar feiner, es ist außerdem billiger, und die Anziehungskraft dieser Eigenschaften fährt fort, sich zu bewähren, während die Eigenschaften selbst schon nicht mehr bestehen. Torre hat ein Grand Hôtel bekommen; zahlreiche Pensionen, anspruchsvolle und schlichtere, sind erstanden; die Besitzer und Mieter der Sommerhäuser und Pineta-Gärten oberhalb des Meeres sind am Strande keineswegs mehr ungestört; im Juli, August unterscheidet das Bild sich dort in nichts mehr von dem in Portoclemente: es wimmelt von zeterndem, zankendem, jauchzendem Badevolk, dem eine wie toll herabbrennende Sonne die Haut von den Nacken schält; flachbodige, grell bemalte Boote, von Kindern bemannt, deren tönende Vornamen, ausgestoßen von Ausschau haltenden Müttern, in heiserer Besorgnis die Lüfte erfüllen, schaukeln auf der blitzenden Bläue, und über die Gliedmaßen der Lagernden tretend bieten die Verkäufer von Austern, Getränken, Blumen, Korallenschmuck und Cornetti al burro, auch sie mit der belegten offenen Stimme des Südens, ihre Ware an.

So sah es am Strande von Torre aus, als wir kamen – hübsch genug, aber wir fanden dennoch, wir seien zu früh gekommen. Es war Mitte August, die italienische Saison stand noch in vollem Flor; das ist für Fremde der rechte Augenblick nicht, die Reize des Ortes schätzen zu lernen. Welch ein Gedränge nachmittags in den Garten-Cafés der Strandpromenade, zum Beispiel im »Esquisito«, wo wir zuweilen saßen, und wo Mario uns bediente, derselbe Mario, von dem ich dann gleich erzählen werde! Man findet kaum einen Tisch, und die Musikkapellen, ohne daß eine von der anderen wissen wollte, fallen einander wirr ins Wort. Gerade nachmittags gibt es übrigens täglich Zuzug aus Portoclemente; denn natürlich ist Torre ein beliebtes Ausflugsziel für die unruhige Gästeschaft jenes Lustplatzes, und dank den hin und her sausenden Fiat-Wagen ist das Lorbeer- und Oleandergebüsch am Saum der verbindenden Landstraße von weißem Staube zolldick verschneit – ein merkwürdiger, aber abstoßender Anblick.

Ernstlich, man soll im September nach Torre di Venere gehen, wenn das Bad sich vom großen Publikum entleert hat, oder im Mai, bevor die Wärme des Meeres den Grad erreicht hat, der den Südländer dafür gewinnt, hineinzutauchen. Auch in der Vor- und Nachsaison ist es nicht leer dort, aber gedämpfter geht es dann zu und weniger national. Das Englische, Deutsche, Französische herrscht vor unter den Schattentüchern der Capannen und in den Speisesälen der Pensionen, während der Fremde noch im August wenigstens das Grand Hôtel, wo wir mangels persönlicherer Adressen Zimmer belegt hatten, so sehr in den Händen der florentinischen und römischen Gesellschaft findet, daß er sich isoliert und augenblicksweise wie ein Gast zweiten Ranges vorkommen mag.

Diese Erfahrung machten wir mit etwas Verdruß am Abend unserer Ankunft, als wir uns zum Diner im Speisesaal einfanden und uns von dem zuständigen Kellner einen Tisch anweisen ließen. Es war gegen diesen Tisch nichts einzuwenden, aber uns fesselte das Bild der anstoßenden, auf das Meer gehenden Glasveranda, die so stark wie der Saal, aber nicht restlos besetzt war, und auf deren Tischchen rotbeschirmte Lampen glühten. Die Kleinen zeigten sich entzückt von dieser Festlichkeit, und wir bekundeten einfach den Entschluß, unsere Mahlzeiten lieber in der Veranda einzunehmen – eine Äußerung der Unwissenheit, wie sich zeigte, denn wir wurden mit etwas verlegener Höflichkeit bedeutet, daß jener anheimelnde Aufenthalt »unserer Kundschaft«, »ai nostri clienti«, vorbehalten sei. Unseren Klienten? Aber das waren wir. Wir waren keine Passanten und Eintagsfliegen, sondern für drei oder vier Wochen Hauszugehörige, Pensionäre. Wir unterließen es übrigens, auf der Klarstellung des Unterschiedes zwischen unsersgleichen und jener Klientele, die bei rot glühenden Lämpchen speisen durfte, zu bestehen und nahmen das Pranzo an unserm allgemein und sachlich beleuchteten Saaltische – eine recht mittelmäßige Mahlzeit, charakterloses und wenig schmackhaftes Hotelschema; wir haben die Küche dann in der Pensione Eleonora, zehn Schritte landeinwärts, viel besser gefunden.

Dorthin nämlich siedelten wir schon über, bevor wir im Grand Hôtel nur erst warm geworden, nach drei oder vier Tagen – nicht der Veranda und ihrer Lämpchen wegen; die Kinder, sofort befreundet mit Kellnern und Pagen, von Meereslust ergriffen, hatten sich jene farbige Lockung sehr bald aus dem Sinn geschlagen. Aber mit gewissen Verandaklienten, oder richtiger wohl nur mit der Hotelleitung, die vor ihnen liebedienerte, ergab sich sogleich einer dieser Konflikte, die einem Aufenthalt von Anfang an den Stempel des Unbehaglichen aufdrücken können. Römischer Hochadel befand sich darunter, ein Principe X. mit Familie, und da die Zimmer dieser Herrschaften in Nachbarschaft der unsrigen lagen, war die Fürstin, große Dame und leidenschaftliche Mutter zugleich, in Schrecken versetzt worden durch die Restspuren eines Keuchhustens, den unsere Kleinen kurz zuvor gemeinsam überstanden hatten, und von dem schwache Nachklänge zuweilen noch nachts den sonst unerschütterlichen Schlaf des Jüngsten unterbrachen. Das Wesen dieser Krankheit ist wenig geklärt, dem Aberglauben hier mancher Spielraum gelassen, und so haben wir es unserer eleganten Nachbarin nie verargt, daß sie der weit verbreiteten Meinung anhing, der Keuchhusten sei akustisch ansteckend, und einfach für ihre Kleinen das schlechte Beispiel fürchtete. Im weiblichen Vollgefühl ihres Ansehens wurde sie vorstellig bei der Direktion, und diese, in der Person des bekannten Gehrockmanagers, beeilte sich, uns mit vielem Bedauern zu bedeuten, unter diesen Verhältnissen sei unsere Umquartierung in den Nebenbau des Hotels eine unumgängliche Notwendigkeit. Wir hatten gut beteuern, die Kinderkrankheit befinde sich im Stadium letzten Abklingens, sie habe als überwunden zu gelten und stelle keinerlei Gefahr für die Umgebung mehr dar. Alles, was uns zugestanden wurde, war, daß der Fall vor das medizinische Forum gebracht und der Arzt des Hauses – nur dieser, nicht etwa ein von uns bestellter – zur Entscheidung berufen werden möge. Wir willigten in dieses Abkommen, überzeugt, so sei zugleich die Fürstin zu beruhigen und für uns die Unbequemlichkeit eines Umzuges zu vermeiden. Der Doktor kommt und erweist sich als ein loyaler und aufrechter Diener der Wissenschaft. Er untersucht den Kleinen, erklärt das Übel für abgelaufen und verneint jede Bedenklichkeit. Schon glauben wir uns berechtigt, den Zwischenfall für beigelegt zu halten: da erklärt der Manager, daß wir die Zimmer räumten und in der Dependance Wohnung nähmen, bleibe auch nach den Feststellungen des Arztes geboten.

Dieser Byzantinismus empörte uns. Es ist unwahrscheinlich, daß die wortbrüchige Hartnäckigkeit, auf die wir stießen, diejenige der Fürstin war. Der servile Gastwirt hatte wohl nicht einmal gewagt, ihr von dem Votum des Doktors Mitteilung zu machen. Jedenfalls verständigten wir ihn dahin, wir zögen es vor, das Hotel überhaupt und sofort zu verlassen, – und packten. Wir konnten es leichten Herzens tun, denn schon mittlerweile hatten wir zur Pensione Eleonora, deren freundlich privates Äußere uns gleich in die Augen gestochen hatte, im Vorübergehen Beziehungen angeknüpft und in der Person ihrer Besitzerin, Signora Angiolieri, eine sehr sympathische Bekanntschaft gemacht. Frau Angiolieri, eine zierliche, schwarzäugige Dame, toskanischen Typs, wohl anfangs der Dreißiger, mit dem matten Elfenbeinteint der Südländerinnen, und ihr Gatte, ein sorgfältig gekleideter, stiller und kahler Mann, besaßen in Florenz ein größeres Fremdenheim und standen nur im Sommer und frühen Herbst der Filiale in Torre di Venere vor. Früher aber, vor ihrer Verheiratung, war unsere neue Wirtin Gesellschafterin, Reisebegleiterin, Garderobiere, ja Freundin der Duse gewesen, eine Epoche, die sie offenbar als die große, die glückliche ihres Lebens betrachtete, und von der sie bei unserem ersten Besuch sogleich mit Lebhaftigkeit zu erzählen begann. Zahlreiche Photographien der großen Schauspielerin, mit herzlichen Widmungen versehen, auch weitere Andenken an das Zusammenleben von einst schmückten die

Tischchen und Etageren von Frau Angiolieris Salon, und obgleich auf der Hand lag, daß der Kult ihrer interessanten Vergangenheit ein wenig auch die Anziehungskraft ihres gegenwärtigen Unternehmens erhöhen wollte, hörten wir doch, während wir durchs Haus geführt wurden, mit Vergnügen und Anteil ihren in stakkiertem und klingendem Toskanisch vorgetragenen Erzählungen von der leidenden Güte, dem Herzensgenie und dem tiefen Zartsinn ihrer verewigten Herrin zu.

Dorthin also ließen wir unsere Sachen bringen, zum Leidwesen des nach gut italienischer Art sehr kinderlieben Personals vom Grand Hôtel; die uns eingeräumte Wohnung war geschlossen und angenehm, der Kontakt mit dem Meere bequem, vermittelt durch eine Allee junger Platanen, die auf die Strandpromenade stieß, der Speisesaal, wo Mme. Angiolieri jeden Mittag eigenhändig die Suppe auffüllte, kühl und reinlich, die Bedienung aufmerksam und gefällig, die Beköstigung vortrefflich, sogar Wiener Bekannte fanden sich vor, mit denen man nach dem Diner vorm Hause plauderte, und die weitere Bekanntschaften vermittelten, und so hätte alles gut sein können – wir waren unseres Tausches vollkommen froh, und nichts fehlte eigentlich zu einem zufriedenstellenden Aufenthalt.

Dennoch wollte kein rechtes Behagen aufkommen. Vielleicht ging der törichte Anlaß unseres

Quartierwechsels uns gleichwohl nach, – ich persönlich gestehe, daß ich schwer über solche Zusammenstöße mit dem landläufig Menschlichen, dem naiven Mißbrauch der Macht, der Ungerechtigkeit, der kriecherischen Korruption hinwegkomme. Sie beschäftigten mich zu lange, stürzten mich in ein irritiertes Nachdenken, das seine Fruchtlosigkeit der übergroßen Selbstverständlichkeit und Natürlichkeit dieser Erscheinungen verdankt. Dabei fühlten wir uns mit dem Grand Hôtel nicht einmal überworfen. Die Kinder unterhielten ihre Freundschaften dort nach wie vor, der Hausdiener besserte ihnen ihr Spielzeug aus, und dann und wann tranken wir unseren Tee in dem Garten des Etablissements, nicht ohne der Fürstin ansichtig zu werden, welche, die Lippen korallenrot aufgehöht, mit zierlich festen Tritten erschien, um sich nach ihren von einer Engländerin betreuten Lieblingen umzusehen, und sich dabei unserer bedenklichen Nähe nicht vermutend war, denn streng wurde unserem Kleinen, sobald sie sich zeigte, untersagt, sich auch nur zu räuspern.

Die Hitze war unmäßig, soll ich das anführen? Sie war afrikanisch; die Schreckensherrschaft der Sonne, sobald man sich vom Saum der indigoblauen Frische löste, von einer Unerbittlichkeit, die die wenigen Schritte vom Strande zum Mittagstisch, selbst im bloßen Pyjama, zu einem im voraus beseufzten Unternehmen machte. Mögen Sie das? Mögen

Sie es wochenlang? Gewiß, es ist der Süden, es ist klassisches Wetter, das Klima erblühender Menschheitskultur, die Sonne Homers und so weiter. Aber nach einer Weile, ich kann mir nicht helfen, werde ich leicht dahin gebracht, es stumpfsinnig zu finden. Die glühende Leere des Himmels Tag für Tag fällt mir bald zur Last, die Grellheit der Farben, die ungeheure Naivität und Ungebrochenheit des Lichts erregt wohl festliche Gefühle, sie gewährt Sorglosigkeit und sichere Unabhängigkeit von Wetterlaunen und -rückschlägen; aber ohne daß man sich anfangs Rechenschaft davon gäbe, läßt sie tiefere, uneinfachere Bedürfnisse der nordischen Seele auf verödende Weise unbefriedigt und flößt auf die Dauer etwas wie Verachtung ein. Sie haben recht, ohne das dumme Geschichtchen mit dem Keuchhusten hätte ich es wohl nicht so empfunden; ich war gereizt, ich wollte es vielleicht empfinden und griff halb unbewußt ein bereitliegendes geistiges Motiv auf, um die Empfindung damit wenn nicht zu erzeugen, so doch zu legitimieren und zu verstärken. Aber rechnen Sie hier mit unserem bösen Willen, – was das Meer betrifft, den Vormittag im feinen Sande, verbracht vor seiner ewigen Herrlichkeit, so kann unmöglich dergleichen in Frage kommen, und doch war es so, daß wir uns, gegen alle Erfahrung, auch am Strande nicht wohl, nicht glücklich fühlten.

Zu früh, zu früh, er war, wie gesagt, noch in den

Händen der inländischen Mittelklasse, – eines augenfällig erfreulichen Menschenschlages, auch da haben Sie recht, man sah unter der Jugend viel Wohlschaffenheit und gesunde Anmut, war aber unvermeidlich doch auch umringt von menschlicher Mediokrität und bürgerlichem Kroppzeug, das, geben Sie es zu, von dieser Zone geprägt nicht reizender ist als unter unserem Himmel. Stimmen haben diese Frauen –! Es wird zuweilen recht unwahrscheinlich, daß man sich in der Heimat der abendländischen Gesangskunst befindet. »Fuggièro!« Ich habe den Ruf noch heute im Ohr, da ich ihn zwanzig Vormittage lang hundertmal dicht neben mir erschallen hörte, in heiserer Ungedecktheit, gräßlich akzentuiert, mit grell offenem è, hervorgestoßen von einer Art mechanisch gewordener Verzweiflung. »Fuggièro! Rispondi al mèno!« Wobei das sp populärerweise nach deutscher Art wie schp gesprochen wurde – ein Ärgernis für sich, wenn sowieso üble Laune herrscht. Der Schrei galt einem abscheulichen Jungen mit ekelerregender Sonnenbrandwunde zwischen den Schultern, der an Widerspenstigkeit, Unart und Bosheit das Äußerste zum besten gab, was mir vorgekommen, und außerdem ein großer Feigling war, imstande, durch seine empörende Wehleidigkeit den ganzen Strand in Aufruhr zu bringen. Eines Tages nämlich hatte ihn im Wasser ein Taschenkrebs in die Zehe gezwickt, und das antikische Heldenjammergeschrei, das er ob dieser winzigen Unannehmlichkeit erhob, war markerschütternd und rief den Eindruck eines schrecklichen Unglücksfalls hervor. Offenbar glaubte er sich aufs giftigste verletzt. Ans Land gekrochen, wälzte er sich in scheinbar unerträglichen Qualen umher, brüllte Ohi! und Oimè! und wehrte, mit Armen und Beinen um sich stoßend, die tragischen Beschwörungen seiner Mutter, den Zuspruch Fernerstehender ab. Die Szene hatte Zulauf von allen Seiten. Ein Arzt wurde herbeigeholt, es war derselbe, der unseren Keuchhusten so nüchtern beurteilt hatte, und wieder bewährte sich sein wissenschaftlicher Geradsinn. Gutmütig tröstend erklärte er den Fall für null und nichtig und empfahl einfach des Patienten Rückkehr ins Bad, zur Kühlung der kleinen Kniffwunde. Statt dessen aber wurde Fuggièro, wie ein Abgestürzter oder Ertrunkener, auf einer improvisierten Bahre mit großem Gefolge vom Strande getragen, – um schon am nächsten Morgen wieder, unter dem Scheine der Unabsichtlichkeit, anderen Kindern die Sandbauten zu zerstören. Mit einem Worte, ein Greuel.

Dabei gehörte dieser Zwölfjährige zu den Hauptträgern einer öffentlichen Stimmung, die, schwer greifbar in der Luft liegend, uns einen so lieben Aufenthalt als nicht geheuer verleiden wollte. Auf irgendeine Weise fehlte es der Atmosphäre an Unschuld, an Zwanglosigkeit; dies Publikum »hielt auf sich« – man wußte zunächst nicht recht, in welchem

Sinn und Geist, es prästabilierte Würde, stellte voreinander und vor dem Fremden Ernst und Haltung, wach aufgerichtete Ehrliebe zur Schau –, wieso? Man verstand bald, daß Politisches umging, die Idee der Nation im Spiele war. Tatsächlich wimmelte es am Strande von patriotischen Kindern, – eine unnatürliche und niederschlagende Erscheinung. Kinder bilden ja eine Menschenspezies und Gesellschaft für sich, sozusagen eine eigene Nation; leicht und notwendig finden sie sich, auch wenn ihr kleiner Wortschatz verschiedenen Sprachen angehört, auf Grund gemeinsamer Lebensform in der Welt zusammen. Auch die unsrigen spielten bald mit einheimischen sowohl wie solchen wieder anderer Herkunft. Offenbar aber erlitten sie rätselhafte Enttäuschungen. Es gab Empfindlichkeiten, Äußerungen eines Selbstgefühls, das zu heikel und lehrhaft schien, um seinen Namen ganz zu verdienen, einen Flaggenzwist, Streitfragen des Ansehens und Vorranges; Erwachsene mischten sich weniger schlichtend als entscheidend und Grundsätze wahrend ein, Redensarten von der Größe und Würde Italiens fielen, unheiter-spielverderberische Redensarten; wir sahen unsere beiden betroffen und ratlos sich zurückziehen und hatten Mühe, ihnen die Sachlage einigermaßen verständlich zu machen: Diese Leute, erklärten wir ihnen, machten soeben etwas durch, so einen Zustand, etwas wie eine Krankheit, wenn sie wollten, nicht sehr angenehm, aber wohl notwendig.

Es war unsere Schuld, wir hatten es unserer Lässigkeit zuzuschreiben, daß es zu einem Konflikt mit diesem von uns doch erkannten und gewürdigten Zustande kam, – noch einem Konflikt; es schien, daß die vorausgegangenen nicht ganz ungemischte Zufallserzeugnisse gewesen waren. Mit einem Worte, wir verletzten die öffentliche Moral. Unser Töchterchen, achtjährig, aber nach ihrer körperlichen Entwicklung ein gutes Jahr jünger zu schätzen und mager wie ein Spatz, die nach längerem Bad, wie es die Wärme erlaubte, ihr Spiel im nassen Kostüm wieder aufgenommen hatte, erhielt Erlaubnis, den von anklebendem Sande starrenden Anzug noch einmal im Meere zu spülen, um ihn dann wieder anzulegen und vor neuer Verunreinigung zu schützen. Nackt läuft sie zum wenige Meter entfernten Wasser, schwenkt ihr Trikot und kehrt zurück. Hätten wir die Welle von Hohn, Anstoß, Widerspruch voraussehen müssen, die ihr Benehmen, unser Benehmen also, erregte? Ich halte Ihnen keinen Vortrag, aber in der ganzen Welt hat das Verhalten zum Körper und seiner Nacktheit sich während der letzten Jahrzehnte grundsätzlich und das Gefühl bestimmend gewandelt. Es gibt Dinge, bei denen man sich »nichts mehr denkt«, und zu ihnen gehörte die Freiheit, die wir diesem so gar nicht herausfordernden Kinderleibe gewährt hatten. Sie wurde jedoch hierorts als Herausforderung empfunden. Die patriotischen Kinder johlten. Fuggièro pfiff auf den Fingern. Erregtes Gespräch unter Erwachsenen in unserer Nähe wurde laut und verhieß nichts Gutes. Ein Herr in städtischem Schniepel, den wenig strandgerechten Melonenhut im Nacken, versichert seinen entrüsteten Damen, er sei zu korrigierenden Schritten entschlossen; er tritt vor uns hin, und eine Philippika geht auf uns nieder, in der alles Pathos des sinnenfreudigen Südens sich in den Dienst spröder Zucht und Sitte gestellt findet. Die Schamwidrigkeit, die wir uns hätten zuschulden kommen lassen, hieß es, sei um so verurteilenswerter, als sie einem dankvergessenen und beleidigenden Mißbrauch der Gastfreundschaft Italiens gleichkomme. Nicht allein Buchstabe und Geist der öffentlichen Badevorschriften, sondern zugleich auch die Ehre seines Landes seien freventlich verletzt, und in Wahrung dieser Ehre werde er, der Herr im Schniepel, Sorge tragen, daß unser Verstoß gegen die nationale Würde nicht ungeahndet bleibe.

Wir taten unser Bestes, diese Suade mit nachdenklichem Kopfnicken anzuhören. Dem erhitzten Menschen widersprechen hätte zweifellos geheißen, von einem Fehler in den anderen fallen. Wir hatten dies und das auf der Zunge, zum Beispiel, daß nicht alle Umstände zusammenträfen, um das Wort Gastfreundschaft nach seiner reinsten Bedeutung ganz am Platze erscheinen zu lassen, und daß wir, ohne Euphemismus gesprochen, nicht sowohl die Gäste Italiens, sondern der Signora Angiolieri seien, welche eben seit einigen Jahren den Beruf einer Vertrauten der Duse gegen den der Gastlichkeit eingetauscht habe. Auch hatten wir Lust, zu antworten, wie wir nicht wüßten, daß die moralische Verwahrlosung in diesem schönen Lande je einen solchen Grad erreicht gehabt habe, daß ein solcher Rückschlag von Prüderie und Überempfindlichkeit begreiflich und notwendig erscheinen könne. Aber wir beschränkten uns darauf, zu versichern, daß jede Provokation und Respektlosigkeit uns fern gelegen habe, und entschuldigend auf das zarte Alter, die leibliche Unbeträchtlichkeit der kleinen Delinquentin hinzuweisen. Umsonst. Unsere Beteuerungen wurden als unglaubhaft, unsere Verteidigung als hinfällig zurückgewiesen und die Errichtung eines Exempels als notwendig behauptet. Telephonisch, wie ich glaube, wurde die Behörde benachrichtigt, ihr Vertreter erschien am Strande, er nannte den Fall sehr ernst, molto grave, und wir hatten ihm hinauf zum »Platze«, ins Municipio zu folgen, wo ein höherer Beamter das vorläufige Urteil »molto grave« bestätigte, sich in genau denselben, offenbar landläufigen didaktischen Redewendungen über unsere Tat erging wie der Herr im steifen Hut und uns ein Sühne- und Lösegeld von fünfzig Lire auferlegte. Wir fanden, diesen Beitrag zum italienischen Staatshaushalt müsse das Abenteuer uns wert sein, zahlten und gingen. Hätten wir nicht abreisen sollen?

Hätten wir es nur getan! Wir hätten dann diesen fatalen Cipolla vermieden; allein mehreres kam zusammen, den Entschluß zu einem Ortswechsel hintanzuhalten. Ein Dichter hat gesagt, es sei Trägheit, was uns in peinlichen Zuständen festhalte – man könnte das Aperçu zur Erklärung unserer Beharrlichkeit heranziehen. Auch räumt man nach solchem Vorkommnis nicht gern unmittelbar das Feld; man zögert, zuzugeben, daß man sich unmöglich gemacht habe, besonders wenn Sympathiekundgebungen von außen den Trotz ermutigen. In der Villa Eleonora gab es nur eine Stimme über die Ungerechtigkeit unseres Schicksals. Italienische Nach-Tisch-Bekannte wollten finden, es sei dem Rufe des Landes keineswegs zuträglich, und äußerten den Vorsatz, den Herrn im Schniepel landsmannschaftlich zur Rede zu stellen. Aber dieser selbst war vom Strande verschwunden, nebst seiner Gruppe, schon am nächsten Tag – nicht unseretwegen natürlich, aber es mag sein, daß das Bewußtsein seiner dicht bevorstehenden Abreise seiner Tatkraft zuträglich gewesen war, und jedenfalls erleichterte uns seine Entfernung. Um alles zu sagen: Wir blieben auch deshalb, weil der Aufenthalt uns merkwürdig geworden war, und weil Merkwürdigkeit ja in sich selbst einen Wert bedeutet, unabhängig von Behagen und Unbehagen. Soll man die Segel streichen und dem Erlebnis ausweichen, sobald es nicht vollkommen danach angetan ist, Heiterkeit und Vertrauen zu erzeugen? Soll man »abreisen«, wenn das Leben sich ein bißchen unheimlich, nicht ganz geheuer oder etwas peinlich und kränkend anläßt? Nein doch, man soll bleiben, soll sich das ansehen und sich dem aussetzen, gerade dabei gibt es vielleicht etwas zu lernen. Wir blieben also und erlebten als schrecklichen Lohn unserer Standhaftigkeit die eindrucksvoll-unselige Erscheinung Cipollas.

Daß fast in dem Augenblick unserer staatlichen Maßregelung die Nachsaison einsetzte, habe ich nicht erwähnt. Jener Gestrenge im steifen Hut, unser Angeber, war nicht der einzige Gast, der das Bad jetzt verließ; es gab große Abreise, man sah viele Handkarren mit Gepäck sich zur Station bewegen. Der Strand entnationalisierte sich, das Leben in Torre, in den Cafés, auf den Wegen der Pineta wurde sowohl intimer wie europäischer; wahrscheinlich hätten wir jetzt sogar in der Glasveranda des Grand Hôtel speisen können, aber wir nahmen Abstand davon, wir befanden uns am Tische der Signora Angiolieri vollkommen wohl, – das Wort Wohlbefinden in der Abschattung zu verstehen, die der Ortsdämon ihm zuteil werden ließ. Gleichzeitig aber mit dieser als wohltätig empfundenen Veränderung schlug auch das Wetter um, es zeigte sich fast auf die Stunde im

Einvernehmen mit dem Ferienkalender des großen Publikums. Der Himmel bedeckte sich, nicht daß es frischer geworden wäre, aber die offene Glut, die achtzehn Tage seit unserer Ankunft (und vorher wohl lange schon) geherrscht hatte, wich einer stickigen Sciroccoschwüle, und ein schwächlicher Regen netzte von Zeit zu Zeit den samtenen Schauplatz unserer Vormittage. Auch das: zwei Drittel unserer für Torre vorgesehenen Zeit waren ohnehin abgelebt; das schlaffe, entfärbte Meer, in dessen Flachheit träge Quallen trieben, war immerhin eine Neuigkeit; es wäre albern gewesen, nach einer Sonne zurückzuverlangen, der, als sie übermütig waltete, so mancher Seufzer gegolten hatte.

Zu diesem Zeitpunkt also zeigte Cipolla sich an. Cavaliere Cipolla, wie er auf den Plakaten genannt war, die eines Tages überall, auch im Speisesaal der Pensione Eleonora, sich angeschlagen fanden, – ein fahrender Virtuose, ein Unterhaltungskünstler, Forzatore, Illusionista und Prestidigitatore (so bezeichnete er sich), welcher dem hochansehnlichen Publikum von Torre di Venere mit einigen außerordentlichen Phänomenen geheimnisvoller und verblüffender Art aufzuwarten beabsichtigte. Ein Zauberkünstler! Die Ankündigung genügte, unseren Kleinen den Kopf zu verdrehen. Sie hatten noch nie einer solchen Darbietung beigewohnt, diese Ferienreise sollte ihnen die unbekannte Aufregung bescheren. Von Stund an lagen sie uns in den Ohren, für den Abend des Taschenspielers Eintrittskarten zu nehmen, und obgleich uns die späte Anfangsstunde der Veranstaltung, neun Uhr, von vornherein Bedenken machte, gaben wir in der Erwägung nach, daß wir ja nach einiger Kenntnisnahme von Cipollas wahrscheinlich bescheidenen Künsten nach Hause gehen, daß auch die Kinder am folgenden Morgen ausschlafen könnten, und erstanden von Signora Angiolieri selbst, die eine Anzahl von Vorzugsplätzen für ihre Gäste in Kommission hatte, unsere vier Karten. Sie konnte für solide Leistungen des Mannes nicht gutsagen, und wir versahen uns solcher kaum; aber ein gewisses Zerstreuungsbedürfnis empfanden wir selbst, und die dringende Neugier der Kinder bewährte eine Art von Ansteckungskraft.

Das Lokal, in dem der Cavaliere sich vorstellen sollte, war ein Saalbau, der während der Hochsaison zu wöchentlich wechselnden Cinema-Vorführungen gedient hatte. Wir waren nie dort gewesen. Man gelangte dahin, indem man, vorbei am »Palazzo«, einem übrigens verkäuflichen, kastellartigen Gemäuer aus herrschaftlichen Zeiten, die Hauptstraße des Ortes verfolgte, an der auch die Apotheke, der Coiffeur, die gebräuchlichsten Einkaufsläden zu finden waren, und die gleichsam vom Feudalen über das Bürgerliche ins Volkstümliche führte; denn sie lief zwischen ärmlichen Fischerwohnungen aus, vor deren Türen alte Weiber Netze flickten, und hier, schon im Populären, lag die »Sala«, nichts Besseres eigentlich als eine allerdings geräumige Bretterbude, deren torähnlicher Eingang zu beiden Seiten mit buntfarbigen und übereinandergeklebten Plakaten geschmückt war. Einige Zeit nach dem Diner also, am angesetzten Tage, pilgerten wir im Dunklen dorthin, die Kinder in festlichem Kleidchen und Anzug, beglückt von so viel Ausnahme. Es war schwül, wie seit Tagen, es wetterleuchtete manchmal und regnete etwas. Wir gingen unter Schirmen. Es war eine Viertelstunde Weges.

Im Durchgange kontrolliert, hatten wir unsere Plätze selbst aufzusuchen. Sie fanden sich in der dritten Bank links, und indem wir uns niederließen, mußten wir bemerken, daß man die ohnedies bedenkliche Anfangsstunde auch noch lax behandelte: nur sehr allmählich begann ein Publikum, das es darauf ankommen zu lassen schien, zu spät zu kommen, das Parterre zu besetzen, auf welches, da keine Logen vorhanden waren, der Zuschauerraum sich beschränkte. Diese Säumigkeit machte uns etwas besorgt. Den Kindern färbte schon jetzt eine mit Erwartung hektisch gemischte Müdigkeit die Wangen. Einzig die Stehplätze in den Seitengängen und im Hintergrunde waren bei unserer Ankunft schon komplett. Es stand da, halbnackte Arme auf gestreifter Trikotbrust verschränkt, allerlei autochthone Männlichkeit von Torre di Venere, Fischervolk, unternehmend blickende junge Burschen; und wenn wir mit der Anwesenheit dieser eingesessenen Volkstümlichkeit, die solchen Veranstaltungen erst Farbe und Humor verleiht, sehr einverstanden waren, so zeigten die Kinder sich entzückt davon. Denn sie hatten Freunde unter diesen Leuten, Bekanntschaften, die sie auf nachmittäglichen Spaziergängen am entfernteren Strande gemacht. Oft, um die Stunde, wenn die Sonne, müde ihrer gewaltigen Arbeit, ins Meer sank und den vordringenden Schaum der Brandung rötlich vergoldete, waren wir heimkehrend auf bloßbeinige Fischergruppen gestoßen, die in Reihen stemmend und ziehend, unter gedehnten Rufen ihre Netze eingeholt, ihren meist dürftigen Fang an Frutti di mare in triefende Körbe geklaubt hatten; und die Kleinen hatten ihnen zugesehen, ihre italienischen Brocken an den Mann gebracht, beim Strickziehen geholfen, Kameradschaft geschlossen. Jetzt tauschten sie Grüße mit der Sphäre der Stehplätze, da war Guiscardo, da war Antonio, sie kannten die Namen, riefen sie winkend mit halber Stimme hinüber und bekamen ein Kopfnicken, ein Lachen sehr gesunder Zähne zur Antwort. Sieh doch, da ist sogar Mario vom »Esquisito«, Mario, der uns die Schokolade bringt! Auch er will den Zauberer sehen, und er muß früh gekommen sein, er steht fast vorn, aber er bemerkt uns nicht, er gibt nicht acht, das ist so seine

Art, obgleich er ein Kellnerbursche ist. Dafür winken wir dem Manne zu, der am Strande die Paddelboote vermietet, und der auch da steht, ganz hinten.

Es wurde neun ein Viertel, es wurde beinahe halb zehn Uhr. Sie begreifen unsere Nervosität. Wann würden die Kinder ins Bett kommen? Es war ein Fehler gewesen, sie herzuführen, denn ihnen zuzumuten, den Genuß abzubrechen, kaum daß er recht begonnen, würde sehr hart sein. Mit der Zeit hatte das Parkett sich gut gefüllt; ganz Torre war da, so konnte man sagen, die Gäste des Grand Hôtel, die Gäste der Villa Eleonora und anderer Pensionen, bekannte Gesichter vom Strande. Man hörte Englisch und Deutsch. Man hörte das Französisch, das etwa Rumänen mit Italienern sprechen. Mme. Angiolieri selbst saß zwei Reihen hinter uns an der Seite ihres stillen und glatzköpfigen Gatten, der mit zwei mittleren Fingern seiner Rechten seinen Schnurrbart strich. Alle waren spät gekommen, aber niemand zu spät; Cipolla ließ auf sich warten.

Er ließ auf sich warten, das ist wohl der richtige Ausdruck. Er erhöhte die Spannung durch die Verzögerung seines Auftretens. Auch hatte man Sinn für diese Manier, aber nicht ohne Grenzen. Gegen halb zehn Uhr begann das Publikum zu applaudieren, – eine liebenswürdige Form, rechtmäßige Ungeduld zu äußern, da sie zugleich Beifallslust zum Ausdruck bringt. Für die Kleinen gehörte es schon zum Vergnügen, sich daran zu beteiligen. Alle Kinder lieben es, Beifall zu klatschen. Aus der populären Sphäre rief es energisch: »Pronti!« und »Cominciamo!« Und siehe, wie es zu gehen pflegt: Auf einmal war der Beginn, welche Hindernisse ihm nun so lange entgegengestanden haben mochten, leicht zu ermöglichen. Ein Gongschlag ertönte, der von den Stehplätzen mit mehrstimmigem Ah! beantwortet wurde, und die Gardine ging auseinander. Sie enthüllte ein Podium, das nach seiner Ausstattung eher einer Schulstube als dem Wirkungsfeld eines Taschenspielers glich, und zwar namentlich dank der schwarzen Wandtafel, die auf einer Staffelei links im Vordergrunde stand. Sonst waren noch ein gewöhnlicher gelber Kleiderständer, ein paar landesübliche Strohstühle und, weiter im Hintergrunde, ein Rundtischchen zu sehen, auf dem eine Wasserflasche mit Glas und, auf besonderem Tablett, ein Flakon voll hellgelber Flüssigkeit nebst Likörgläschen standen. Man hatte noch zwei Sekunden Zeit, diese Utensilien ins Auge zu fassen. Dann, ohne daß das Haus sich verdunkelt hätte, hielt Cavaliere Cipolla seinen Auftritt.

Er kam in jenem Geschwindschritt herein, in dem Erbötigkeit gegen das Publikum sich ausdrückt und der die Täuschung erweckt, als habe der Ankommende in diesem Tempo schon eine weite Strecke zurückgelegt, um vor das Angesicht der Menge zu gelangen, während er doch eben noch in der Kulisse stand. Der Anzug Cipollas unterstützte die Fiktion des Von-außen-her-Eintreffens. Ein Mann schwer bestimmbaren Alters, aber keineswegs mehr jung, mit scharfem, zerrüttetem Gesicht, stechenden Augen, faltig verschlossenem Munde, kleinem, schwarz gewichstem Schnurrbärtchen und einer sogenannten Fliege in der Vertiefung zwischen Unterlippe und Kinn, war er in eine Art von komplizierter Abendstraßeneleganz gekleidet. Er trug einen weiten schwarzen und ärmellosen Radmantel mit Samtkragen und atlasgefütterter Pelerine, den er mit den weiß behandschuhten Händen bei behinderter Lage der Arme vorn zusammenhielt, einen weißen Schal um den Hals und einen geschweiften, schief in die Stirne gerückten Zylinderhut. Vielleicht mehr als irgendwo ist in Italien das achtzehnte Jahrhundert noch lebendig und mit ihm der Typus des Scharlatans, des marktschreierischen Possenreißers, der für diese Epoche so charakteristisch war, und dem man nur in Italien noch in ziemlich wohl erhaltenen Beispielen begegnen kann. Cipolla hatte in seinem Gesamthabitus viel von diesem historischen Schlage, und der Eindruck reklamehafter und phantastischer Narretei, die zum Bilde gehört, wurde schon dadurch erweckt, daß die anspruchsvolle Kleidung ihm sonderbar, hier falsch gestrafft und dort in falschen Falten, am Leibe saß oder gleichsam daran aufgehängt war: Irgend etwas war mit seiner Figur nicht in Ordnung, vorn nicht und hinten nicht, – später wurde das deutlicher. Aber ich muß betonen, daß von persönlicher Scherzhaftigkeit oder gar Clownerie in seiner Haltung, seinen Mienen, seinem Benehmen nicht im geringsten die Rede sein konnte; vielmehr sprachen strenge Ernsthaftigkeit, Ablehnung alles Humoristischen, ein gelegentlich übellauniger Stolz, auch jene gewisse Würde und Selbstgefälligkeit des Krüppels daraus, – was freilich nicht hinderte, daß sein Verhalten anfangs an mehreren Stellen des Saales Lachen hervorrief.

Dies Verhalten hatte nichts Dienstfertiges mehr; die Raschheit seiner Auftrittsschritte stellte sich als reine Energieäußerung heraus, an der Unterwürfigkeit keinen Teil gehabt hatte. An der Rampe stehend und sich mit lässigem Zupfen seiner Handschuhe entledigend, wobei er lange und gelbliche Hände entblößte, deren eine ein Siegelring mit hochragendem Lasurstein schmückte, ließ er seine kleinen strengen Augen, mit schlaffen Säcken darunter, musternd durch den Saal schweifen, nicht rasch, sondern indem er hie und da auf einem Gesicht in überlegener Prüfung verweilte – verkniffenen Mundes, ohne ein Wort zu sprechen. Die zusammengerollten Handschuhe warf er mit ebenso erstaunlicher wie beiläufiger Geschicklichkeit über eine bedeutende Entfernung hin genau in das Wasserglas auf dem Rundtischchen und holte dann, immer stumm umherblickend, aus irgendwelcher inneren Tasche ein Päckchen Zigaretten hervor, die billigste Sorte der Regie, wie man am Karton erkannte, zog mit spitzen Fingern eine aus dem Bündel und entzündete sie, ohne hinzusehen, mit einem prompt funktionierenden Benzinfeuerzeug. Den tief eingeatmeten Rauch stieß er, arrogant grimassierend, beide Lippen zurückgezogen, dabei mit einem Fuße leise aufklopfend, als grauen Sprudel zwischen seinen schadhaft abgenutzten, spitzigen Zähnen hervor.

Das Publikum beobachtete ihn so scharf, wie es sich von ihm durchmustert sah. Bei den jungen Leuten auf den Stehplätzen sah man zusammengezogene Brauen und bohrende, nach einer Blöße spähende Blicke, die dieser allzu Sichere sich geben würde. Er gab sich keine. Das Hervorholen und Wiederverwahren des Zigarettenpäckchens und des Feuerzeuges war umständlich dank seiner Kleidung; er raffte dabei den Abendmantel zurück, und man sah, daß ihm über dem linken Unterarm an einer Lederschlinge unpassenderweise eine Reitpeitsche mit klauenartiger silberner Krücke hing. Man bemerkte ferner, daß er keinen Frack, sondern einen Gehrock trug, und da er auch diesen aufhob, erblickte man eine mehrfarbige, halb von der Weste verdeckte Schärpe, die Cipolla um den Leib trug, und die hinter uns sitzende Zuschauer in halblautem Austausch für das Abzeichen des Cavaliere hielten. Ich lasse das dahingestellt, denn ich habe nie gehört, daß mit dem Cavalieretitel ein derartiges Abzeichen verbunden ist. Vielleicht war die Schärpe reiner Humbug, so gut wie das wortlose Dastehen des Gauklers, der immer noch nichts tat, als dem Publikum lässig und wichtig seine Zigarette vorzurauchen.

Man lachte, wie gesagt, und die Heiterkeit wurde fast allgemein, als eine Stimme im Stehparterre laut und trocken »Buona sera!« sagte.

Cipolla horchte hoch auf. »Wer war das?« fragte er gleichsam zugreifend. »Wer hat soeben gesprochen? Nun? Zuerst so keck und nun bange? Paura, eh?« Er sprach mit ziemlich hoher, etwas asthmatischer, aber metallischer Stimme. Er wartete.

»Ich war's«, sagte in die Stille hinein der junge Mann, der sich so herausgefordert und bei der Ehre genommen sah, – ein schöner Bursche gleich neben uns, im Baumwollhemd, die Jacke über eine Schulter gehängt. Er trug sein schwarzes, starres Kraushaar hoch und wild, die Modefrisur des erweckten Vaterlandes, die ihn etwas entstellte und afrikanisch anmutete. »Bè... Das war ich. Es wäre Ihre Sache gewesen, aber ich zeigte Entgegenkommen.«

Die Heiterkeit erneuerte sich. Der Junge war nicht auf den Mund gefallen. »Ha sciolto lo scilinguagnolo«, äußerte man neben uns. Die populäre Lektion war schließlich am Platze gewesen.

»Ah bravo!« antwortete Cipolla. »Du gefällst mir,

Giovanotto. Willst du glauben, daß ich dich längst gesehen habe? Solche Leute, wie du, haben meine besondere Sympathie, ich kann sie brauchen. Offenbar bist du ein ganzer Kerl. Du tust, was du willst. Oder hast du schon einmal nicht getan, was du wolltest? Oder gar getan, was du nicht wolltest? Was nicht du wolltest? Höre, mein Freund, es müßte bequem und lustig sein, nicht immer so den ganzen Kerl spielen und für beides aufkommen zu müssen, das Wollen und das Tun. Arbeitsteilung müßte da einmal eintreten – sistema americano, sa'. Willst du zum Beispiel jetzt dieser gewählten und verehrungswürdigen Gesellschaft hier die Zunge zeigen, und zwar die ganze Zunge bis zur Wurzel?«

»Nein«, sagte der Bursche feindselig. »Das will ich nicht. Es würde von wenig Erziehung zeugen.«

»Es würde von gar nichts zeugen«, erwiderte Cipolla, »denn du tätest es ja nur. Deine Erziehung in Ehren, aber meiner Meinung nach wirst du jetzt, ehe ich bis drei zähle, eine Rechtswendung ausführen und der Gesellschaft die Zunge herausstrecken, länger, als du gewußt hattest, daß du sie herausstrekken könntest.«

Er sah ihn an, wobei seine stechenden Augen tiefer in die Höhlen zu sinken schienen. »Uno«, sagte er und ließ seine Reitpeitsche, deren Schlinge er vom Arme hatte gleiten lassen, einmal kurz durch die Luft pfeifen. Der Bursche machte Front gegen das Publikum und streckte die Zunge so angestrengt-überlang heraus, daß man sah, es war das Äußerste, was er an Zungenlänge nur irgend zu bieten hatte. Dann nahm er mit nichtssagendem Gesicht wieder seine frühere Stellung ein.

»Ich war's«, parodierte Cipolla, indem er zwinkernd mit dem Kopf auf den Jungen deutete. »Bè… das war ich.« Damit wandte er sich, das Publikum seinen Eindrücken überlassend, zum Rundtischchen, goß sich aus dem Flakon, das offenbar Kognak enthielt, ein Gläschen ein und kippte es geübt.

Die Kinder lachten von Herzen. Von den gewechselten Worten hatten sie fast nichts verstanden; daß aber zwischen dem kuriosen Mann dort oben und jemandem aus dem Publikum gleich etwas so Drolliges vor sich gegangen war, amüsierte sie höchlichst, und da sie von den Darbietungen eines Abends, wie er verheißen war, keine bestimmte Vorstellung hatten, waren sie bereit, diesen Anfang köstlich zu finden. Was uns betraf, so tauschten wir einen Blick, und ich erinnere mich, daß ich unwillkürlich mit den Lippen leise das Geräusch nachahmte, mit dem Cipolla seine Reitpeitsche hatte durch die Luft fahren lassen. Übrigens war klar, daß die Leute nicht wußten, was sie aus einer so ungereimten Eröffnung einer Taschenspielersoiree machen sollten, und nicht recht begriffen, was den Giovanotto, der doch sozusagen ihre Sache geführt hatte, plötzlich hatte bestimmen können, seine Keckheit gegen sie, das Publikum, zu wenden. Man fand sein Benehmen läppisch, kümmerte sich nicht weiter um ihn und wandte seine Aufmerksamkeit dem Künstler zu, der, vom Stärkungstischchen zurückkehrend, folgendermaßen zu sprechen fortfuhr: »Meine Damen und Herren«, sagte er mit seiner asthmatisch-metallischen Stimme, »Sie sahen mich soeben etwas empfindlich gegen die Belehrung, die dieser hoffnungsvolle junge Linguist« (»questo linguista di belle speranze«, – man lachte über das Wortspiel) »mir erteilen zu sollen glaubte. Ich bin ein Mann von einiger Eigenliebe, nehmen Sie das in Kauf! Ich finde keinen Geschmack daran, mir anders als ernsthaften und höflichen Sinnes guten Abend wünschen zu lassen, – es in entgegengesetztem Sinne zu tun, besteht wenig Anlaß. Indem man mir einen guten Abend wünscht, wünscht man sich selber einen, denn das Publikum wird nur in dem Falle einen guten Abend haben, daß ich einen habe, und darum tat dieser Liebling der Mädchen von Torre di Venere« (er hörte nicht auf, gegen den Burschen zu sticheln) »sehr wohl daran, sogleich einen Beweis dafür zu geben, daß ich heute einen habe und also auf seine Wünsche verzichten kann. Ich darf mich rühmen, fast lauter gute Abende zu haben. Ein schlechterer läuft wohl einmal mit unter, doch ist das selten. Mein Beruf ist schwer und meine Gesundheit nicht die robusteste; ich habe einen kleinen Leibesschaden zu beklagen, der mich außerstand gesetzt hat, am Kriege für die Größe des Vaterlandes teilzunehmen. Allein mit den Kräften meiner Seele und meines Geistes meistere ich das Leben, was ja immer nur heißt: sich selbst bemeistern, und schmeichle mir, mit meiner Arbeit die achtungsvolle Anteilnahme der gebildeten Öffentlichkeit erregt zu haben. Die führende Presse hat diese Arbeit zu schätzen gewußt, der Corriere della Sera erwies mir soviel Gerechtigkeit, mich ein Phänomen zu nennen, und in Rom hatte ich die Ehre, den Bruder des Duce unter den Besuchern eines der Abende zu sehen, die ich dort veranstaltete. Kleiner Gewohnheiten, die man mir an so glänzender und erhabener Stelle nachzusehen die Gewogenheit hatte, glaubte ich mich an einem vergleichsweise immerhin weniger bedeutenden Platz wie Torre di Venere« (man lachte auf Kosten des armen kleinen Torre) »nicht eigens entschlagen und nicht dulden zu sollen, daß Personen, die durch die Gunst des weiblichen Geschlechtes etwas verwöhnt scheinen, sie mir verweisen.« Jetzt hatte wieder der Bursche die Zeche zu zahlen, den Cipolla nicht müde wurde in der Rolle des donnaiuolo und ländlichen Hahnes im Korbe vorzuführen, – wobei die zähe Empfindlichkeit und Animosität, mit der er auf ihn zurückkam, in auffälligem Mißverhältnis zu den Äußerungen seines Selbstgefühles und zu den mondänen Erfolgen stand, deren er sich rühmte.

Gewiß mußte der Jüngling einfach als Belustigungsthema herhalten, wie Cipolla sich jeden Abend eines herauszugreifen und aufs Korn zu nehmen gewohnt sein mochte. Aber es sprach aus seinen Spitzen doch auch echte Gehässigkeit, über deren menschlichen Sinn ein Blick auf die Körperlichkeit beider belehrt haben würde, auch wenn der Verwachsene nicht beständig auf das ohne weiteres vorausgesetzte Glück des hübschen Jungen bei den Frauen angespielt hätte.

»Damit wir also unsere Unterhaltung beginnen«, setzte er hinzu, »erlauben Sie, daß ich es mir bequemer mache!«

Und er ging zum Kleiderständer, um abzulegen.

»Parla benissimo«, stellte man in unserer Nähe fest. Der Mann hatte noch nichts geleistet, aber sein Sprechen allein ward als Leistung gewürdigt, er hatte damit zu imponieren gewußt. Unter Südländern ist die Sprache ein Ingredienz der Lebensfreude, dem man weit lebhaftere gesellschaftliche Schätzung entgegenbringt, als der Norden sie kennt. Es sind vorbildliche Ehren, in denen das nationale Bindemittel der Muttersprache bei diesen Völkern steht, und etwas heiter Vorbildliches hat die genußreiche Ehrfurcht, mit der man ihre Formen und Lautgesetze betreut. Man spricht mit Vergnügen, man hört mit Vergnügen – und man hört mit Urteil. Denn es gilt als Maßstab für den persönlichen Rang, wie einer spricht; Nachlässigkeit, Stümperei erregen Verachtung, Eleganz und Meisterschaft verschaffen menschliches Ansehen, weshalb auch der kleine Mann, sobald es ihm um seine Wirkung zu tun ist, sich in gewählten Wendungen versucht und sie mit Sorgfalt gestaltet. In dieser Hinsicht also wenigstens hatte Cipolla sichtlich für sich eingenommen, obgleich er keineswegs dem Menschenschlag angehörte, den der Italiener, in eigentümlicher Mischung moralischen und ästhetischen Urteils, als »Simpatico« anspricht.

Nachdem er seinen Seidenhut, seinen Schal und Mantel abgetan, kam er, im Rock sich zurechtrückend, die mit großen Knöpfen verschlossenen Manschetten hervorziehend und an seiner Humbugschärpe ordnend, wieder nach vorn. Er hatte sehr häßliches Haar, das heißt: sein oberer Schädel war fast kahl, und nur eine schmale, schwarz gewichste Scheitelfrisur lief, wie angeklebt, vom Wirbel nach vorn, während das Schläfenhaar, ebenfalls geschwärzt, seitlich zu den Augenwinkeln hingestrichen war, – die Haartracht etwa eines altmodischen Zirkusdirektors, lächerlich, aber durchaus zum ausgefallenen Persönlichkeitsstil passend und mit so viel Selbstsicherheit getragen, daß die öffentliche Empfindlichkeit gegen ihre Komik verhalten und stumm blieb. Der »kleine Leibesschaden«, von dem er vorbeugend gesprochen hatte, war jetzt nur allzu deutlich sichtbar, wenn auch immer noch nicht ganz klar nach seiner Beschaffenheit: die Brust war zu hoch, wie gewohnt in solchen Fällen, aber der Verdruß im Rücken schien nicht an der gewohnten Stelle, zwischen den Schultern, zu sitzen, sondern tiefer, als eine Art Hüft- und Gesäßbuckel, der den Gang zwar nicht behinderte, aber ihn grotesk und bei jedem Schritt sonderbar ausladend gestaltete. Übrigens war der Unzuträglichkeit durch ihre Erwähnung gleichsam die Spitze abgebrochen worden, und zivilisiertes Feingefühl beherrschte angesichts ihrer spürbar den Saal.

»Zu Ihren Diensten!« sagte Cipolla. »Ihr Einverständnis vorausgesetzt, werden wir unser Programm mit einigen arithmetischen Übungen beginnen.«

Arithmetik? Das sah nicht nach Zauberkunststükken aus. Die Vermutung regte sich schon, daß der Mann unter falscher Flagge segelte; nur welches seine richtige war, blieb undeutlich. Die Kinder begannen mir leid zu tun; aber für den Augenblick waren sie einfach glücklich, dabei zu sein.

Das Zahlenspiel, das Cipolla nun anstellte, war ebenso einfach wie durch seine Pointe verblüffend. Er fing damit an, ein Blatt Papier mit einem Reißstift an der oberen rechten Ecke der Tafel zu befestigen und, indem er es hoch hob, mit Kreide etwas aufs Holz zu schreiben. Er redete unausgesetzt dabei, besorgt, seine Darbietungen durch immerwährende sprachliche Begleitung und Unterstützung vor Trockenheit zu bewahren, wobei er sich selbst ein zungengewandter und keinen Augenblick um einen plauderhaften Einfall verlegener Conférencier war. Daß er sogleich damit fortfuhr, die Kluft zwischen Podium und Zuschauerraum aufzuheben, die schon durch das sonderbare Geplänkel mit dem Fischerburschen überbrückt worden war; daß er also Vertreter des Publikums auf die Bühne nötigte und seinerseits über die hölzernen Stufen, die dort hinaufführten, herunterkam, um persönliche Berührung mit seinen Gästen zu suchen, gehörte zu seinem Arbeitsstil und gefiel den Kindern sehr. Ich weiß nicht, wie weit die Tatsache, daß er dabei sofort wieder in Häkeleien mit Einzelpersonen geriet, in seinen Absichten und seinem System lag, obgleich er sehr ernst und verdrießlich dabei blieb, – das Publikum, wenigstens in seinen volkstümlichen Elementen, schien jedenfalls der Meinung zu sein, daß dergleichen zur Sache gehöre.

Nachdem er nämlich ausgeschrieben und das Geschriebene unter dem Blatt Papier verheimlicht hatte, drückte er den Wunsch aus, zwei Personen möchten aufs Podium kommen, um beim Ausführen der bevorstehenden Rechnung behilflich zu sein. Das biete keine Schwierigkeiten, auch rechnerisch weniger Begabte seien ohne weiteres geeignet dazu. Wie gewöhnlich meldete sich niemand, und Cipolla hütete sich, den vornehmen Teil seines Publikums zu belästigen. Er hielt sich ans Volk und wandte sich an zwei lümmelstarke Burschen auf Stehplätzen im Hintergrunde des Saales, forderte sie heraus, sprach ihnen Mut zu, fand es tadelnswert, daß sie nur müßig gaffen und der Gesellschaft sich nicht gefällig erweisen wollten, und setzte sie wirklich in Bewegung. Mit plumpen Tritten kamen sie durch den Mittelgang nach vorn, erstiegen die Stufen und stellten sich, linkisch grinsend, unter den Bravi-Rufen ihrer Kameradschaft vor der Tafel auf. Cipolla scherzte noch ein paar Augenblicke mit ihnen, lobte die heroische Festigkeit ihrer Gliedmaßen, die Größe ihrer Hände, die ganz geschaffen seien, der Versammlung den erbetenen Dienst zu leisten, und gab dann dem einen den Kreidegriffel in die Hand mit der Weisung, einfach die Zahlen nachzuschreiben, die ihm würden zugerufen werden. Aber der Mensch erklärte, nicht schreiben zu können. »Non so scrivere«, sagte er mit grober Stimme, und sein Genosse fügte hinzu: »Ich auch nicht.«

Gott weiß, ob sie die Wahrheit sprachen oder sich nur über Cipolla lustig machen wollten. Jedenfalls war dieser weit entfernt, die Heiterkeit zu teilen, die ihr Geständnis erregte. Er war beleidigt und angewidert. Er saß in diesem Augenblick mit übergeschlagenem Bein auf einem Strohstuhl in der Mitte der Bühne und rauchte wieder eine Zigarette aus dem billigen Bündel, die ihm sichtlich desto besser mundete, als er, während die Trottel zum Podium stapften, einen zweiten Kognak zu sich genommen hatte. Wieder ließ er den tief eingezogenen Rauch zwischen den entblößten Zähnen ausströmen und blickte dabei, mit dem Fuße wippend, in strenger Ablehnung, wie ein Mann, der sich vor einer durchaus verächtlichen Erscheinung auf sich selbst und seine Würde zurückzieht, an den beiden fröhlichen Ehrlosen vorbei und auch über das Publikum hinweg ins Leere.

»Skandalös«, sagte er kalt und verbissen. »Geht an eure Plätze! Jedermann kann schreiben in Italien, dessen Größe der Unwissenheit und Finsternis keinen Raum bietet. Es ist ein schlechter Scherz, vor den Ohren dieser internationalen Gesellschaft eine Bezichtigung laut werden zu lassen, mit der ihr nicht nur euch selbst erniedrigt, sondern auch die Regierung und das Land dem Gerede aussetzt. Wenn wirklich Torre di Venere der letzte Winkel des Vaterlandes sein sollte, in den die Unkenntnis der Elementarwissenschaften sich geflüchtet hat, so müßte ich bedauern, einen Ort aufgesucht zu haben, von dem mir allerdings bekannt sein mußte, daß er an Bedeutung hinter Rom in dieser und jener Beziehung zurücksteht …«

Hier wurde er von dem Burschen mit der nubischen Haartracht und der Jacke über der Schulter unterbrochen, dessen Angriffslust, wie man nun sah, nur vorübergehend abgedankt hatte, und der sich erhobenen Hauptes zum Ritter seines Heimatstädtchens aufwarf.

»Genug!« sagte er laut. »Genug der Witze über

Torre. Wir alle sind von hier und werden nicht dulden, daß man die Stadt vor den Fremden verhöhnt. Auch diese beiden Leute sind unsere Freunde. Wenn sie keine Gelehrten sind, so sind sie dafür rechtschaffenere Jungen als vielleicht mancher andere im Saal, der mit Rom prahlt, obgleich er es auch nicht gegründet hat.«

Das war ja ausgezeichnet. Der junge Mensch hatte wahrhaftig Haare auf den Zähnen. Man unterhielt sich bei dieser Art von Dramatik, obgleich sie den Eintritt ins eigentliche Programm mehr und mehr verzögerte. Einem Wortwechsel zuzuhören, ist immer fesselnd. Gewisse Menschen belustigt das einfach, und sie genießen aus einer Art von Schadenfreude ihr Nichtbeteiligtsein; andere empfinden Beklommenheit und Erregung, und ich verstehe sie sehr gut, wenn ich auch damals den Eindruck hatte, daß alles gewissermaßen auf Übereinkunft beruhte, und daß sowohl die beiden analphabetischen Dickhäuter wie auch der Giovanotto in der Jacke dem Künstler halb und halb zur Hand gingen, um Theater zu produzieren. Die Kinder lauschten mit vollem Genuß. Sie verstanden nichts, aber die Akzente hielten sie in Atem. Das war also ein Zauberabend, zum mindesten ein italienischer. Sie fanden es ausdrücklich sehr schön.

Cipolla war aufgestanden und mit zwei aus der Hüfte ladenden Schritten an die Rampe gekommen.

»Aber sieh ein bißchen!« sagte er mit grimmiger

Herzlichkeit. »Ein alter Bekannter! Ein Jüngling, der das Herz auf der Zunge hat!« (Er sagte »sulla linguaccia«, was belegte Zunge heißt und große Heiterkeit hervorrief.) »Geht, meine Freunde!« wandte er sich an die beiden Tölpel. »Genug von euch, ich habe es jetzt mit diesem Ehrenmann zu tun, con questo torregiano di Venere, diesem Türmer der Venus, der sich zweifellos süßer Danksagungen versieht für seine Wachsamkeit …«

»Ah, non scherzamo! Reden wir ernst!« rief der Bursche.

Seine Augen blitzten, und er machte wahrhaftig eine Bewegung, als wollte er die Jacke abwerfen und zur direktesten Auseinandersetzung übergehen.

Cipolla nahm das nicht tragisch. Anders als wir, die einander bedenklich ansahen, hatte der Cavaliere es mit einem Landsmann zu tun, hatte den Boden der Heimat unter den Füßen. Er blieb kalt, zeigte vollkommene Überlegenheit. Eine lächelnde Kopfbewegung seitlich gegen den Kampfhahn, den Blick ins Publikum gerichtet, rief dieses zum mitlächelnden Zeugen seiner Rauflust auf, durch die der Gegner nur die Schlichtheit seiner Lebensform enthüllte. Und dann geschah abermals etwas Merkwürdiges, was jene Überlegenheit in ein unheimliches Licht setzte und die kriegerische Reizung, die von der Szene ausging, auf beschämende und unerklärliche Art ins Lächerliche zog.

Cipolla näherte sich dem Burschen noch mehr, wobei er ihm eigentümlich in die Augen sah. Er kam sogar die Stufen, die dort, links von uns, ins Auditorium führten, halbwegs herab, so daß er, etwas erhöht, dicht vor dem Streitbaren stand. Die Reitpeitsche hing an seinem Arm.

»Du bist nicht zu Scherzen aufgelegt, mein Sohn«, sagte er. »Das ist nur zu begreiflich, denn jedermann sieht, daß du nicht wohl bist. Schon deine Zunge, deren Reinheit zu wünschen übrigließ, deutete auf akute Unordnung des gastrischen Systems. Man sollte keine Abendunterhaltung besuchen, wenn man sich fühlt wie du, und du selbst, ich weiß es, hast geschwankt, ob du nicht besser tätest, ins Bett zu gehen und dir einen Leibwickel zu machen. Es war leichtsinnig, heute nachmittag so viel von diesem weißen Wein zu trinken, der schrecklich sauer war. Jetzt hast du die Kolik, daß du dich krümmen möchtest vor Schmerzen. Tu's nur ungescheut! Es ist eine gewisse Linderung verbunden mit dieser Nachgiebigkeit des Körpers gegen den Krampf der Eingeweide.«

Indem er dies Wort für Wort mit ruhiger Eindringlichkeit und einer Art strenger Teilnahme sprach, schienen seine Augen, in die des jungen Menschen getaucht, über ihren Tränensäcken zugleich welk und brennend zu werden, – es waren sehr sonderbare Augen, und man verstand, daß sein Partner nicht nur aus Mannesstolz die seinen nicht von ihnen lösen mochte. Auch war von solchem Hochmut alsbald in seinem bronzierten Gesicht nichts mehr zu bemerken. Er sah den Cavaliere mit offenem Munde an, und dieser Mund lächelte in seiner Offenheit verstört und kläglich.

»Krümme dich!« wiederholte Cipolla. »Was bleibt dir anderes übrig? Bei solcher Kolik muß man sich krümmen. Du wirst dich doch gegen die natürliche Reflexbewegung nicht sträuben, nur, weil man sie dir empfiehlt.«

Der junge Mann hob langsam die Unterarme, und während er sie anpressend über dem Leibe kreuzte, verbog sich sein Körper, wandte sich seitlich vornüber, tiefer und tiefer, ging bei verstellten Füßen und gegeneinandergekehrten Knien in die Beuge, so daß er endlich, ein Bild verrenkter Pein, beinahe am Boden hockte. So ließ Cipolla ihn einige Sekunden stehen, tat dann mit der Reitpeitsche einen kurzen Hieb durch die Luft und kehrte ausladend zum Rundtischchen zurück, wo er einen Kognak kippte.

»Il boît beaucoup«, stellte hinter uns eine Dame fest. War das alles, was ihr auffiel? Es wollte uns nicht deutlich werden, wie weit das Publikum schon im Bilde war. Der Bursche stand wieder aufrecht, etwas verlegen lächelnd, als wüßte er nicht so recht, wie ihm geschehen. Man hatte die Szene mit Spannung verfolgt und applaudierte ihr, als sie beendet war, indem man sowohl »Bravo, Cipolla!« wie »Bravo,

Giovanotto!« rief. Offenbar faßte man den Ausgang des Streites nicht als persönliche Niederlage des jungen Menschen auf, sondern ermunterte ihn wie einen Schauspieler, der eine klägliche Rolle lobenswert durchgeführt hat. Wirklich war seine Art, sich vor Leibschmerzen zu krümmen, höchst ausdrucksvoll, in ihrer Anschaulichkeit gleichsam für die Galerie berechnet und sozusagen eine schauspielerische Leistung gewesen. Aber ich bin nicht sicher, wieweit das Verhalten des Saales nur dem menschlichen Taktgefühl zuzuschreiben war, in dem der Süden uns überlegen ist, und wieweit es auf eigentlicher Einsicht in das Wesen der Dinge beruhte.

Der Cavaliere, gestärkt, hatte sich eine frische Zigarette angezündet. Der arithmetische Versuch konnte wieder in Angriff genommen werden. Ohne Schwierigkeit fand sich ein junger Mann aus den hinteren Sitzreihen, der bereit war, diktierte Ziffern auf die Tafel zu schreiben. Wir kannten ihn auch; die ganze Unterhaltung gewann etwas Familiäres dadurch, daß man so viele Gesichter kannte. Er war der Angestellte des Kolonialwaren- und Obstladens in der Hauptstraße und hatte uns mehrmals in guter Form bedient. Er handhabte die Kreide mit kaufmännischer Gewandtheit, während Cipolla, zu unserer Ebene herabgestiegen, sich in seiner verwachsenen Gangart durch das Publikum bewegte und Zahlen einsammelte, zwei-, drei- und vierstellige nach freier

Wahl, die er den Befragten von den Lippen nahm, um sie seinerseits dem jungen Krämer zuzurufen, der sie untereinander reihte. Dabei war alles, im wechselseitigen Einverständnis, auf Unterhaltung, Jux, rednerische Abschweifung berechnet. Es konnte nicht fehlen, daß der Künstler auf Fremde stieß, die mit der inländischen Zahlensprache nicht fertig wurden, und mit denen er sich lange auf hervorgekehrt ritterliche Art bemühte, unter der höflichen Heiterkeit der Landeskinder, die er dann wohl in Verlegenheit brachte, indem er sie nötigte, englisch und französisch vorgebrachte Ziffern zu verdolmetschen. Einige nannten Zahlen, die große Jahre aus der italienischen Geschichte bezeichneten. Cipolla erfaßte sie sofort und knüpfte im Weitergehen patriotische Betrachtungen daran. Jemand sagte »Zero!«, und der Cavaliere, streng beleidigt wie bei jedem Versuch, ihn zum Narren zu halten, erwiderte über die Schulter, das sei eine weniger als zweistellige Zahl, worauf ein anderer Spaßvogel »Null, null« rief und den Heiterkeitserfolg damit hatte, dessen die Anspielung auf natürliche Dinge unter Südländern gewiß sein kann. Der Cavaliere allein hielt sich würdig ablehnend, obgleich er die Anzüglichkeit geradezu herausgefordert hatte; doch gab er achselzuckend auch diesen Rechnungsposten dem Schreiber zu Protokoll.

Als etwa fünfzehn Zahlen in verschieden langen Gliedern auf der Tafel standen, verlangte Cipolla die gemeinsame Addition. Geübte Rechner möchten sie vor der Schrift im Kopfe vornehmen, aber es stand frei, Crayon und Taschenbuch zu Rate zu ziehen. Cipolla saß, während man arbeitete, auf seinem Stuhl neben der Tafel und rauchte grimassierend, mit dem selbstgefällig anspruchsvollen Gehaben des Krüppels. Die fünfstellige Summe war rasch bereit. Jemand teilte sie mit, ein anderer bestätigte sie, das Ergebnis eines Dritten wich etwas ab, das des Vierten stimmte wieder überein. Cipolla stand auf, klopfte sich etwas Asche vom Rock, lüftete das Blatt Papier an der oberen rechten Ecke der Tafel und ließ das dort von ihm Geschriebene sehen. Die richtige Summe, einer Million sich nähernd, stand schon da. Er hatte sie im voraus aufgezeichnet.

Staunen und großer Beifall. Die Kinder waren überwältigt. Wie er das gemacht habe, wollten sie wissen. Wir bedeuteten sie, das sei ein Trick, nicht ohne weiteres zu verstehen, der Mann sei eben ein Zauberkünstler. Nun wußten sie, was das war, die Soiree eines Taschenspielers. Wie erst der Fischer Leibschmerzen bekam und nun das fertige Resultat auf der Tafel stand, – es war herrlich, und wir sahen mit Besorgnis, daß es trotz ihrer heißen Augen und trotzdem die Uhr schon jetzt fast halb elf war, sehr schwer sein würde, sie wegzubringen. Es würde Tränen geben. Und doch war klar, daß dieser Bucklige nicht zauberte, wenigstens nicht im Sinne der

Geschicklichkeit, und daß dies gar nichts für Kinder war. Wiederum weiß ich nicht, was eigentlich das Publikum sich dachte; aber um die »freie Wahl« bei Bestimmung der Summanden war es offenbar recht zweifelhaft bestellt gewesen; dieser und jener der Befragten mochte wohl aus sich selbst geantwortet haben, im ganzen aber war deutlich, daß Cipolla sich seine Leute ausgesucht, und daß der Prozeß, abzielend auf das vorgezeichnete Ergebnis, unter seinem Willen gestanden hatte, – wobei immer noch sein rechnerischer Scharfsinn zu bewundern blieb, wenn das andere sich der Bewunderung seltsam entzog. Dazu der Patriotismus und die reizbare Würde: – die Landsleute des Cavaliere mochten sich bei alldem harmlos in ihrem Elemente fühlen und zu Späßen aufgelegt bleiben; den von außen Kommenden mutete die Mischung beklemmend an.

Übrigens sorgte Cipolla selbst dafür, daß der Charakter seiner Künste jedem irgendwie Wissenden unzweifelhaft wurde, freilich ohne daß ein Name, ein Terminus fiel. Er sprach wohl davon, denn er sprach immerwährend, aber nur in unbestimmten, anmaßenden und reklamehaften Ausdrücken. Er ging noch eine Weile auf dem eingeschlagenen experimentellen Wege fort, machte die Rechnungen erst verwickelter, indem er zur Zusammenzählung Übungen aus den anderen Spezies fügte, und vereinfachte sie dann aufs äußerste, um zu zeigen, wie es zuging. Er ließ einfach Zahlen »raten«, die er vorher unter das Blatt Papier geschrieben hatte. Es gelang fast immer. Jemand gestand, daß er eigentlich einen anderen Betrag habe nennen wollen; da aber im selben Augenblick die Reitpeitsche des Cavaliere vor ihm durch die Luft gepfiffen sei, habe er sich die Zahl entschlüpfen lassen, die sich dann auf der Tafel vorgefunden. Cipolla lachte mit den Schultern. Er heuchelte Bewunderung für das Ingenium der Befragten; aber diese Komplimente hatten etwas Höhnisches und Entwürdigendes, ich glaube nicht, daß sie von den Versuchspersonen angenehm empfunden wurden, obgleich sie dazu lächelten und den Beifall teilweise zu ihren Gunsten buchen mochten. Auch hatte ich nicht den Eindruck, daß der Künstler bei seinem Publikum beliebt war. Eine gewisse Abneigung und Aufsässigkeit war durchzufühlen; aber von der Höflichkeit zu schweigen, die solche Regungen im Zaum hielt, verfehlten Cipollas Können, seine strenge Sicherheit nicht, Eindruck zu machen, und selbst die Reitpeitsche trug, meine ich, etwas dazu bei, daß die Revolte im Unterirdischen blieb.

Vom bloßen Zahlenversuch kam er zu dem mit Karten. Es waren zwei Spiele, die er aus der Tasche zog, und so viel weiß ich noch, daß das Grund- und Musterbeispiel der Experimente, die er damit anstellte, dies war, daß er aus dem einen, ungesehen, drei Karten wählte, die er in der Innentasche seines

Gehrocks verbarg, und daß dann die Versuchsperson aus dem vorgehaltenen zweiten Spiel ebendiese drei Karten zog, – nicht immer vollkommen die richtigen; es kam vor, daß nur zweie stimmten, aber in der Mehrzahl der Fälle triumphierte Cipolla, wenn er seine drei Blätter veröffentlichte, und dankte leicht für den Beifall, mit dem man wohl oder übel die Kräfte anerkannte, die er bewährte. Ein junger Herr in vorderster Reihe, rechts von uns, mit stolz geschnittenem Gesicht, Italiener, meldete sich und erklärte, er sei entschlossen, nach klarem Eigenwillen zu wählen und sich jeder wie immer gearteten Beeinflussung bewußt entgegenzustemmen. Wie Cipolla sich unter diesen Umständen den Ausgang denke. – »Sie werden mir«, antwortete der Cavaliere, »damit meine Aufgabe etwas erschweren. An dem Ergebnis wird Ihr Widerstand nichts ändern. Die Freiheit existiert, und auch der Wille existiert; aber die Willensfreiheit existiert nicht, denn ein Wille, der sich auf seine Freiheit richtet, stößt ins Leere. Sie sind frei, zu ziehen oder nicht zu ziehen. Ziehen Sie aber, so werden Sie richtig ziehen, – desto sicherer, je eigensinniger Sie zu handeln versuchen.«

Man mußte zugeben, daß er seine Worte nicht besser hätte wählen können, um die Wasser zu trüben und seelische Verwirrung anzurichten. Der Widerspenstige zögerte nervös, bevor er zugriff. Er zog eine Karte und verlangte sofort zu sehen, ob sie unter den verborgenen sei. »Aber wie?« verwunderte sich Cipolla. »Warum halbe Arbeit tun?« Da jedoch der Trotzige auf dieser Vorprobe bestand: – »E servito«, sagte der Gaukler mit ungewohnt lakaienhafter Gebärde und zeigte, ohne selbst hinzusehen, sein Dreiblatt fächerförmig vor. Die links steckende Karte war die gezogene.

Der Freiheitskämpfer setzte sich zornig, unter dem Beifall des Saales. Wieweit Cipolla die mit ihm geborenen Gaben auch noch durch mechanische Tricks und Behendigkeitsmittelchen unterstützte, mochte der Teufel wissen. Eine solche Verquickung angenommen, vereinigte die ungebundene Neugier aller sich jedenfalls im Genuß einer phänomenalen Unterhaltung und in der Anerkennung einer Berufstüchtigkeit, die niemand leugnete. »Lavora bene!« Wir hörten die Feststellung da und dort in unserer Nähe, und sie bedeutete den Sieg sachlicher Gerechtigkeit über Antipathie und stille Empörung.

Vor allem, nach seinem letzten, fragmentarischen, doch eben dadurch nur desto eindrucksvolleren Erfolge, hatte Cipolla sich wieder mit einem Kognak gestärkt. In der Tat, er »trank viel«, und das war etwas schlimm zu sehen. Aber er brauchte Likör und Zigarette offenbar zur Erhaltung und Erneuerung seiner Spannkraft, an die, er hatte es selbst angedeutet, in mehrfacher Beziehung starke Ansprüche gestellt wurden. Wirklich sah er schlecht aus zwischenein, hohläugig und verfallen. Das Gläschen brachte das jeweils ins gleiche, und seine Rede lief danach, während der eingeatmete Rauch ihm grau aus der Lunge sprudelte, belebt und anmaßend. Ich weiß bestimmt, daß er von den Kartenkunststücken zu jener Art von Gesellschaftsspielen überging, die auf über- oder untervernünftigen Fähigkeiten der menschlichen Natur, auf Intuition und »magnetischer« Übertragung, kurzum auf einer niedrigen Form der Offenbarung beruhen. Nur die intimere Reihenfolge seiner Leistungen weiß ich nicht mehr. Auch langweile ich Sie nicht mit der Schilderung dieser Versuche; jeder kennt sie, jeder hat einmal daran teilgenommen, an diesem Auffinden versteckter Gegenstände, diesem blinden Ausführen zusammengesetzter Handlungen, zu dem die Anweisung auf unerforschtem Wege, von Organismus zu Organismus ergeht. Jeder hat auch dabei seine kleinen, neugierig-verächtlichen und kopfschüttelnden Einblicke in den zweideutig-unsauberen und unentwirrbaren Charakter des Okkulten getan, das in der Menschlichkeit seiner Träger immer dazu neigt, sich mit Humbug und nachhelfender Mogelei vexatorisch zu vermischen, ohne daß dieser Einschlag etwas gegen die Echtheit anderer Bestandteile des bedenklichen Amalgams bewiese. Ich sage nur, daß alle Verhältnisse natürlich sich verstärken, der Eindruck nach jeder Seite an Tiefe gewinnt, wenn ein Cipolla Leiter und Hauptakteur des dunklen Spieles ist. Er saß, den Rücken gegen das Publikum gekehrt, im Hintergrunde des Podiums und rauchte, während irgendwo im Saale unter der Hand die Vereinbarungen getroffen wurden, denen er gehorchen, der Gegenstand von Hand zu Hand ging, den er aus seinem Versteck ziehen und mit dem er Vorbestimmtes ausführen sollte. Es war das typische bald getrieben zustoßende, bald lauschend stockende Vorwärtstasten, Fehltappen und sich mit jäh eingegebener Wendung Verbessern, das er zu beobachten gab, wenn er an der Hand eines wissenden Führers, der angewiesen war, sich körperlich rein folgsam zu verhalten, aber seine Gedanken auf das Verabredete zu richten, sich zurückgelegten Hauptes und mit vorgestreckter Hand im Zickzack durch den Saal bewegte. Die Rollen schienen vertauscht, der Strom ging in umgekehrter Richtung, und der Künstler wies in immer fließender Rede ausdrücklich darauf hin. Der leidende, empfangende, der ausführende Teil, dessen Wille ausgeschaltet war, und der einen stummen in der Luft liegenden Gemeinschaftswillen vollführte, war nun er, der solange gewollt und befohlen hatte; aber er betonte, daß es auf eins hinauslaufe. Die Fähigkeit, sagte er, sich seiner selbst zu entäußern, zum Werkzeug zu werden, im unbedingtesten und vollkommensten Sinne zu gehorchen, sei nur die Kehrseite jener anderen, zu wollen und zu befehlen; es sei ein und dieselbe Fähigkeit; Befehlen und Gehorchen, sie bildeten zusammen nur ein Prinzip, eine unauflösliche Einheit; wer zu gehorchen wisse, der wisse auch zu befehlen, und ebenso umgekehrt; der eine Gedanke sei in dem anderen einbegriffen, wie Volk und Führer ineinander einbegriffen seien, aber die Leistung, die äußerst strenge und aufreibende Leistung, sei jedenfalls seine, des Führers und Veranstalters, in welchem der Wille Gehorsam, der Gehorsam Wille werde, dessen Person die Geburtsstätte beider sei, und der es also sehr schwer habe. Er betonte dies stark und oft, daß er es außerordentlich schwer habe, wahrscheinlich um seine Stärkungsbedürftigkeit und das häufige Greifen zum Gläschen zu erklären.

Er tappte seherisch umher, geleitet und getragen vom öffentlichen, geheimen Willen. Er zog eine steinbesetzte Nadel aus dem Schuh einer Engländerin, wo man sie verborgen hatte, trug sie stockend und getrieben zu einer anderen Dame – es war Signora Angiolieri – und überreichte sie ihr kniefällig mit vorbestimmten und, wenn auch naheliegenden, so doch nicht leicht zu treffenden Worten; denn sie waren auf Französisch verabredet worden. »Ich mache Ihnen ein Geschenk zum Zeichen meiner Verehrung!« hatte er zu sagen, und uns schien, als läge Bosheit in der Härte dieser Bedingung; ein Zwiespalt drückte sich darin aus zwischen dem Interesse am Gelingen des Wunderbaren und dem Wunsch, der anspruchsvolle Mann möchte eine Niederlage erleiden. Aber sehr merkwürdig war es, wie Cipolla, auf den Knien vor Mme. Angiolieri, unter versuchenden Reden um die Erkenntnis des ihm Aufgegebenen rang. »Ich muß etwas sagen«, äußerte er, »und ich fühle deutlich, was es zu sagen gilt. Dennoch fühle ich zugleich, daß es falsch würde, wenn ich es über die Lippen ließe. Hüten Sie sich, mir mit irgendeinem unwillkürlichen Zeichen zu Hilfe zu kommen!« rief er aus, obgleich oder weil zweifellos gerade dies es war, worauf er hoffte … »Pensez très fort!« rief er auf einmal in schlechtem Französisch und sprudelte dann den befohlenen Satz zwar auf Italienisch hervor, aber so, daß er das Schluß- und Hauptwort plötzlich in die ihm wahrscheinlich ganz ungeläufige Schwestersprache fallen ließ und statt »venerazione« »vénération« mit einem unmöglichen Nasal am Ende sagte, – ein Teilerfolg, der nach den schon vollendeten Leistungen, dem Auffinden der Nadel, dem Gang zur Empfängerin und dem Kniefall, fast eindrucksvoller wirkte, als der restlose Sieg es getan hätte, und bewunderungsvollen Beifall hervorrief.

Cipolla trocknete sich aufstehend den Schweiß von der Stirn. Sie verstehen, daß ich nur ein Beispiel seiner Arbeit gab, indem ich von der Nadel erzählte, – es ist mir besonders im Gedächtnis geblieben. Aber er wandelte die Grundform mehrfach ab und durchflocht diese Versuche, so daß viel Zeit darüber verging, mit Improvisationen verwandter Art, zu denen die Berührung mit dem Publikum ihm auf Schritt und Tritt verhalf. Namentlich von der Person unserer Wirtin schien Eingebung auf ihn auszugehen; sie entlockte ihm verblüffende Wahrsagungen. »Es entgeht mir nicht, Signora«, sagte er zu ihr, »daß es mit Ihnen eine besondere und ehrenvolle Bewandtnis hat. Wer zu sehen weiß, der erblickt um Ihre reizende Stirn einen Schein, der, wenn mich nicht alles täuscht, einst stärker war als heute, einen langsam verbleichenden Schein ... Kein Wort! Helfen Sie mir nicht! An Ihrer Seite sitzt Ihr Gatte – nicht wahr«, wandte er sich an den stillen Herrn Angiolieri, »Sie sind der Gatte dieser Dame, und Ihr Glück ist vollkommen. Aber in dieses Glück hinein ragen Erinnerungen ... fürstliche Erinnerungen ... Das Vergangene, Signora, spielt in Ihrem gegenwärtigen Leben, wie mir scheint, eine bedeutende Rolle. Sie kannten einen König ... hat nicht ein König in vergangenen Tagen Ihren Lebensweg gekreuzt?«

»Doch nicht«, hauchte die Spenderin unserer Mittagssuppe, und ihre braungoldenen Augen schimmerten in der Edelblässe ihres Gesichtes.

»Doch nicht? Nein, kein König, ich sprach gleichsam nur im rohen und unreinen. Kein König, kein Fürst, – aber dennoch ein Fürst, ein König höherer Reiche. Ein großer Künstler war es, an dessen Seite Sie einst... Sie wollen mir widersprechen, und doch können Sie es nicht mit voller Entschiedenheit, können es nur zur Hälfte tun. Nun denn! Es war eine große, eine weltberühmte Künstlerin, deren Freundschaft Sie in zarter Jugend genossen, und deren heiliges Gedächtnis Ihr ganzes Leben überschattet und verklärt ... Den Namen? Ist es nötig, Ihnen den Namen zu nennen, dessen Ruhm sich längst mit dem des Vaterlandes verbunden hat und mit ihm unsterblich ist? Eleonora Duse«, schloß er leise und feierlich.

Die kleine Frau nickte überwältigt in sich hinein. Der Applaus glich einer nationalen Kundgebung. Fast jedermann im Saale wußte von Frau Angiolieris bedeutender Vergangenheit und vermochte also die Intuition des Cavaliere zu würdigen, voran die anwesenden Gäste der Casa Eleonora. Es fragte sich nur, wieviel er selbst davon gewußt, beim ersten berufsmäßigen Umhorchen nach seiner Ankunft in Torre davon in Erfahrung gebracht haben mochte ... Aber ich habe gar keinen Grund, Fähigkeiten, die ihm vor unseren Augen zum Verhängnis wurden, rationalistisch zu verdächtigen ...

Vor allem gab es nun eine Pause, und unser Gebieter zog sich zurück. Ich gestehe, daß ich mich vor diesem Punkte meines Berichtes gefürchtet habe, fast seit ich zu erzählen begann. Die Gedanken der Menschen zu lesen, ist meistens nicht schwer, und hier ist es sehr leicht. Unfehlbar werden Sie mich fragen, warum wir nicht endlich weggegangen seien, –

und ich muß Ihnen die Antwort schuldig bleiben. Ich verstehe es nicht und weiß mich tatsächlich nicht zu verantworten. Es muß damals bestimmt schon mehr als elf Uhr gewesen sein, wahrscheinlich noch später. Die Kinder schliefen. Die letzte Versuchsserie war für sie recht langweilig gewesen, und so hatte die Natur es leicht, ihr Recht zu erkämpfen. Sie schliefen auf unseren Knien, die Kleine auf den meinen, der Junge auf denen der Mutter. Das war einerseits tröstlich, dann aber doch auch wieder ein Grund zum Erbarmen und eine Mahnung, sie in ihre Betten zu bringen. Ich versichere, daß wir ihr gehorchen wollten, dieser rührenden Mahnung, es ernstlich wollten. Wir weckten die armen Dinger mit der Versicherung, nun sei es entschieden die höchste Zeit zur Heimkehr. Aber ihr flehentlicher Widerstand begann mit dem Augenblick ihrer Selbstbesinnung, und Sie wissen, daß der Abscheu von Kindern gegen das vorzeitige Verlassen einer Unterhaltung nur zu brechen, nicht zu überwinden ist. Es sei herrlich beim Zauberer, klagten sie, wir wüßten nicht, was noch kommen solle, man müsse wenigstens abwarten, womit er nach der Pause beginnen werde, sie schliefen gern zwischendurch ein bißchen, aber nur nicht nach Hause, nur nicht ins Bett, während der schöne Abend hier weitergehe!

Wir gaben nach, wenn auch, soviel wir wußten, nur für den Augenblick, für eine Weile noch, vorläufig.

Zu entschuldigen ist es nicht, daß wir blieben, und es zu erklären fast ebenso schwer. Glaubten wir B sagen zu müssen, nachdem wir A gesagt und irrtümlicherweise die Kinder überhaupt hierher gebracht hatten? Ich finde das ungenügend. Unterhielten wir selbst uns denn? Ja und nein, unsere Gefühle für Cavaliere Cipolla waren höchst gemischter Natur, aber das waren, wenn ich nicht irre, die Gefühle des ganzen Saales, und dennoch ging niemand weg. Unterlagen wir einer Faszination, die von diesem auf so sonderbare Weise sein Brot verdienenden Manne auch neben dem Programm, auch zwischen den Kunststücken ausging und unsere Entschlüsse lähmte? Ebensogut mag die bloße Neugier in Rechnung zu stellen sein. Man möchte wissen, wie ein Abend sich fortsetzen wird, der so begonnen hat, und übrigens hatte Cipolla seinen Abgang mit Ankündigungen begleitet, die darauf schließen ließen, daß er seinen Sack keineswegs geleert habe und eine Steigerung der Effekte zu erwarten sei.

Aber das alles ist es nicht, oder es ist nicht alles. Das richtigste wäre die Frage, warum wir jetzt nicht gingen, mit der anderen zu beantworten, warum wir vorher Torre nicht verlassen hatten. Das ist meiner Meinung nach ein und dieselbe Frage, und um mich herauszuwinden, könnte ich einfach sagen, ich hätte sie schon beantwortet. Es ging hier geradeso merkwürdig und spannend, geradeso unbehaglich, kränkend und bedrückend zu wie in Torre überhaupt, ja, mehr als geradeso: dieser Saal bildete den Sammelpunkt aller Merkwürdigkeit, Nichtgeheuerlichkeit und Gespanntheit, womit uns die Atmosphäre des Aufenthaltes geladen schien; dieser Mann, dessen Rückkehr wir erwarteten, dünkte uns die Personifikation von alldem; und da wir im großen nicht »abgereist« waren, wäre es unlogisch gewesen, es sozusagen im kleinen zu tun. Nehmen Sie das als Erklärung unserer Seßhaftigkeit an oder nicht! Etwas Besseres weiß ich einfach nicht vorzubringen. –

Es gab also eine Pause von zehn Minuten, aus denen annähernd zwanzig wurden. Die Kinder, wach geblieben und entzückt von unserer Nachgiebigkeit, wußten sie vergnüglich auszufüllen. Sie nahmen ihre Beziehungen zur volkstümlichen Sphäre wieder auf, zu Antonio, zu Guiscardo, zu dem Manne der Paddelboote. Sie riefen den Fischern durch die hohlen Hände Wünsche zu, deren Wortlaut sie von uns eingeholt hatten: »Morgen viele Fischchen!« »Ganz voll die Netze!« Sie riefen zu Mario, dem Kellnerburschen vom »Esquisito«, hinüber: »Mario, una cioccolata e biscotti!« Und er gab acht diesmal und antwortete lächelnd: »Subito!« Wir bekamen Gründe, dies freundliche und etwas zerstreutmelancholische Lächeln im Gedächtnis zu bewahren.

So ging die Pause herum, der Gongschlag ertönte, das in Plauderei gelöste Publikum sammelte sich, die Kinder rückten sich begierig auf ihren Stühlen zurecht, die Hände im Schoß. Die Bühne war offengeblieben. Cipolla betrat sie ausladenden Schrittes und begann sofort, die zweite Folge seiner Darbietungen conférencemäßig einzuleiten.

Lassen Sie mich zusammenfassen: Dieser selbstbewußte Verwachsene war der stärkste Hypnotiseur, der mir in meinem Leben vorgekommen. Wenn er der Öffentlichkeit über die Natur seiner Vorführungen Sand in die Augen gestreut und sich als Geschicklichkeitskünstler angekündigt hatte, so hatten damit offenbar nur polizeiliche Bestimmungen umgangen werden sollen, die eine gewerbsmäßige Ausübung dieser Kräfte grundsätzlich verpönten. Vielleicht ist die formale Verschleierung in solchen Fällen landesüblich und amtlich geduldet oder halb geduldet. Jedenfalls hatte der Gaukler praktisch aus dem wahren Charakter seiner Wirkungen von Anfang an wenig Hehl gemacht, und die zweite Hälfte seines Programms nun war ganz offen und ausschließlich auf den Spezialversuch, die Demonstration der Willensentziehung und -aufnötigung, gestellt, wenn auch rein rednerisch immer noch die Umschreibung herrschte. In einer langwierigen Serie komischer, aufregender, erstaunlicher Versuche, die um Mitternacht noch in vollem Gange waren, bekam man vom Unscheinbaren bis zum Ungeheuerlichen alles zu sehen, was dies natürlich-unheimliche Feld an Phänomenen zu bieten hat, und den grotesken Einzelheiten folgte ein lachendes, kopfschüttelndes, sich aufs Knie schlagendes, applaudierendes Publikum, das deutlich im Bann einer Persönlichkeit von strenger Selbstsicherheit stand, obgleich es, wie mir wenigstens schien, nicht ohne widerspenstiges Gefühl für das eigentümlich Entehrende war, das für den einzelnen und für alle in Cipollas Triumphen lag.

Zwei Dinge spielten die Hauptrolle bei diesen Triumphen: das Stärkungsgläschen und die Reitpeitsche mit dem Klauengriff. Das eine mußte immer wieder dazu dienen, seiner Dämonie einzuheizen, da sonst, wie es schien, Erschöpfung gedroht hätte; und das hätte menschlich besorgt stimmen können um den Mann, wenn nicht das andere, dies beleidigende Symbol seiner Herrschaft, gewesen wäre, diese pfeifende Fuchtel, unter die seine Anmaßung uns alle stellte, und deren Mitwirkung weichere Empfindungen als die einer verwunderten und vertrotzten Unterwerfung nicht aufkommen ließ. Vermißte er sie? Beanspruchte er auch noch unser Mitgefühl? Wollte er alles haben? Eine Äußerung von ihm prägte sich mir ein, die auf solche Eifersucht schließen ließ. Er tat sie, als er, auf dem Höhepunkt seiner Experimente, einen jungen Menschen, der sich ihm zur Verfügung gestellt und sich längst als besonders empfängliches Objekt dieser Einflüsse erwiesen, durch Striche und

Anhauch vollkommen kataleptisch gemacht hatte, dergestalt, daß er den in Tiefschlaf Gebannten nicht nur mit Nacken und Füßen auf die Lehnen zweier Stühle legen, sondern sich ihm auch auf den Leib setzen konnte, ohne daß der brettstarre Körper nachgab. Der Anblick des Unholds im Salonrock, hockend auf der verholzten Gestalt, war unglaubwürdig und scheußlich, und das Publikum, in der Vorstellung, daß das Opfer dieser wissenschaftlichen Kurzweil leiden müsse, äußerte Erbarmen. »Poveretto!« »Armer Kerl!« riefen gutmütige Stimmen. »Poveretto!« höhnte Cipolla erbittert. »Das ist falsch adressiert, meine Herrschaften! Sono io, il Poveretto! Ich bin es, der das alles duldet.« Man steckte die Lehre ein. Gut, er selbst mochte es sein, der die Kosten der Unterhaltung trug und der vorstellungsweise auch die Leibschmerzen auf sich genommen haben mochte, von denen der Giovanotto die erbärmliche Grimasse lieferte. Aber der Augenschein sprach dagegen, und man ist nicht aufgelegt, Poveretto zu jemandem zu sagen, der für die Entwürdigung der anderen leidet.

Ich habe vorgegriffen und die Reihenfolge ganz beiseite geworfen. Mein Kopf ist noch heute voll von Erinnerungen an des Cavaliere Duldertaten, nur weiß ich nicht mehr Ordnung darin zu halten, und es kommt auf sie auch nicht an. Soviel aber weiß ich, daß die großen und umständlichen, die am meisten Beifall fanden, mir weniger Eindruck machten als gewisse kleine und rasch vorübergehende. Das Phänomen des Jungen als Sitzbank kam mir soeben nur der daran geknüpften Zurechtweisung wegen gleich in den Sinn … Daß aber eine ältere Dame, auf einem Strohstuhl schlafend, von Cipolla in die Illusion gewiegt wurde, sie mache eine Reise nach Indien, und aus der Trance sehr beweglich von ihren Abenteuern zu Wasser und zu Lande kündete, beschäftigte mich viel weniger, und ich fand es weniger toll, als daß, gleich nach der Pause, ein hoch und breit gebauter Herr militärischen Ansehens den Arm nicht mehr heben konnte, nur weil der Bucklige ihm ankündigte, er werde es nicht mehr tun können, und einmal seine Reitpeitsche dazu durch die Luft pfeifen ließ. Ich sehe noch immer das Gesicht dieses schnurrbärtig stattlichen Colonnello vor mir, dies lächelnde Zähnezusammenbeißen im Ringen nach einer eingebüßten Verfügungsfreiheit. Was für ein konfuser Vorgang! Er schien zu wollen und nicht zu können; aber er konnte wohl nur nicht wollen, und es waltete da jene die Freiheit lähmende Verstrickung des Willens in sich selbst, die unser Bändiger vorhin schon dem römischen Herrn höhnisch vorausgesagt hatte.

Noch weniger vergesse ich in ihrer rührenden und geisterhaften Komik die Szene mit Frau Angiolieri, deren ätherische Widerstandslosigkeit gegen seine Macht der Cavaliere gewiß schon bei seiner ersten dreisten Umschau im Saale erspäht hatte. Er zog sie durch pure Behexung buchstäblich von ihrem Stuhl empor, aus ihrer Reihe heraus mit sich fort, und dabei hatte er, um sein Licht besser leuchten zu lassen, Herrn Angiolieri aufgegeben, seine Frau mit Vornamen zu rufen, gleichsam um das Gewicht seines Daseins und seiner Rechte in die Waagschale zu werfen und mit der Stimme des Gatten alles in der Seele der Gefährtin wachzurufen, was ihre Tugend gegen bösen Zauber zu schützen vermochte. Doch wie vergeblich geschah es! Cipolla, in einiger Entfernung von dem Ehepaar, ließ einmal seine Peitsche pfeifen, mit der Wirkung, daß unsere Wirtin heftig zusammenzuckte und ihm ihr Gesicht zuwandte. »Sofronia!« rief Herr Angiolieri schon hier (wir hatten gar nicht gewußt, daß Frau Angiolieri Sofronia mit Vornamen hieß), und mit Recht begann er zu rufen, denn jedermann sah, daß Gefahr im Verzuge war: seiner Gattin Antlitz blieb unverwandt gegen den verfluchten Cavaliere gerichtet. Dieser nun, die Peitsche ans Handgelenk gehängt, begann mit allen seinen zehn langen und gelben Fingern winkende und ziehende Bewegungen gegen sein Opfer zu vollführen und schrittweise rückwärts zu gehen. Da stieg Frau Angiolieri in schimmernder Blässe von ihrem Sitze auf, wandte sich ganz nach der Seite des Beschwörers und fing an, ihm nachzuschweben. Geisterhafter und fataler Anblick! Mondsüchtigen Ausdrucks, die Arme steif, die schönen Hände etwas aus dem Gelenk erhoben und wie mit geschlossenen Füßen schien sie langsam aus ihrer Bank herauszugleiten, dem ziehenden Verführer nach … »Rufen Sie, mein Herr, rufen Sie doch!« mahnte der Schreckliche. Und Herr Angiolieri rief mit schwacher Stimme: »Sofronia!« Ach, mehrmals rief er es noch, hob sogar, da sein Weib sich mehr und mehr von ihm entfernte, eine hohle Hand zum Munde und winkte mit der andern beim Rufen. Aber ohnmächtig verhallte die arme Stimme der Liebe und Pflicht im Rücken einer Verlorenen, und in mondsüchtigem Gleiten, berückt und taub, schwebte Frau Angiolieri dahin, in den Mittelgang, ihn entlang, gegen den fingernden Buckligen, auf die Ausgangstür zu. Der Eindruck war zwingend und vollkommen, daß sie ihrem Meister, wenn dieser gewollt hätte, so bis ans Ende der Welt gefolgt wäre.

»Accidente!« rief Herr Angiolieri in wirklichem Schrecken und sprang auf, als die Saaltür erreicht war. Aber im selben Augenblick ließ der Cavaliere den Siegeskranz gleichsam fallen und brach ab. »Genug, Signora, ich danke Ihnen«, sagte er und bot der aus Wolken zu sich Kommenden mit komödiantischer Ritterlichkeit den Arm, um sie Herrn Angiolieri wieder zuzuführen. »Mein Herr«, begrüßte er diesen, »hier ist Ihre Gemahlin! Unversehrt, nebst meinen Komplimenten, liefere ich sie in Ihre Hände zurück. Hüten Sie mit allen Kräften Ihrer Männlichkeit einen Schatz, der so ganz der Ihre ist, und befeuern Sie Ihre

Wachsamkeit durch die Einsicht, daß es Mächte gibt, die stärker als Vernunft und Tugend und nur ausnahmsweise mit der Hochherzigkeit der Entsagung gepaart sind!«

Der arme Herr Angiolieri, still und kahl! Er sah nicht aus, als ob er sein Glück auch nur gegen minder dämonische Mächte zu schützen gewußt hätte, als diejenigen waren, die hier zum Schrecken auch noch den Hohn fügten. Gravitätisch und gebläht kehrte der Cavaliere aufs Podium zurück unter einem Beifall, dem seine Beredsamkeit doppelte Fülle verliehen hatte. Namentlich durch diesen Sieg, wenn ich mich nicht irre, war seine Autorität auf einen Grad gestiegen, daß er sein Publikum tanzen lassen konnte, – ja, tanzen. Das ist ganz wörtlich zu verstehen, und es brachte eine gewisse Ausartung, ein gewisses spätnächtliches Drunter und Drüber der Gemüter, eine trunkene Auflösung der kritischen Widerstände mit sich, die so lange dem Wirken des unangenehmen Mannes entgegengestanden waren. Freilich hatte er um die Vollendung seiner Herrschaft hart zu kämpfen, und zwar gegen die Aufsässigkeit des jungen römischen Herrn, dessen moralische Versteifung ein dieser Herrschaft gefährliches öffentliches Beispiel abzugeben drohte. Gerade auf die Wichtigkeit des Beispiels aber verstand sich der Cavaliere, und klug genug, den Ort des geringsten Widerstandes zum Angriffspunkt zu wählen, ließ er die Tanzorgie durch jenen schwächlichen und zur Entgeisterung geneigten Jüngling einleiten, den er vorhin schon stocksteif gemacht hatte. Dieser hatte eine Art, sobald ihn der Meister nur mit dem Blicke anfuhr, wie vom Blitz getroffen den Oberkörper zurückzuwerfen und, Hände an der Hosennaht, in einen Zustand von militärischem Somnambulismus zu verfallen, daß seine Erbötigkeit zu jedem Unsinn, den man ihm auferlegen würde, von vornherein in die Augen sprang. Auch schien er in der Hörigkeit sich ganz zu behagen und seine armselige Selbstbestimmung gern los zu sein; denn immer wieder bot er sich als Versuchsobjekt an und setzte sichtlich seine Ehre darein, ein Musterbeispiel prompter Entseelung und Willenlosigkeit zu bieten. Auch jetzt stieg er aufs Podium, und nur eines Luftstreiches der Peitsche bedurfte es, um ihn nach der Weisung des Cavaliere dort oben »Step« tanzen zu lassen, das heißt in einer Art von wohlgefälliger Ekstase mit geschlossenen Augen und wiegendem Kopf seine dürftigen Glieder nach allen Seiten zu schleudern.

Offenbar war das vergnüglich, und es dauerte nicht lange, bis er Zuzug fand und zwei weitere Personen, ein schlicht und ein gut gekleideter Jüngling, zu seinen beiden Seiten den »Step« vollführten. Hier nun war es, daß der Herr aus Rom sich meldete und trotzig anfragte, ob der Cavaliere sich anheischig mache, ihn tanzen zu lehren, auch wenn er nicht wolle.

»Auch wenn Sie nicht wollen!« antwortete Cipolla in einem Ton, der mir unvergeßlich ist. Ich habe dies fürchterliche »Anche se non vuole!« noch immer im Ohr. Und dann also begann der Kampf. Cipolla, nachdem er ein Gläschen genommen und sich eine frische Zigarette angezündet, stellte den Römer irgendwo im Mittelgang auf, das Gesicht der Ausgangstür zugewandt, nahm selbst in einiger Entfernung hinter ihm Aufstellung und ließ seine Peitsche pfeifen, indem er befahl: »Balla!« Sein Gegner rührte sich nicht. »Balla!« wiederholte der Cavaliere mit Bestimmtheit und schnippte. Man sah, wie der junge Mann den Hals im Kragen rückte und wie gleichzeitig eine seiner Hände sich aus dem Gelenke hob, eine seiner Fersen sich auswärts kehrte. Bei solchen Anzeichen einer zuckenden Versuchung aber, Anzeichen, die jetzt sich verstärkten, jetzt wieder zur Ruhe gebracht wurden, blieb es lange Zeit. Niemand verkannte, daß hier ein vorgefaßter Entschluß zum entschiedenen Widerstande, eine heroische Hartnäckigkeit zu besiegen waren; dieser Brave wollte die Ehre des Menschengeschlechtes heraushauen, er zuckte, aber er tanzte nicht, und der Versuch zog sich so sehr in die Länge, daß der Cavaliere genötigt war, seine Aufmerksamkeit zu teilen; hier und da wandte er sich nach der Bühne und den dort Zappelnden um und ließ seine Peitsche gegen sie pfeifen, um sie in Zucht zu halten, nicht ohne, seitwärts sprechend, das Publikum darüber zu belehren, daß jene Ausgelassenen nachher keinerlei Ermüdung empfinden würden, so lange sie auch tanzten, denn nicht sie seien es eigentlich, die es täten, sondern er. Dann bohrte er wieder den Blick in den Nacken des Römers, die Willensfeste zu berennen, die sich seiner Herrschaft entgegenstellte.

Man sah sie unter seinen immer wiederholten Hieben und unentwegten Anrufen wanken, diese Feste, – sah es mit einer sachlichen Anteilnahme, die von affekthaften Einschlägen, von Bedauern und grausamer Genugtuung nicht frei war. Verstand ich den Vorgang recht, so unterlag dieser Herr der Negativität seiner Kampfposition. Wahrscheinlich kann man vom Nichtwollen seelisch nicht leben; eine Sache nicht tun wollen, das ist auf die Dauer kein Lebensinhalt; etwas nicht wollen und überhaupt nicht mehr wollen, also das Geforderte dennoch tun, das liegt vielleicht zu benachbart, als daß nicht die Freiheitsidee dazwischen ins Gedränge geraten müßte, und in dieser Richtung bewegten sich denn auch die Zureden, die der Cavaliere zwischen Peitschenhiebe und Befehle einflocht, indem er Einwirkungen, die sein Geheimnis waren, mit verwirrend psychologischen mischte. »Balla!« sagte er. »Wer wird sich so quälen? Nennst du es Freiheit –

diese Vergewaltigung deiner selbst? Una ballatina! Es reißt dir ja an allen Gliedern. Wie gut wird es sein, ihnen endlich den Willen zu lassen! Da, du tanzest ja schon! Das ist kein Kampf mehr, das ist bereits das Vergnügen!« – So war es, das Zucken und Zerren im Körper des Widerspenstigen nahm überhand, er hob die Arme, die Knie, auf einmal lösten sich alle seine Gelenke, er warf die Glieder, er tanzte, und so führte der Cavaliere ihn, während die Leute klatschten, aufs Podium, um ihn den anderen Hampelmännern anzureihen. Man sah nun das Gesicht des Unterworfenen, es war dort oben veröffentlicht. Er lächelte breit, mit halb geschlossenen Augen, während er sich »vergnügte«. Es war eine Art von Trost, zu sehen, daß ihm offenbar wohler war jetzt als zur Zeit seines Stolzes …

Man kann sagen, daß sein »Fall« Epoche machte. Mit ihm war das Eis gebrochen, Cipollas Triumph auf seiner Höhe; der Stab der Kirke, diese pfeifende Ledergerte mit Klauengriff, herrschte unumschränkt. Zu dem Zeitpunkt, den ich im Sinne habe, und der ziemlich weit nach Mitternacht gelegen gewesen sein muß, tanzten auf der kleinen Bühne acht oder zehn Personen, aber auch im Saale selbst gab es allerlei Beweglichkeit, und eine Angelsächsin mit Zwicker und langen Zähnen war, ohne daß der Meister sich auch nur um sie gekümmert hätte, aus ihrer Reihe hervorgekommen, um im Mittelgang eine Tarantella aufzuführen. Cipolla unterdessen saß in lässiger Haltung auf einem Strohstuhl links auf dem Podium, verschlang den Rauch einer Zigarette und ließ ihn durch seine häßlichen Zähne arrogant wieder ausströmen. Fußwippend und zuweilen mit den Schultern lachend blickte er in die Gelöstheit des Saales und ließ von Zeit zu Zeit, halb rückwärts, die Peitsche gegen einen Zappler pfeifen, der im Vergnügen nachlassen wollte. Die Kinder waren wach um diese Zeit. Ich erwähne sie mit Beschämung. Hier war nicht gut sein, für sie am wenigsten, und daß wir sie immer noch nicht fortgeschafft hatten, kann ich mir nur mit einer gewissen Ansteckung durch die allgemeine Fahrlässigkeit erklären, von der zu dieser Nachtstunde auch wir ergriffen waren. Es war nun schon alles einerlei. Übrigens und gottlob fehlte ihnen der Sinn für das Anrüchige dieser Abendunterhaltung. Ihre Unschuld entzückte sich immer aufs neue an der außerordentlichen Erlaubnis, einem solchen Spektakel, der Soiree des Zauberkünstlers, beizuwohnen. Immer wieder hatten sie viertelstundenweise auf unseren Knien geschlafen und lachten nun mit roten Backen und trunkenen Augen von Herzen über die Sprünge, die der Herr des Abends die Leute machen ließ. Sie hatten es sich so lustig nicht gedacht, sie beteiligten sich mit ungeschickten Händchen freudig an jedem Applaus. Aber vor Lust hüpften sie nach ihrer Art von den Stühlen empor, als Cipolla ihrem Freunde Mario, Mario vom »Esquisito«, winkte, – ihm winkte, recht wie es im Buche steht, indem er die Hand vor die Nase hielt und abwechselnd den Zeigefinger lang aufrichtete und zum Haken krümmte.

Mario gehorchte. Ich sehe ihn noch die Stufen hinauf zum Cavaliere steigen, der dabei immer fortfuhr, in jener grotesk-musterhaften Art mit dem Zeigefinger zu winken. Einen Augenblick hatte der junge Mensch gezögert, auch daran erinnere ich mich genau. Er hatte während des Abends mit verschränkten Armen oder die Hände in den Taschen seiner Jacke im Seitengange an einem Holzpfeiler gelehnt, links von uns, dort, wo auch der Giovanotto mit der kriegerischen Haartracht stand, und war den Darbietungen, soviel wir gesehen hatten, aufmerksam, aber ohne viel Heiterkeit und Gott weiß mit wieviel Verständnis gefolgt. Zu guter Letzt noch zur Mittätigkeit angehalten zu werden war ihm sichtlich nicht angenehm. Dennoch war es nur zu begreiflich, daß er dem Winken folgte. Das lag schon in seinem Beruf; und außerdem war es wohl eine seelische Unmöglichkeit, daß ein schlichter Bursche wie er dem Zeichen eines so im Erfolg thronenden Mannes, wie Cipolla es zu dieser Stunde war, hätte den Gehorsam verweigern sollen. Gern oder ungern, er löste sich also von seinem Pfeiler, dankte denen, die, vor ihm stehend und sich umschauend, ihm den Weg zum

Podium freigaben, und stieg hinauf, ein zweifelndes Lächeln um seine aufgeworfenen Lippen.

Stellen Sie ihn sich vor als einen untersetzt gebauten Jungen von zwanzig Jahren mit kurzgeschorenem Haar, niedriger Stirn und zu schweren Lidern über Augen, deren Farbe ein unbestimmtes Grau mit grünen und gelben Einschlägen war. Das weiß ich genau, denn wir hatten oft mit ihm gesprochen. Das Obergesicht mit der eingedrückten Nase, die einen Sattel von Sommersprossen trug, trat zurück gegen das untere, von den dicken Lippen beherrschte, zwischen denen beim Sprechen die feuchten Zähne sichtbar wurden, und diese Wulstlippen verliehen zusammen mit der Verhülltheit der Augen seiner Physiognomie eine primitive Schwermut, die gerade der Grund gewesen war, weshalb wir von jeher etwas übriggehabt hatten für Mario. Von Brutalität des Ausdrucks konnte keine Rede sein; dem hätte schon die ungewohnliche Schmalheit und Feinheit seiner Hände widersprochen, die selbst unter Südländern als nobel auffielen, und von denen man sich gern bedienen ließ.

Wir kannten ihn menschlich, ohne ihn persönlich zu kennen, wenn Sie mir die Unterscheidung erlauben wollen. Wir sahen ihn fast täglich und hatten eine gewisse Teilnahme gefaßt für seine träumerische, leicht in Geistesabwesenheit sich verlierende Art, die er in hastigem Übergang durch eine besondere Dienstfertigkeit korrigierte; sie war ernst, höchstens durch die Kinder zum Lächeln zu bringen, nicht mürrisch, aber unschmeichlerisch, ohne gewollte Liebenswürdigkeit, oder vielmehr: sie verzichtete auf Liebenswürdigkeit, sie machte sich offenbar keine Hoffnung, zu gefallen. Seine Figur wäre uns auf jeden Fall im Gedächtnis geblieben, eine der unscheinbaren Reiseerinnerungen, die man besser behält als manche erheblichere. Von seinen Umständen aber wußten wir nichts weiter, als daß sein Vater ein kleiner Schreiber im Municipio und seine Mutter Wäscherin war.

Die weiße Jacke, in der er servierte, kleidete ihn besser als der verschossene Complet aus dünnem, gestreiftem Stoff, in dem er jetzt da hinaufstieg, keinen Kragen um den Hals, sondern ein geflammtes Seidentuch, über dessen Enden die Jacke geschlossen war. Er trat an den Cavaliere heran, aber dieser hörte nicht auf, seinen Fingerhaken vor der Nase zu bewegen, so daß Mario noch näher treten mußte, neben die Beine des Gewaltigen, unmittelbar an den Stuhlsitz heran, worauf Cipolla ihn mit gespreizten Ellbogen anfaßte und ihm eine Stellung gab, daß wir sein Gesicht sehen konnten. Er musterte ihn lässig, herrscherlich und heiter von oben bis unten.

»Was ist das, ragazzo mio?« sagte er. »So spät machen wir Bekanntschaft? Dennoch kannst du mir glauben, daß ich die deine längst gemacht habe …

Aber ja, ich habe dich längst ins Auge gefaßt und mich deiner vortrefflichen Eigenschaften versichert. Wie konnte ich dich wieder vergessen? So viele Geschäfte, weißt du … Sag mir doch, wie nennst du dich? Nur den Vornamen will ich wissen.«

»Mario heiße ich«, antwortete der junge Mensch leise.

»Ah, Mario, sehr gut. Doch, der Name kommt vor. Ein verbreiteter Name. Ein antiker Name, einer von denen, die die heroischen Überlieferungen des Vaterlandes wach erhalten. Bravo. Salve!« Und er streckte Arm und flache Hand aus seiner schiefen Schulter zum römischen Gruß schräg aufwärts. Wenn er etwas betrunken war, so konnte das nicht wundernehmen; aber er sprach nach wie vor sehr klar akzentuiert und geläufig, wenn auch um diese Zeit in sein ganzes Gehaben und auch in den Tonfall seiner Worte etwas Sattes und Paschahaftes, etwas von Räkelei und Übermut eingetreten war.

»Also denn, mein Mario«, fuhr er fort, »es ist schön, daß du heute abend gekommen bist und noch dazu ein so schmuckes Halstuch angelegt hast, das dir exzellent zu Gesichte steht und dir bei den Mädchen nicht wenig zustatten kommen wird, den reizenden Mädchen von Torre di Venere …«

Von den Stehplätzen her, ungefähr von dort, wo auch Mario gestanden hatte, ertönte ein Lachen, – es war der Giovanotto mit der Kriegsfrisur, der es ausstieß, er stand dort mit seiner geschulterten Jacke und lachte »Haha!« recht roh und höhnisch.

Mario zuckte, glaube ich, die Achseln. Jedenfalls zuckte er. Vielleicht war es eigentlich ein Zusammenzucken und die Bewegung der Achseln nur eine halb nachträgliche Verkleidung dafür, mit der er bekunden wollte, daß das Halstuch sowohl wie das schöne Geschlecht ihm gleichgültig seien.

Der Cavaliere blickte flüchtig hinunter.

»Um den da kümmern wir uns nicht«, sagte er, »er ist eifersüchtig, wahrscheinlich auf die Erfolge deines Tuches bei den Mädchen, vielleicht auch, weil wir uns hier oben so freundschaftlich unterhalten, du und ich … Wenn er will, erinnere ich ihn an seine Kolik. Das kostet mich gar nichts. Sage ein bißchen, Mario: Du zerstreust dich heute abend … Und am Tage bedienst du also in einem Kurzwarengeschäft?«

»In einem Café«, verbesserte der Junge.

»Vielmehr in einem Café! Da hat der Cipolla einmal danebengehauen. Ein Cameriere bist du, ein Schenke, ein Ganymed, – das lasse ich mir gefallen, noch eine antike Erinnerung, – salvietta!« Und dazu streckte der Cavaliere zum Gaudium des Publikums aufs neue grüßend den Arm aus.

Auch Mario lächelte. »Früher aber«, flocht er dann rechtlicherweise ein, »habe ich einige Zeit in Portoclemente in einem Laden bedient.« Es war in seiner Bemerkung etwas von dem menschlichen Wunsch, einer Wahrsagung nachzuhelfen, ihr Zutreffendes abzugewinnen.

»Also, also! In einem Laden für Kurzwaren!«

»Es gab dort Kämme und Bürsten«, erwiderte Mario ausweichend.

»Sagte ich's nicht, daß du nicht immer ein Ganymed warst, nicht immer mit der Serviette bedient hast? Noch wenn der Cipolla danebenhaut, tut er's auf vertrauenerweckende Weise. Sage, hast du Vertrauen zu mir?«

Unbestimmte Bewegung.

»Eine halbe Antwort«, stellte der Cavaliere fest. »Man gewinnt zweifellos schwer dein Vertrauen. Selbst mir, ich sehe es wohl, gelingt das nicht leicht. Ich bemerke in deinem Gesicht einen Zug von Verschlossenheit, von Traurigkeit, un tratto di malinconia ... Sage mir doch«, und er ergriff zuredend Marios Hand, »hast du Kummer?«

»Nossignore!« antwortete dieser rasch und bestimmt.

»Du hast Kummer«, beharrte der Gaukler, diese Bestimmtheit autoritär überbietend. »Das sollte ich nicht sehen? Mach du dem Cipolla etwas weis! Selbstverständlich sind es die Mädchen, ein Mädchen ist es. Du hast Liebeskummer.«

Mario schüttelte lebhaft den Kopf. Gleichzeitig erklang neben uns wieder das brutale Lachen des Giovanotto. Der Cavaliere horchte hin. Seine Augen gingen irgendwo in der Luft umher, aber er hielt dem Lachen das Ohr hin und ließ dann, wie schon ein- oder zweimal während seiner Unterhaltung mit Mario, die Reitpeitsche halb rückwärts gegen sein Zappelkorps pfeifen, damit keiner im Eifer erlahme. Dabei aber wäre sein Partner ihm fast entschlüpft, denn in plötzlichem Aufzucken wandte dieser sich von ihm ab und den Stufen zu. Er war rot um die Augen. Cipolla hielt ihn gerade noch fest.

»Halt da!« sagte er. »Das wäre. Du willst ausreißen, Ganymed, im besten Augenblick oder dicht vor dem besten? Hier geblieben, ich verspreche dir schöne Dinge. Ich verspreche dir, dich von der Grundlosigkeit deines Kummers zu überzeugen. Dieses Mädchen, das du kennst und das auch andere kennen, diese – wie heißt sie gleich? Warte! Ich lese den Namen in deinen Augen, er schwebt mir auf der Zunge, und auch du bist, sehe ich, im Begriffe, ihn auszusprechen …«

»Silvestra!« rief der Giovanotto von unten. Der Cavaliere verzog keine Miene.

»Gibt es nicht vorlaute Leute?« fragte er, ohne hinunterzublicken, vielmehr wie in ungestörter Zwiesprache mit Mario. »Gibt es nicht überaus vorlaute Hähne, die zur Zeit und Unzeit krähen? Da nimmt er uns den Namen von den Lippen, dir und mir, und glaubt wohl noch, der Eitle, ein besonderes Anrecht auf ihn zu besitzen. Lassen wir ihn! Die Silvestra aber, deine Silvestra, ja, sage einmal, das ist ein Mädchen, was?! Ein wahrer Schatz! Das Herz steht einem still, wenn man sie gehen, atmen, lachen sieht, so reizend ist sie. Und ihre runden Arme, wenn sie wäscht und dabei den Kopf in den Nacken wirft und das Haar aus der Stirn schüttelt! Ein Engel des Paradieses!«

Mario starrte ihn mit vorgeschobenem Kopfe an. Er schien seine Lage und das Publikum vergessen zu haben. Die roten Flecken um seine Augen hatten sich vergrößert und wirkten wie aufgemalt. Ich habe das selten gesehen. Seine dicken Lippen standen getrennt.

»Und er macht dir Kummer, dieser Engel«, fuhr Cipolla fort, »oder vielmehr, du machst dir Kummer um ihn ... Das ist ein Unterschied, mein Lieber, ein schwerwiegender Unterschied, glaube mir! In der Liebe gibt es Mißverständnisse, – man kann sagen, daß das Mißverständnis nirgends so sehr zu Hause ist wie hier. Du wirst meinen, was versteht der Cipolla von der Liebe, er mit seinem kleinen Leibesschaden? Irrtum, er versteht gar viel davon, er versteht sich auf eine umfassende und eindringliche Weise auf sie, es empfiehlt sich, ihm in ihren Angelegenheiten Gehör zu schenken! Aber lassen wir den Cipolla, lassen wir ihn ganz aus dem Spiel, und denken wir nur an Silvestra, deine reizende Silvestra! Wie? Sie sollte irgendeinem krähenden Hahn vor dir den Vorzug geben, so daß er lachen kann und du weinen mußt?

Den Vorzug vor dir, einem so gefühlvollen und sympathischen Burschen? Das ist wenig wahrscheinlich, das ist unmöglich, wir wissen es besser, der Cipolla und sie. Wenn ich mich an ihre Stelle versetze, siehst du, und die Wahl habe zwischen so einem geteerten Lümmel, so einem Salzfisch und Meeresobst – und einem Mario, einem Ritter der Serviette, der sich unter den Herrschaften bewegt, der den Fremden gewandt Erfrischungen reicht und mich liebt mit wahrem, heißem Gefühl, – meiner Treu, so ist die Entscheidung meinem Herzen nicht schwer gemacht, so weiß ich wohl, wem ich es schenken soll, wem ganz allein ich es längst schon errötend geschenkt habe. Es ist Zeit, daß er's sieht und begreift, mein Erwählter! Es ist Zeit, daß du mich siehst und erkennst, Mario, mein Liebster … Sage, wer bin ich?«

Es war greulich, wie der Betrüger sich lieblich machte, die schiefen Schultern kokett verdrehte, die Beutelaugen schmachten ließ und in süßlichem Lächeln seine splittrigen Zähne zeigte. Ach, aber was war während seiner verblendenden Worte aus unserem Mario geworden? Es wird mir schwer, es zu sagen, wie es mir schwer wurde, es zu sehen, denn das war eine Preisgabe des Innigsten, die öffentliche Ausstellung verzagter und wahnhaft beseligter Leidenschaft. Er hielt die Hände vorm Munde gefaltet, seine Schultern hoben und senkten sich in gewaltsamen Atemzügen. Gewiß traute er vor Glück seinen

Augen und Ohren nicht und vergaß eben nur das eine dabei, daß er ihnen wirklich nicht trauen durfte. »Silvestra!« hauchte er überwältigt, aus tiefster Brust.

»Küsse mich!« sagte der Bucklige. »Glaube, daß du es darfst! Ich liebe dich. Küsse mich hierher«, und er wies mit der Spitze des Zeigefingers, Hand, Arm und kleinen Finger wegspreizend, an seine Wange, nahe dem Mund. Und Mario neigte sich und küßte ihn.

Es war recht still im Saale geworden. Der Augenblick war grotesk, ungeheuerlich und spannend, – der Augenblick von Marios Seligkeit. Was hörbar wurde in dieser argen Zeitspanne, in der alle Beziehungen von Glück und Illusion sich dem Gefühle aufdrängten, war, nicht gleich am Anfang, aber sogleich nach der traurigen und skurrilen Vereinigung von Marios Lippen mit dem abscheulichen Fleisch, das sich seiner Zärtlichkeit unterschob, das Lachen des Giovanotto zu unserer Linken, das sich einzeln aus der Erwartung löste, brutal, schadenfroh und dennoch, ich hätte mich sehr täuschen müssen, nicht ohne einen Unterton und Einschlag von Erbarmen mit so viel verträumtem Nachteil, nicht ganz ohne das Mitklingen jenes Rufes »Poveretto!«, den der Zauberer vorhin für falsch gerichtet erklärt und für sich selbst in Anspruch genommen hatte.

Zugleich aber auch schon, während noch dies Lachen erklang, ließ der oben Geliebkoste unten, neben dem Stuhlbein, die Reitpeitsche pfeifen, und Mario, geweckt, fuhr auf und zurück. Er stand und starrte, hintübergebogenen Leibes, drückte die Hände an seine mißbrauchten Lippen, eine über der anderen, schlug sich dann mit den Knöcheln beider mehrmals gegen die Schläfen, machte kehrt und stürzte, während der Saal applaudierte und Cipolla, die Hände im Schoß gefaltet, mit den Schultern lachte, die Stufen hinunter. Unten, in voller Fahrt, warf er sich mit auseinandergerissenen Beinen herum, schleuderte den Arm empor, und zwei flach schmetternde Detonationen durchschlugen Beifall und Gelächter.

Alsbald trat Lautlosigkeit ein. Selbst die Zappler kamen zur Ruhe und glotzten verblüfft. Cipolla war mit einem Satz vom Stuhle aufgesprungen. Er stand da mit abwehrend seitwärtsgestreckten Armen, als wollte er rufen: »Halt! Still! Alles weg von mir! Was ist das?!«, sackte im nächsten Augenblick mit auf die Brust kugelndem Kopf auf den Sitz zurück und fiel im übernächsten seitlich davon herunter, zu Boden, wo er liegen blieb, reglos, ein durcheinandergeworfenes Bündel Kleider und schiefer Knochen.

Der Tumult war grenzenlos. Damen verbargen in Zuckungen das Gesicht an der Brust ihrer Begleiter. Man rief nach einem Arzt, nach der Polizei. Man stürmte das Podium. Man warf sich im Gedränge auf Mario, um ihn zu entwaffnen, ihm die kleine, stumpfmetallne, kaum pistolenförmige Maschinerie zu entwinden, die ihm in der Hand hing, und deren fast nicht vorhandenen Lauf das Schicksal in so unvorhergesehene und fremde Richtung gelenkt hatte.

Wir nahmen – nun also doch – die Kinder und zogen sie an dem einschreitenden Karabinierepaar vorüber gegen den Ausgang. »War das auch das Ende?« wollten sie wissen, um sicherzugehen … »Ja, das war das Ende«, bestätigten wir ihnen. Ein Ende mit Schrecken, ein höchst fatales Ende. Und ein befreiendes Ende dennoch, – ich konnte und kann nicht umhin, es so zu empfinden!

Thomas Mann

Buddenbrooks
Verfall einer Familie
Roman
Band 9431

Königliche Hoheit
Roman
Band 9430

Der Zauberberg
Roman
Band 9433

Joseph und seine Brüder
Roman
I. Die Geschichten Jaakobs
Band 9435
II. Der junge Joseph
Band 9436
III. Joseph in Ägypten
Band 9437
IV. Joseph, der Ernährer
Band 9438

Lotte in Weimar
Roman
Band 9432

Doktor Faustus
Das Leben des deutschen Tonsetzers Adrian Leverkühn, erzählt von einem Freunde
Roman
Band 9428

Der Erwählte
Roman
Band 9426

Bekenntnisse des Hochstaplers Felix Krull
Der Memoiren erster Teil
Band 9429

Fischer Taschenbuch Verlag

Die Familie Mann
Ein Lesebuch
Herausgegeben von Barbara Hoffmeister
Band 17365

Die Familie Mann stellt sich vor: Von der Senatorin Julia bis zu Thomas Manns Lieblingsenkel Frido – alle haben sie geschrieben. Ein literarisches Familienporträt.

Als »erstaunliche Familie« wurden die Manns immer wieder bezeichnet. Dieser Band versammelt literarische und essayistische Leseproben aus vier Generationen: Eine Selbstdarstellung der Familie Mann und gleichzeitig eine Chronik des 20. Jahrhunderts mit seinen großen Themen.

Marianne Krüll
Im Netz der Zauberer
Eine andere Geschichte der Familie Mann
Band 11381

»Was für eine sonderbare Familie sind wir! Man wird später Bücher über uns – nicht nur über einzelne von uns – schreiben«, ahnte Klaus Mann bereits 1936. Jetzt, da neben den Werken auch Briefe und Tagebücher von Thomas, Heinrich, Erika und Klaus Mann vorliegen, dazu die Erinnerungen anderer Familienmitglieder, ist dieses »Später« erreicht, um ihre erlebten und Literatur gewordenen Geschichten im Vergleich mit- und zueinander kritisch zu beleuchten.

Die Soziologin und Familienforscherin Marianne Krüll folgte in ihrer, auf langjährigen intensiven Forschungen basierenden Biographie der Familie Mann den Fäden des Netzes, in dem sie alle verstrickt waren. Ihr Ausgangspunkt ist der Selbstmord von Klaus Mann, den sie vor dem Hintergrund des Generationen umspannenden Gewebes von Schuld, Verzweiflung, Hoffnungslosigkeit und Tod betrachtet. Sie legt dar, wie Erfolg und Scheitern, Selbstverwirklichung und Selbstvernichtung auf unterschiedlichste Weise von den Mitgliedern dieser Familie gelebt wurden.

Fischer Taschenbuch Verlag

Thomas Klugkist
49 Fragen und Antworten zu Thomas Mann
Band 15977

War Thomas Mann typisch deutsch? Warum sind Thomas Manns Werke so dick? War Thomas Mann Schopenhauerianer? War Thomas Mann ein guter Vater? Warum hat Thomas Mann überhaupt geschrieben? War Thomas Mann verklemmt? Ist Thomas Mann überhaupt noch zeitgemäß?

Trotz umfangreicher Biographien und Fernsehfilme sind immer noch viele Fragen offen. Über keinen Autor sind so viele Gerüchte im Umlauf wie über Thomas Mann, kein anderer Schriftsteller wird so hoch gelobt und gleichzeitig so verdächtigt – menschlich wie politisch. Thomas Klugkist hat alle Fragen gesammelt, die in den Medien, auf Partys und in Schulklassen hartnäckig kursieren, und beantwortet sie ohne falschen Respekt, aber mit viel Entdeckerlust und erfrischendem Humor.

»49 Thomas-Mann-Klischees, unter die Lupe genommen mit ironischer Präzision – ein erfrischend origineller Zugang zu einem Mann, über den alles gesagt schien.«
Hermann Kurzke

Fischer Taschenbuch Verlag

Tilmann Lahme
Golo Mann
Biographie
Mit 32 Abbildungen
560 Seiten. Gebunden

Golo Mann als Liebender und Leidender: an der Zeitgeschichte, am Vater und am Vaterland. Dank neuer Quellen und überraschender Funde gelingt Tilmann Lahme die Schilderung der Persönlichkeit Golo Manns in all ihren Facetten: als Historiker, als Publizist und Erzähler, nicht zuletzt aber als Mensch.

Zu Beginn des krisengeschüttelten 20. Jahrhunderts hineingeboren in eine der prominentesten Familien dieser Zeit, aufgewachsen in der Weimarer Republik, war er ein früher Kritiker des Nationalsozialismus. Die Emigration führte ihn über Frankreich und die Schweiz in die USA. Nach seiner zögerlichen Rückkehr nach Europa folgte mit dem ›Wallenstein‹ und der ›Deutschen Geschichte‹ die späte Anerkennung des Historikers, der sich bis zu seinem Tod 1994 kontrovers und unabhängig in die Geschicke der Bundesrepublik einmischte.

Golo Mann

»Man muß über sich selbst schreiben«

Erzählungen, Familienporträts, Essays

Herausgegeben von Tilmann Lahme

288 Seiten. Gebunden

Golo Mann gilt als der große Erzähler unter den Historikern. Das beweisen nicht nur seine umfangreichen Bücher zur deutschen Geschichte oder die Autobiographie, auch die kleinen Arbeiten zeigen ihn als sprachlichen Könner und herausragenden Stilisten. Dieser Band versammelt Texte aus allen Schaffensperioden, die bisher allenfalls an entlegener Stelle publiziert wurden und die die ganze Breite von Golo Manns Wirken zeigen: unveröffentlichte Erzählungen, die historische Novelle ›Lavalette‹, Radioansprachen an die Deutschen für den US-Rundfunk (1944-1945), Positionen zur deutschen Ostpolitik und Porträts über John F. Kennedy, Willy Brandt, Charles de Gaulle und natürlich über die Mitglieder der berühmten Familie Mann.

Golo Mann ist nicht nur der Verfasser großer Geschichtsbücher; in seinen kleineren Schriften präsentiert er sich als versierter Erzähler, als scharfsinniger Denker und Analytiker, der sich immer wieder – und durchaus streitbar – ins politische Tagesgeschehen einmischte.

S. Fischer

Thomas Mann

Große kommentierte Frankfurter Ausgabe
Werke – Briefe – Tagebücher
Herausgegeben von Heinrich Detering,
Eckhard Heftrich, Hermann Kurzke, Terence J. Reed,
Thomas Sprecher, Hans R. Vaget und Ruprecht Wimmer
in Zusammenarbeit mit dem
Thomas-Mann-Archiv der ETH Zürich

Die auf 38 Bände angelegte Edition wird zum ersten Mal das gesamte Werk, eine umfangreiche Auswahl der Briefe und die Tagebücher in einer wissenschaftlich fundierten und ausführlich kommentierten Leseausgabe zugänglich machen. Nähere Informationen erhalten Sie in Ihrer Buchhandlung oder unter www.thomasmann.de

»... denn es ist ein Irrtum, zu glauben,
der Autor selbst sei der beste Kenner und
Kommentator seines eigenen Werkes.«
Thomas Mann

S. Fischer